U0553209

FROM
CALIFORNIA
TO
BEIJING

# 从加州到北京

## 我的留学美国与海归经历

王 蕤／著

人 民 出 版 社

王蕤近影

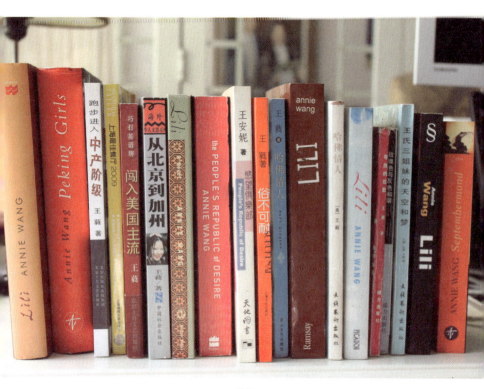

王蕤作品

1994 年，在加州孤独求学，一个学期写了 43 篇论文

青春的影子留在夏威夷的夕阳里

1997 年，在美国＂燃烧之城＂展开一场难忘的灵修之旅

＂燃烧之城＂：沙漠里建立起的短暂城市

1999 年，写出了畅销书
《从北京到加州》

与父亲一起参加在首都图书馆举办的王蕤作品研讨会

受邀参加《纽约时报》编前会

2001 年，用英文写的书在美国出版，到各城市签售

回国后，一度随夫君搬到深圳红树湾，做了家庭妇女

2005 年《财富》论坛
期间，与两个姐姐一起举
办李祥霆古琴雅集

2009 年，诺贝尔经济学奖得主罗伯特·蒙代尔来京看望怀
第二个孩子的王蘅

2010 年，受墨西
哥和波兰大使夫人邀
请，为北京的大使夫
人讲演

# 目 录
CONTENTS

# 序一　我认识的安妮

毕淑敏（作家、心理学家）

　　安妮是王蕤的英文名字。2000 年，我应美国国务院的邀请访问美国，安妮是国务院派遣的翻译。从我抵达美国几小时后，就在安妮的陪伴之下，直到我从旧金山机场走入最后的通道，安妮向我挥手……在美国的日日夜夜里，我时刻感到安妮的存在。在我的一生中，迄今为止，可以说，除了我的亲人，还没有一个朋友与我这样朝夕与共。我所得知的所有语言信息，都要经过安妮的耳朵；我所要表达给美国人的任何想法，也要经过安妮的嘴巴。干脆这样说，如果没有安妮精湛身手鼎力相助，我对美国的了解会大打折扣，整个的旅途也不会如此丰富有趣。

　　在北京筹划这次访问的时候，朋友说，你对陪同的人选，可以提出一点个人的想法。

　　我说，我这个人的习惯就是听从组织上的安排。

　　朋友说，那是以前。这次是美国的组织安排你，人家的习惯就是你有什么想法，最好开诚布公地说出来，越具体越好。人家做得到的，就会考虑；做不到的，就会拒绝。直说，大家都方便。

我说，好吧，就听你的。可是我不知道自己有什么要求。

朋友说，我有三点建议。

我吓了一跳，说，真够多的。

朋友说，考虑得细致些，并不是什么缺点吧？

我说，好，请细细说来。

朋友说，这第一条，要求陪同是男性。

我说，不妥吧？几十天的长途旅行，男性不够方便。

朋友说，傻了不是？正因为是长途旅行，对人的体力和意志的消磨很大。咱们是外国人，到美国去，看什么都稀奇，精神处在很亢奋的状态里，不容易感觉到疲劳，就是有些累了，一想到大老远越过了太平洋来这里看风景，再苦再累也能坚持。陪同就不是了，一个本地人，又是干这行的，早把美国的山水悉数看遍。这回领着你，走来走去的，就算他再敬业，也有腻烦的时候。试想一位女性，经得起这番折腾吗？好比在国内，让你陪着一个外国人，上午在西安，下午到桂林，明天又上了新疆，那份辛苦，你就是嘴上不说，心里也得嘀咕。男性呢，体力上绝对要好一些。再有了，一个受过地道西方教育的男性，懂得女士优先，这种资本主义的习俗，已经腌到他的骨头缝里了。你在美国的访问，必然会得到很多资料，行李会越来越沉。若有一位人高马大的男士陪同，上下飞机地助你一把，你的劳动量也会相对减少。

我说，哈，原来你打的是剥削人家体力的主意。

朋友说，这也是为了让访问更圆满啊。若是你异国他乡累病了，自己受罪不说，陪同也得跟着一通忙，才抓瞎呢。

我思谋着问，第二条呢？

朋友说，第二条是请求一位白人做陪同。

我说，这什么意思？该不是种族歧视吧？

朋友说，我的意思是，陪同虽说都是美国籍，但有一些人入籍的时间并不长，对美国的了解可能不够深入。如果他是少数民族裔，比如祖上来自台湾或是非洲，在某些特定的问题上，可以会有特殊的看法。为了你能更深入更全面更真实地了解美国，也许要求一位那里的白人当陪同，效果更好些。

我不置可否，说，那第三条呢？

朋友说，这第三条，你是非要听从不可。我这提建议的顺序，也跟时下流行的发奖似的，先从三等奖发起，最后出场的才是最重要的。

我说，愿洗耳恭听。

朋友说，你到美国去，要采访很多心理学和医学的机构，我希望你的陪同能有这方面的专业背景，这对你的访问是非常必要的。医学和心理学都是很专业的学问，有很多特定的名词，特别是对西方心理学家和各种流派的了解，需要有专业水准。

我说，这第三条的确非常重要。谢谢你。我会郑重考虑你的意见。后来，我在给美国使馆的信件中，提到了对陪同的一些期望，当然，我说得很委婉，仅供参考。

当我在华盛顿秋天的阳光里 第一眼看到安妮的时候，朋友的第一条意见，就在安妮潇洒的裙子和胸口美丽的纹饰面前破碎。第二条意见，也在安妮明亮的黄皮肤面前彻底落了空。至于第三条意见，暂时还在未知中。

但很快，我就对安妮刮目相看了。她对心理学颇有研究，有新闻传媒学的学位，又是一位优秀的作家。特别是她对语言和文字的理解和热爱，使得她的翻译充满了准确和传神的感觉。谈话的时候，安妮就像一台效率极高的电脑，在我和美国人之间，传递着思想和情感的火花。那种思维的敏捷和技巧的炉火纯青，有时竟让我感受不到两种语言间的鸿沟。往往是我这里刚刚说完，安妮已经心领神会地翻译了过去，在我认为对方该微笑的时候，对方果真就微笑了；当我预期对方该沉思的时候，他的眉头就凝聚起来了……安妮清晰地转译了双方的语言内涵，微妙地传递了这其中的分寸。该严肃的时候是严肃的，该幽默的时候是幽默的，她不但把握精细，更添加着艺术的风采。

说实话，安妮小小年纪（我从来没有问过安妮的年纪，但从她平滑的肌肤和光洁的额头中，可以断定她正享有如花的青春），就有这般优异的语言能力，我从心底生出由衷的敬佩。

安妮是干练的。在美国访问期间，我们没有过任何一次人为的变更和迟到，这同安妮周密的计划息息相关。

每到一处，当我可以舒展疲惫的双腿，在房间悠闲地看电视的晚上，安妮总是在同当地的接待机构联系，将我们第二天的行程，规划得滴水不漏。特别是要乘坐地铁的时候，安妮虽然见多识广，但也并非每个城市都了如指掌，她总是在电话中把路线落实得清清爽爽。一边是旅途劳累的我，一边是严丝合缝的访问计划，我猜安妮一定为我们每日的出发时间煞费苦心。迟到了，是失礼；太早到达，就要压缩我们的休息时间。安妮将起床的时间订得很妥帖，当我们从从容容地吃了早饭，穿过拥挤的城市，正点抵达要拜访的对象时，她会长吁一口气。头几次，我说，看来你非常熟悉这一带啊，时间掐得恰到好处。安妮说，我也是第一次来这里，完全不认路。我这才醒悟到安妮付出的心血。

安妮是善良的。那天，我们住在乡下的一位老奶奶家里。因为连续颠簸，十分疲倦。晚饭后，老奶奶开始谈她漫长的历史，她有口音，且完全不留出翻译的间隙，这使安妮辛苦非常。老奶奶常常是一口气说出若干年的往事，然后用浑浊的眼神，充满期望地看着我们，看我们有何反应。我茫然地看着安妮，安妮又要核对年代，又要核对称谓，唇舌翻飞……还要把我的回答，配合着很夸张的表情，反馈给老人，让老人家感到我们听得心驰神往。常常这边还没来得及翻完，老奶奶又忙不迭地进入了下一轮的述说。人老嘴碎，有些话已是车轱辘来回转了。我对安妮说，我看你不停地翻译，连口水都没时间喝，实在是太辛苦了。只有我休息了，你才能休息。所以，我准备和老人家道晚安了。安妮，请你帮我把话说得委婉些，咱们告辞吧。

安妮说了。老人言犹未尽，但看我们去意已定，也就不再勉强，领我们到了卧室。简单地洗漱之后，我躺下了，安妮也躺下了。片刻之后，安妮又一骨碌爬起来，蹑手蹑脚地走到和客厅相连的门口，凑近了去看。然后，安妮走回来对我说，老人家正在客厅里，一个人孤独地看电视呢。

安妮在黑暗中沉默着，然后说，毕老师，您一个人先休息吧。我要去和老奶奶再聊一会儿。老奶奶沉浸在对往事的回忆中，她那么孤单，我陪她一会儿吧。

安妮穿着白色的睡衣，赤着脚，如同小小的天使，飘然走向客厅……

那一瞬，在黑暗中，我很感动。我知道，这已远远地超出了工作的范畴，只是一颗年轻的心，对一个历尽沧桑的灵魂的抚慰。

安妮的驾驶技术很好。深夜，我们降落在美国本土最南端的基纬斯特岛上，走出机场，黏而绒的热带海风如同温热的毛毯劈头盖脸裹了上来。安妮驾车，我们在小岛的公路上飞驰，车窗开着，黑夜在被车灯劈开，又在我们身后严丝合缝地焊在一起。我看着安妮的剪影，看到她目光坚定手臂灵活，我在想，身边的这个女孩，该有光辉灿烂的前途。她是一个优秀的翻译，但她的能量远远超过了文字转换中的要求。假以时间，我相信她会写出享誉世界的作品。

我和安妮常常谈到文学。我惊异于安妮居住海外，却对中国大陆的文学现状，有着全面的了解和深入独到的看法。后来我才知道，安妮已经在美国非常著名的兰登书屋出版了著作，并且得到了极好的评价。

安妮非常勤奋。这勤奋不仅表现在她极高的求知欲上，更显露在她对自己心路历程的探索。身处两种文化旋涡中的安妮，我猜她一定有很多迷惘与愁肠。不同质地和尺寸的齿轮，细腻地搅磨着她的神经，心在暗夜中碾出含有血色的豆浆。在海外的华裔，很多人闭上了眼睛，只用中餐和唐装来寄托自己的怀念，而安妮是勇敢的，面对着东西方文化的碰撞冲突，安妮为自己选择了最难的一条路——学习、思索，然后行动。

我在美国的时候，对安妮的以往，除了她告知我的以外，几乎一无所知。回国之后，我才知道她的中文名叫王蕤，知道她从少年时代就享有盛名。如今，安妮将她在两种语言之间穿梭往返的冷暖，将她宝贵的心得，毫无保留地贡献给大家，这是一份多么珍贵的礼物！我喜欢安妮在本书中对语言的热爱和兴趣，无论是中文还是英文，或是任何其他的语言和事业，唯有兴趣，才是我们最好的老师。那些具体的方法和提示，更是安妮在精通语言的过程中提炼出的舍利子，洁白而纯粹。

我想对安妮说，你会成为一个好作家，一个大作家。好，是你作品的质量；大，是你作品所覆盖的空间和时间。

这不是鼓励，也不是预测，是一个我们可以看到的现实。

我真诚地感谢安妮所给予我的所有快乐和帮助！

# 序二　一个美国90后男生眼中的王薇

Jonathan Ginsberg（前中国国际广播电台主持人）

我和 Annie 一见如故，合作非常愉快。她是一个作家，同时也是一个敢于突破、富有创新精神的思想家，她优雅而自信地弥补着文化间差异形成的缝隙，以大胆无畏的精神探索着"人性"这一伟大深奥的命题。我和 Annie 最富有深意的谈话几乎都是从很平凡的主题衍生开来的。她有一种强大的能力，可以把对人类和思想的认识提升到一种普世的高度，而这种能力源自她自己广博的生活阅历和不凡的生活见识。

Annie 有着冷峻而清晰的思维，不会墨守成规，常常会挑战那些一成不变的看法。她的思维方式很自然地影响到我，使我开始审视自己的世界观。作为一个在中国工作的美国人，我正身处在一个不断变化发展、充满刺激的新兴世界，而与 Annie 的沟通交流总能让我远离喧嚣和浮躁，从另外一个角度来更加清楚地审视和理解那些曾经让我如此难懂的中国式现象。

Annie 的母语是中文，但她却偏爱用英文写作，并且以一种生猛的、几乎出自本能的方式表达出来，如鱼得水。她的语言表达坦率、直接，散发着狂野，但是她的英语非常注重细节与细小差别，对此她毫不妥协。听她含笑而语，是一种享受，让人觉得就这样一直听下去该有多好。

与 Annie 的合作虽然告一段落，但我也在与她的互动中了解到，作为一个独立个体的人，尤其是作为一个母亲，对于 Annie 意味着什么。为了每天都能和三个孩子待在一起，也为了她自己所追求的远大目标，睡眠时间可以被压缩，私人空间也可以被挤占，Annie 在照顾孩子们的同时还有条不紊地完成手头的工作。她对三个可爱的孩子有着异乎寻常的耐心和爱心，当然她也并没有因此忽略亲爱的朋友们，同样给了他们足够多的爱和热情。是的，她竭尽所能去周全一切，令人惊讶的是，她做到了！她如此年轻就取得卓越成就让人感到不可思议，或许最好的解释就是她在做自己喜欢做的事情并忘我投入，并且始终保持着最高的热情。Annie 总能很快发现别人身上的闪光点，不管有意与否，她就是这么做的。

# 王蕤自序

每一个人都应该在这个竞争社会中练就一副看家本领。英文写作可以说是我的看家本领。不管我嫁什么人，做什么职位，或者进入时尚、投资以及 IT 领域或者尝试其他，中英文双语作家永远是对我最好的定义。

大部分女人打扮打扮都可以美丽，收敛收敛都可以优雅，忍忍也都能减肥。还有的，买俩包，与几个有头有脸的人交往，也可以把自己包装成名媛。但是练就看家本领是要靠面壁十八年出来的智慧与毅力，来不得半点投机取巧。

很多退休的官员发现自己不被社会所需要。作为北京人，我从小见到的就是有级别的官和熟悉的 CEO 或者董事长或者某某总。我觉得人们如果能够在没有平台的时候，作为一个个体，被人需要，影响别人，那才是牛掰。比如孔子。

写这本书的时候，我坐在北京的书房，望着院子里的石榴花，此刻正是阿里上市的日子。马云是个奇葩，这些年中国变得物化起来，奇葩的是物质财富成功与否常常变成检验真理的唯一标准，人们却忘记了人类最闪光的是它的思想结晶。而马云的财富体系源于他的思想。

我承认，我也有自己的各种名片，各种社会角色，未能免俗。但是作为一个个体，我有自己独立的声音和能影响他人的价值体系，我为这个世界创造过作品，这在我看来，是来到这个世界最重要的意义。Been there, done that.

# 第一章　久远劫来的青春伤痛

## 第一节　学通社小记者

我是70年代生人。"文革"结束后的改革开放时代，西方文化启蒙对我们后来的成长起着重要的作用。

我在7岁的时候，买了人生的第一本书：《李清照诗词》，两毛多钱。我想这跟我后来爱上文学有很大的关系。

李清照是我第一个佩服的人，然后是曹雪芹，然后是萧红。最喜欢李清照的词牌《凤凰台上忆吹箫》：香冷金猊，被翻红浪，起来慵自梳头。任宝奁尘满，日上帘钩。生怕离怀别苦，多少事、欲说还休。新来瘦，非干病酒，不是悲秋。

小时的我，喜欢的是传统中国文化。我弹古筝、古琴、学习工笔花鸟、沉迷宋词与屈原，对魏晋南北朝的佛教非常向往，也最爱李清照的宋朝。

我上初中的时候，西方文化进入了中国，肯德基进来了，冒着泡的可乐进来了。然后，弗洛伊德、毕加索、高更和存在主义轰炸了我们那个年代的年轻人的知识结构。曾经闭塞的中国一下敞开了大门。我的世界不再只是李清照的花雨卷帘，多了凡·高的向日葵和阿尔的太阳。我对外面的世界充满了幻想。

我在初中二年级考取了《北京青年报》学通社的小记者。那时我在想，有什么是比做一个东奔西走的女记者更为浪漫的事情呢？说来有意思，学通社让我一辈子受益。当年创办学通社的老师、手把手教我写作的是现在香

采访廖静文女士

港上市公司北青传媒的董事长张延平先生。我回国后，他曾聘我为时尚杂志顾问。15 岁的我在日记里写道："学通社给我们颁发的小记者证，是一张入场券，让我头上沾满花瓣，在社会的展厅里逛了一圈。各异的事物如我爱的马蒂斯的色彩一样令人变幻莫测。我大开眼界。"

西方文化进入后，我们自然很好奇，我也壮着胆子用英语采访了不少来中国访问的大名鼎鼎的老外，包括电影明星什么的。那个时候，英语好的人不多，能用英文采

采访明星凌峰

访的更少，何况是个中学生，所以我出了不少风头，很多人认为我是一个英语天才。而事实并非如此。我那时候也就是初生牛犊不怕虎，语法不通，发音不准，胡乱比画，反正对方也能明白个大概。但是敢说，敢用，这为以后的英语实践提供了一个很好的开始。我从那个彻头彻尾的黄土高坡式的中国传统文化派，走向东西方融合。

至今很多西方的东西我并不喜欢。我不去肯德基也不喝可乐，可是我的文化里吸收了很多西方元素，让我成为一个更完整的人。

## 第二节　保送与孤独

任何最初的相遇（encounter）总是难忘的：不管是与你爱的一个人，还是与你爱的一门语言抑或一种文化。也许这就是佛家说的缘分（affinity）。关于英语，我遥远绵长的记忆里充满了诗人炙热的感怀：爱、哀愁与眷恋。现在想起来，仍有种惆怅。它与少年时代刻骨铭心的伤痛有关。

小学五年级时，我因为成绩好，成为班上唯一被保送重点中学的学生，招来一些同学和家长的嫉妒。有一天，一个同学居然偷了我的日记本，把里面的内容大声念给班里其他人听。我在日记里写了自己喜欢同班男生 J 的那种心情。J 是我们班的体育明星。他有着白皙的皮肤和长长的睫毛，看人的目光如树影婆娑。他每天早上都很早起来陪我跑步，他在操场上远远地站着，穿着白色回力球鞋与球袜，白色的短裤，等待我的到来。我们的跑步没有对话。而回到教室，我会惊异地发现他还在我的课桌里放很多我喜欢的杂志。他还教我滑冰。我觉得世界上怎么有人对我那么好？我是如此地受宠若惊。我现在闭上眼睛，仍然可以看到 12 岁的自己站在他家楼下，固执地望着阳台发呆。我渴望如童话里那样他出现在阳台上并拉琴。事实上，这发生了，并且他拉完琴默默与我对望。我们呆望着，充满着欢喜和无知。

那个时代的中国是封闭的，甚至是扭曲的。喜欢一个男生，对一个女生来说，是思想复杂，是不正派。12 岁的我，就这样当众被揭开隐私，我觉得最美丽的有如宗教一样神圣的对 J 的崇拜的情感被大家肆意嘲笑（mock）、屈辱（humiliate）了，而我，也被孤立（isolated）了。

没有人喜欢少年时代被孤立的感觉。因为我们渴望同龄人的接纳。而对我来说，更为残酷的就是要接受来自 J 的那种不屑与轻蔑的目光。我只好相信他是为了 peer pressure（来自同龄人的压力），故意不理我。有一次，老师让我辅导同学作业。我走到他那，他眼睛一翻，粗暴地对我说，"哪凉快去哪。"他不是那种小痞子，却做出小痞子的样子来伤害我。我不知道如何面对或者保护自己的尊严。我站在那里，呆若木鸡。

那时老师刚宣布我作为全校最优秀的学生，将被保送初中。后来我听说 J 这个学习第二的男生家里不干，要去学校闹，抢名额。我多想用保送名额来换取他的友谊与尊重。我不怕考试，真的。

而那个时代，我的罪恶更来自于在月经初潮的年纪里喜欢上了一个男生。而那时的中国，男生女生在学校，根本就是对立的敌人。有的家长找到学校，"这个女生这么复杂，小小年纪就知道喜欢男生，怎么可以保送？"

那时的学校还是有些正义。他的父母是高官，给学校难看。但是公正的老师仍然顶住了压力。他们坚信我的品格与能力。而我呢？学习好是我这个没有束缚的扎着小辫子的聪明女孩的过错，我不会装愚守拙。我更不会掩饰自己的情窦初开。我从小不会掩饰。我前世一定是个西方人。我没有跟任何人讲他对我的热情和主动，因为我知道打小报告和告发不在我的血液里。

后来，他转学了，听说通过父母的关系进了另一所重点初中。

小学，我经历了荣耀，被学校当作最优秀的学生保送到重点初中，我经历了被班里同学孤立，被家长认为异类的屈辱，我也体会到被最帅的男生呵护和欣赏，但我更体会了残忍，就是人们会为利益或者压力而背叛友谊。即使很小的年纪就会有这样的世故。

我的小学没有英文世界。我沉浸的宋朝的李清照，有些 sentimental，有些封闭。我不懂感情游戏。我只是12 岁的孩子。我知道，那个男生轻轻拍着我，睁着大眼睛对我微笑，我就会静静地跟随并虔诚地膜拜他。

很多年后，小学的另一位男生 X，当年也是一位叱咤风云的人物，后做奢侈品行业。他曾是 J 最好的朋友。他跟我提起的 J 却是另外一个故事版本，"J 是从外地转学到北京的。他很想被北京的孩子接受。你是班长，是班里的中心，他就通过接近你，顺利进入北京同学的圈子。然后还希望最终替代你。他是一个彻头彻尾的实用主义者。看你受孤立就不理你，因为你没用了，这太势利了。我真的憋了这么多年说出这话。还有你知道，那个 W 同学？他的妈妈主动教你们英文是因为他想接近你。他一直喜欢你的。有一次在夏令营，他做着梦叫你的名字。我想说的是，那时，好多男生都喜欢你。"

北京从来就是政治的旋涡，难道孩子们从小就开始玩政治斗争吗？就开始用计策来利用人吗？那么我在这样的环境下长大，怎么一点这样斗争的本事没学会？我不知道该怎么说。至于我被孤立，被嘲笑，怎么又会被男生喜欢？除了 J，没有人表达过对我的爱慕。我以为，只有我是那个早熟的、喜欢异性的小学生。为什么 X，在我们都人到中年，才把事情的原本告诉我？

我觉得也许我喜欢英文，是因为我直率、表里如一和热爱自由的性格。抑或，我的性格是受英文世界影响，人非常直接。

小学毕业的那个夏天，我终于开始和英语世界接触了。男同学 W 的妈妈从国外留学回来，义务教我们几个学生《英语 900 句》。那时，很少人出国，这位妈妈在我们眼里非常时尚。她比一般中国女人会穿衣服，又比其他北京妈妈温柔。她的儿子 W 选了他最喜欢的三个人，J 是其中一个，还有一个男生，和我，一共四个人学英文。

这就是 X 所说的。这在当初是一个 Set-up，因为 W 想接近我，而他知道，只要邀请了 J，我就一定会去他们家学习英文。

其实，不是因为 J，是因为 W 的妈妈是我早年见到的女性主义者。她在那个年代很前卫，大胆。很快她离婚了，找了德国人结婚离开了中国，这是后话。

且说我被选上跟她学英语觉得是很大的荣耀，对 W 同学喜欢我、想见我和这一切都是 Set-up 并无知晓。我们每天在 W 家里集合学习。我和 J 又相遇了。自从我被学校保送后，我彻头彻尾成了他的敌人。他的蔑视与冷漠的目光让我拘束，让我恐惧，让我总是想逃开。没有全班同学的压力，他为什么还是那样有敌意？我故意不做作业，故意不好好学习，让他嘲笑我笨，嘲笑老师选错了保送生。连我特尊敬的同学的妈妈也说我慢。她明显对男生很耐心，对我很不耐烦。我很难过，一听到"Who Are You?"我就打冷战。

而 W 和另外一个男生非常愿意帮助我。他们知道我在故意不学习，就帮我补课。

为什么一个保送就可以葬送 J 的所有友谊？这时的他，不再是那个从外地来的胆小的说话带口音的小男生了，他已经蓄起了胡子，一个早熟的少年。他傲慢而怀恨在心。

青春的伤痛是刻骨铭心的。我那时终于明白：我们再也不可能在明朗的夏日午后一起做纸帆船了，再也不可能在飘满红枫叶的路上奔跑追逐了，再也不能在八月路人穿梭的马路上共读一本书了。我学会的第一个英语句式就是"We can no longer...", "We can never be the same."

一个童年的偶像，曾经充满光泽而回响，如金属的质地，就那样地在哀伤的英文歌声中轰然倒塌。

上了初中，J 被安排在他学校的俄语班，再后来，他靠家庭关系换到了保送大学的名额，遭到中学其他同学的抗议，再后来我和他保送到两所不同的大学，我们的名字同时出现在那年北京毕业生荣誉名单里。

后来他到一家互联网公司工作，为了 CEO 的位子，又不得不重学英文。再后来，我留美回来搬回中国，他在我们各自都有了几个孩子之后，用短信向我道歉，很简短，但意义非凡。我们没有再见过面。同住一个城市，成了八竿子打不着的人。

我的内心有时还会浮起那遥远的金黄色的浩瀚的记忆。我经常在他家门前的小路徘徊，聆听着足音，心里充满着一种哀伤和甜蜜，从黄昏到日落。我还是愿意相信，他对我的喜爱不是一个计划，是发自内心。我这么想，是因为在这个世界，我看到的真善美更多一些。

## 第三节　我的英语小秘密

日记被人偷看之后，我对人生多了一个感受：压抑（depressed）。我内心里有着丰富的对美对生命的感受，我爱后期印象派，我的宋朝，我的临安，我的李清照，我的清明上河图，我的萧红……我天真地想，如果我用一种别人看不懂的语言写下这些美好的感觉，最秘密的感觉，就没人能偷看并嘲笑我了。于是，我在 12 岁的时候，抱起一本英文字典开始了英语学习。

记得那时的我，正沉浸在三毛充满异域色彩的小说里。我把对三毛小说的激情（passion）与我对英语的激情连在了一起。我拼命寻找撒哈拉（Sahara）、神侣（soul mate）、伤心电影（sad movies）、稻草人（scarecrow）、尘世（the mundane world）这些词汇的英译。因为热爱，因为激情，我不需要刻意记忆，这些词汇在我心中如阳光地带的向日葵繁盛而快活地生长着。而那时，我们的英语课堂上教的仍是那点可怜的 "How are you?" "1'm fine. Thank you."

但是因为没有人教，我在自学过程中，也闹了很多笑话。比如说，我查了字典，知道了稻草人是 scarecrow，我就自己把三毛的书《稻草人手记》翻译成 *A Scarecrow's Writings*。

后来看塞林格写的《麦田里的守望者》的中文版，

又以为这里的稻草人还是 Scarecrow 这个词。我就跑到当时坐落在亮马大厦的英国大使馆的图书馆找这本书。我跟管理员说 Scarecrow，他根本不明白。后来我就又说，就是那个很有名的美国人写的。他听了半天终于恍然大悟：原来你说的是 *The Catcher in the Rye*。

我后来真的试着去读《麦田里的守望者》时，因为生词太多，不仅坏了兴致，也不得不放弃。但是图书馆的管理员还送了我另外一部书《在路上》。这两本反骨精神的书成为我对西方文学的最早启蒙。

不过，我从中也悟出了一个道理：学英语不能一口吃个胖子。看来什么事都得一步步来，Step by Step，玩"大跃进"（the Great Leap Forward Movement）是不行的。一个初中生，看原文的《麦田里的守望者》，还是有难度的。

# 第二章　中学里学外语比学文史吃香

## 第一节　在北京二中的日子

也许是老天爷可怜那个朴实而敏感的小女孩和她悲伤的童年，我的初中和高中非常顺利，而且很受同学们的欢迎。我做了北京学通社的社长，《中国少年报》的首席学生记者，中央人民广播电台青少年节目主持人、学生会宣传部长，《中外少年》杂志的驻京首席记者，全国校园歌曲大奖赛的唯一中学生评委，获得了全北京中学生希望之星奖。我的绘画选送北美，并成为16岁就在《人民文学》这样顶级文学杂志发表文章的著名小作家。我成了学生名人，更重要的是我以全校第二名的成绩考上了从小向往的市重点北京二中，而且在高一时，做了班长，是管喊"起立"的那个。

但我却没有时间补充英文。当时我并不觉得重要。而且总的来说，初中学的英语毕竟是小菜一碟（a piece of cake），太过简单。真正开始系统学英语，是到了高中以后。

　　且说我以优异的中考成绩考进了北京二中后（悲惨的是英语最低：97分。数学和化学这些我后来再也不沾的科目倒都是满分），很快我发现这里不但藏龙卧虎，而且大家对学英语似乎都有种狂爱（obsession）。我7岁爱上李清照，后来成长为学生作家。在英文与中文之间，我大部分时间还是看中文，学中文，似乎有着很强的爱国精神。我没有想到，在这个高中，每天早自习，大家不是在吟诵中国古诗，而是在大声朗诵英语课文。每天清晨坐在讲台前的是英语课代表——所有班干部中最酷、最被人羡慕的一个位子。有一个男生，每天做的事就是挑前一天晚上他看到的中国电视节目主持人说英语时的语法错误。有一个女生，每天都当众盘问大家一些生词的拼写，作为一大娱乐。如果大家拼错，她更快活。

　　我被这种疯狂英语吓坏了。我喜欢英语，但它只是我学习的一部分，却是不少同学的全部。

　　后来我才明白这种爱外语的风气来自于同学们的出身。我们班里很多同学都是外交部子弟，父母本来外语都一流，连班主任都是外交部体系的，大家都以学英语为荣，目标都是上外交学院或者对外经济贸易大学，而不是我向往的北大、人大。当时，我们班上最吃香的是一个外交部官员的女儿。她学习好，英文好，是大家崇拜的对象。像她这样英文成绩好的学生就被选到学校的英语俱乐部。老师额外给他们加课，教他们唱英语歌，还让他们参加法语俱乐部学法语——那个年代的"高大上"。我们热爱文史的只是在校外无限风光，但在这样 DNA 的氛围里，也算"屌丝"。

我是学生会的宣传部部长，热衷为学生们办画展，搞讲座。但英文不是强项，在班里始终是个边缘人物。在我们的那个班级，会英语就说明你是"外二代"：外交官的第二代。"外二代"才会有欧美录像带、瑞士巧克力以及雅诗兰黛化妆品。


## 第二节 "外星球女孩"Rachel 来了

我当时也梦想成为学校英语俱乐部的成员。但是看到"外二代"那么用功学外语，我有种抵触感。我永远不会一字不落地把新学的课文默写下来，没有哪回英语考试成绩能上 95 分。我觉得英语中有的话可以有好几种说法，但是标准答案总是只有一个，挺没意思。

再说了：英语再重要，也没母语重要啊！他们早自习念英语，我就故意看琼瑶、看金庸，或者朗诵点古代诗歌，以表示自己是国学派的，不是以洋派的为荣。

我从来没有对自己在英文上能够有什么出息抱过希望。直到一天，一个来自美国罗德岛的 16 岁女孩 Rachel 到我们学校与同龄人交流，我才找到了自信。

北京冬天的一个早晨，活泼可爱的美国女孩 Rachel

来到北京二中高一年级三班和我们交朋友。真奇怪，她竟受到了冷遇。她像是外星球来的，没有人过来跟她说话，那些平时能将英语课文背得滚瓜烂熟的学生中没有人跟她交谈。我实在不愿意看她尴尬，便和另外一个来自俄语班自学英语的男生和她打了招呼。虽然我俩英语考试从来没拿过满分，但和 Rachel 谈话，我们一点也不紧张。我们说排行榜（Billboard）、乔治·迈克尔（George Michael）、莎黛（Sade）、电影《毕业生》（The Graduate），一起唱民歌 "puff the magic dragon lives by the sea"。我那时说话并不自如，因为词汇量有限，但是我发现在英语课上学的基本句型很管用。我在组织句子时，如果是因果关系，我知道用 because 或者 so 连接，如果是附加，我用 not only...but...，如果是虚拟，我知道用 should，此外还有表示选择用 either...or...，neither...nor... 等等。

真的非常令人惊奇，美国人能听懂我的话，我也能听懂她的话。有的时候，我的话说到一半，接下来她可以马上用完美的新英格兰的发音与句法替我说完。在那一刻，我豁然明白了：英语是工具，是用来交流的，要运用它。英语不是用来和人比高低的。答卷上的分数不是一切。

那天，我跟 Rachel 学习了很多新的词汇。比如，英语课上，我们管"孩子"叫 children，她告诉我口语中可以用 kids。"父母"，课本上只教我们说是 parents，但她又告诉了我 folks 这个词。"这个人很怪异"，课本上怪异

"外星球女孩"Rachel 来了

是 strange，她教会我用 weird。还有"好"，除了课本上学的 good、fine、great 和 excellent，我还学会了 brilliant、fabulous、fantastic、super、marvelous、bravo、terrific、splendid、superb、magnificent 等一大堆。我用自己结结巴巴的英语赢得了她的友谊。

她回家后告诉家人，她非常喜欢我，希望能到我家住几天。等她家人打来电话，我很意外，但还是爽快地答应了。

和她近距离相处，发现她文静、善良、谦让、实在。她总是睁大眼睛静静聆听别人，非常有教养。Rachel 不爱打扮，不化妆，不戴首饰，棕色的头发往脑后随意一夹，这是我欣赏的那种返璞归真。那个时候我们都喜欢印花和蜡染布，画画，都讨厌做作。后来我到美国才知道扎染（tie-dye）所代表的摇滚文化，这是后话。

有一天，我和她骑着车高唱英文歌你追我赶，回家来把门一关，跳 disco，我们认定青春就该这么挥霍。

我家是和睦而令人愉快的，她也很随便。还记得她来的第一天，爸爸要帮她拿行李，她说了声"谢谢"，递了过去，一点也不谦让。我心想要是我可能就会说："不，我不累，自己可以提。"东西方到底不一样。

她看到我姐姐从云南收来的瑶族服装，要过来穿上。妈妈根据她的脸型，为她梳了中国的发辫，还带上了头花。乍一看，Rachel 真有点像印第安人。她在镜子前走来走去，特别开心，最后害羞地捂住了脸。我问她饿不饿，她不像中国人会空着肚子说刚吃完，而是大声地喊"饿了"。吃饱后，她就快乐地喊一句"bed-time"睡觉去了。

每一天对于她都是那么新奇开心。她怎么可以这样无忧无虑？我只比她大一岁，却怎么会写出"我的痛苦万年以前就已注定"和"雨下来的时候 / 会淋湿么 / 我的 / 意识"这样沉重的句子？

16 岁的我，看到她拿着日记本甜蜜地睡着，我在想当我到了一个异国，一个陌生人的家，可以这样安然入睡吗？在她的那个世界里有没有黄土文明的那种黄牛犁地的沉重感？有没有对不公平的质疑？有没有对生命起源的困惑？

在我后来对西方的了解中，这些答案都是肯定的。

只是那时，我们对西方的了解太少了。

Rachel 和我之间没有秘密。有一次她从饭店回来有些伤感，不知为什么。

"你有男朋友吗?"她问我。美国孩子光知道恋爱!我心想。我回答，"我们中国孩子成天在学习，哪有工夫想这些?"

她望着我，很认真地说她今天喜欢上了一位中国记者，他十分英俊，可惜年龄大些，26 了，也有了女朋友。看 Rachel 单相思时动情的样子，我想：世界上最可爱的女孩也不过如此吧!有一天，我和瑞秋还有两位中国学生游览长城，正巧遇见了几位美国人，我就说："你跟老乡打招呼呀!"

"为什么要?"

"中国古话说'他乡遇故知'。你在外国碰见你的同胞，不感到亲切吗?"她无所谓的样子让我觉得奇怪。

"在哪里都看得见美国人。"Rachel 淡淡地说。

我明白了美利坚是一个融合的民族。而这对那时的我，一个乡土概念很重的人，还是无法理解的。在外地玩的时候碰见了几个北京口音的人，我都会欢喜地聊上半天!

当然几年后我自己走出国门，一切就都理解了。中国人和中国人在国外见到，主动打声招呼算是少数。

Rachel 喜欢看我的英文作文。有一次我拿给她一篇中国近代遭受列强欺侮的内容，她就看了很多遍。她说她没有想到我可以用英文写出这么深刻这么感人的东西来。
我是多么自豪啊。我在班里英语成绩中等。我骄傲地告诉
她。她很吃惊。同时我也很佩服她的心胸，作为美国人，
她为中国的苦难而难过。

　　我要去上学了，她一定要跟着。因为经历了她在学
校那次冷遇，我决定帮她做些同学的工作。

　　和同学们聊天，我发现不少二中同学根深蒂固地认
为发达国家的孩子有种优越感，所以不愿理她。我觉得这
种近似偏见的猜测是不公允的，但我不能得罪那些同学。
我就小范围找了几个比较开朗的同学约他们和 Rachel 再
进行一次对话。他们欣喜地答应了，告诉我说，"其实那
天你和她聊得很欢，我们都很羡慕，想过去，又怕让人觉
得不够酷，就绷着。"然后，作为学生会宣传部长，我又
在广播站广播了她要来我们学校的消息。我说欢迎所有年
级的同学跟她到英语角对话。

　　第二天北风呼啸，我作为主人，要为 Rachel 叫出租，
她执意和我骑车去学校，还说"美国女孩和中国女孩一样
坚强"。后来，我惊奇地发现这位北美小姑娘的羽绒服里
只是一件夏天穿的衬衫！

　　我带她参观了计算机房、实验室、电教室。走到阅
览室门口时，她见同学们都在安静读书，说什么也不敢
进去。在我的鼓励下，她把围巾往头上一裹，小眼镜一
戴，扮成中国学生，借了本英文画册翻了翻，又乖乖送了
回去。

这次她见同学，背了一书包的磁带、录音带和书，想换得大家的友谊。没想到，因为我成功的准备工作和宣传，一会儿大家就把她围个水泄不通。在谈话时，学俄语的同学请学英语的做翻译。Rachel 赞美二中的同学们，"你们的英文水平比留美的一些外国学生还要好！你们的发音很标准。"

"在我印象中，美国中学生只会玩和谈恋爱。"一个男生直率地对 Rachel 说。

"你讲得有道理。但会玩是件好事，不是吗？"她极其礼貌地回答。

"美国中学生最向往的职业是什么？"

"投资。但是教师很有地位。"

"周末怎么度过？"

"大家喜欢各种聚会和开车去海滨，我喜欢和朋友去森林散步。"Rachel 眼神中充满的幸福感让我们羡慕。海滨森林离北京都不近。

这时，英语课代表拿着一本语法书一本正经走过来，有几个语法问题请教 Rachel，可她半天也答不上来。看来我们高中英语语法已经相当深奥。

接着一节历史自习课，她又吃惊得不行："竟然有人可以自己学习不说话？这要是在美国，大家都会疯的。"社会主义和资本主义历史课本自然不会相同。她翻开我们书里的彩页，看到了第二次世界大战三巨头的相片，一下子认出了坐在右边的人是斯大林，然后又指出丘吉尔，对着自己国家总统罗斯福却不知是谁。她不知道美国什么时候独立，民族英雄内森·黑尔何许人也。问她谁发明的电灯，她会可爱地回答爱因斯坦。她最不喜欢数学，咬着牙说："我恨它。"当我们看到她的美国十一年级数学题，发现我们初中生都会做。不过谈起 Rachel 热衷的绘画，从安格尔到莫奈，她滔滔不绝。

最让我们佩服的是她到中国旅游一趟几千美元的费用，都是自己打工挣来的。为了钱，她含辛茹苦一天干四个工。

放了学，我们得做清洁扫除。Rachel 把裤腿一挽，要和我一起干。可她是客人，这怎么可以？组长因为外事活动原因免了我的值日，大家都簇拥着 Rachel 走出校门。大家通过接触，都喜欢上这个不骄傲、不偏见、不自私的美国女孩。

她每年放假都要到世界各地旅行。最喜欢的国家不是英国，也非澳大利亚，而是中国，她说因为那种深厚的文化与人情。我也在想：她在中国的这次旅行对她整个一生都是受益不尽的，她是一个充满灵气与爱心的女孩，东方文化的沉重与神秘会使她成熟起来。

"你要对在美国的 Chinese kids 说些什么？"她问我。

"希望他们争气。"我一字一句地说。如果是现在，我可能不会那么说，我会说，让他们多回中国看看，希望他们快乐。那时，我有着很强的责任感和使命感，总觉得一个人在外，就代表一个民族，其实，他就代表他自己。

我们在一起的最后晚宴设在使馆区的神仙豆花庄。这是一个可以吃到中国文化的地方。厅两面是女娲补天和后羿射日的巨幅壁画，古朴的桌椅散发着松木的香味，灯笼发出昏黄的灯光。麻布裹里的墙上挂着贵州脸谱，我们品尝着川菜，旁边的古装演员吹箫弄琴。

席毕，我拿着话筒，用英语向约两百位宾客说："诸位，今天我们为一位美国女孩 Rachel 送别，特地为她演奏一曲。祝她永远快乐。"

姐姐走到乐池中，用古筝弹了一曲《渔舟唱晚》。

Rachel 眼里闪着泪，她托着腮，很专注。我也想哭，可没有。

所有的贵宾都向我们鼓掌、敬酒，有日本、印尼等各地朋友。他们在欣赏我们的友谊，姐姐的琴艺和我唬人的英语。

在用易拉罐做的快乐屋子面前，我们拥抱着分手。我递给她一颗糖，红双喜包装的。她吃完，小心地把糖纸放在牛仔裤兜里，挤挤眼："留作纪念。"

她走了，但她身上的朴实告诉了我：无论贫富，不分种族，人类本质的东西原本就那么相似。

Rachel 回国以后，不断热情地来信，说我在他们班里出了名。我捏着全是圆圆的怪字的美丽的信纸，坐在柳树下，回想着那个冬天我们背靠背说话的情景，心里在想：我们都是地球的孩子，在这蔚蓝色的星球上追逐着不同的人生。

多年后，我去美国罗德岛 Rachel 家看望她

但是友谊，友谊是怎么一回事呢？

人与人之间不断地交融与和谐。

后来受我的影响，她报考了布朗大学东亚系，学习中文。在我赴美求学时，她到了我老家西安留学。我在美国加州大学伯克利分校读英文时，爱上了黑人女作家 Maya Angelou 的诗："We are more alike, my friends, than we are unlike."在以后的世界里，我也发现人类的共同点远远多于不同点。

再后来，我去罗德岛看她，我们又在哈佛大学校园相聚，和她从佐治亚州来的男友一起喝啤酒。再再后来，我成了美国国务院的语言专家，她到了美国国会工作。再再再后来，我回国后，我们失去了联系。因为我忘记了她的姓氏如何拼写，一直无从联系到她。

## 第三节 我考大学四级和托福

从和美国女孩 Rachel 的谈话中，我感到了英语的灵活性和中学英语教科书的机械性与局限性。中国英语教科书上的英语是中国式的英语，对使用英语真正帮助并不是很大。会背书，但不能与人沟通是应试英语最大的问题。我在高一时，已经考下了大学英语四级。我发现，中学时学的那点语法、句式和词汇量应付大学四级足够了。高二时，我又参加了托福考试，不是为了分数，只是为了经验。我再一次发现，我虽然在班上英语成绩一般，但北京二中课堂上学来的语法足可以在托福的语法部分拿到满分。我的阅读也不错。吃亏则完全在听力上面。之后，我利用作为中学生小记者去采访国外明星的机会，用我有限的英语直接与他们对话。重要的在于交流。听真人说话和听托福磁带完全不一样。最重要的是你可以观察对方的嘴形，发音的部位。他们说话时的表情与眼神也可以强调他们的口气。

后来我在准备托福考试时，把三分之二的精力都花在了听力上。听力其实靠的是对美国口语的了解程度，而这些，正是一般中国课本里最缺乏的。有的短语，可以根据表面含义猜出其引申意义。比如 better than nothing（聊胜于无）、expand one's horizons（开阔眼界）。

在后来的日子中，我结交了很多西方朋友，他们发现我在英语语境里非常自如、自信，经常开玩笑说我，"你的前世一定是个西方人。"


## 第四节　英语的语感如何形成

有的短语，拆开了哪个词儿都认识，凑在一起就让人找不着北，不过一查字典便其义自明，中文解释与之对应得丝丝入扣，所以基本上还是属于"可死记硬背"类型。比如 no need to be rude（没必要那么凶），Let's call it a day（今天的就到这儿吧），be around the clock（连轴儿转），that's that（就这么定了）。

还有的习惯用语，是需要根据上下文语境领会其用意的。比如 things could be worse，它的字面意思是"事情还有可能更糟"。举个简单例子：一位男士约了名叫"青春美少女"的女网友见面，却发现对方相貌丑陋，但是，things could be worse，人家长得是不怎么样，但还好不是个老太太。

还有，You've got nothing to lose，"你不会失去什么"。一个小伙子想对姑娘表白爱意却开不了口，朋友便可以劝他，不说就永远没人知道，说了至少有 50% 的可能如愿以偿，You've got nothing to lose，就豁出去吧，也不会少块肉。

以上说的是一些唬人的习惯用语，而有时候就一个单词也能把人给绕进去。比如 feature，除了表示"特征"，还有"故事片"之意。broke，除了担当动词 break 的过去式，本身也作形容词，意为"贫穷的"。还有 He hits on her，听起来以为是他撞上了她呢，其实意思是"他喜欢上了她"。还有 cash in，听起来以为跟现金有关，其实是"利用"的意思。The Dutch school of painting，school 在这里是指"流派"而非学校，即荷兰画派。I turn in early tonight，不是今晚早点"上交"，而是早点睡觉。He is really square，并非他长得很"方"，而是为人古板、保守。

当然，英语中类似的例子还有很多，熟练掌握需要一个积少成多的过程，那么有没有什么"速成"的办法呢？我倒是有个小诀窍——听不懂就"猜"。这个"猜"不是瞎猜，而是根据讲话人的语气、声调、节奏、上下文来揣摩他的意思，最好在绕来绕去的一句话里再捕捉到一两个关键词，就应该能猜出个八九不离十了。这个本事并不难学，因为尽管中国人和外国人语言大相径庭，感情色彩却多为相通。英语无论听说读写都讲究找"语感"，说到底还是个十分感性的东西，所以猜句子是练习听力的一剂取巧又对症的良药。

## 第五节 采访时中英出击

我当时只是一个小孩，一个中学生，却有了张记者证去采访。大部分我采访的外国明星都对我特别耐心和尊重。他们和真正的中国学生接触很少：这个在他们看来很封闭（closed）的国家，一个中学生就可以说英语，而且对世界了解那么多，他们对我一样好奇。而我，从和他们的英语对话中，也学到了很多东西。比如说，在民族宫的后台采访一个澳大利亚爵士乐队时，我当时对他们说的班卓琴（banjo），即兴演奏（improvisation）、泛音（harmonic）和切分音（syncopation）这几个英文词不明白。他们就从盒子里取出乐器，在偌大的演出大厅为我一个人示范表演，直到我搞懂为止。

高中毕业前，我一直没有被学校英语俱乐部选上。但是有那么一天，英语老师竟主动找到我说，国际红领巾英语广播电台招小英语广播员，我被选上了。她说我嗓音低沉有回音（resonant），说英文时很好听。她鼓励我学外语。而在 2014 年英文杂志 *Time Out* 对我的采访中，英国女记者 Charlotte Middelburst 一上来就形容我说英文的声音：Annie Wang has a sultry voice. It's strong but sensual, like a firm handshake in a silky glove. Sultry 有性感磁性的意思。记者说我的声音低沉而性感，像通过丝手套坚定地握手的感觉。

其实小的时候因为割掉扁桃腺，声线变低，因此不能进入合唱团。其他女孩子那样叽叽喳喳的声音，让我自卑了好久，但是说英文时，却得到的是对嗓音的赞赏。看来，中西文化真的不一样。我在英语世界里，倒也有着得天独厚的先天条件。

我们当时的班主任找到我，说要保送我上北京外国语大学西班牙语系，问我愿意不愿意。那时的我，已经非常清楚，我热爱外语，但不想目的性太强。语言对我，只是一个过程，一座桥梁，而非目的。于是，当人大新闻系和法律系向我招手要免试录取我时，我选择了人大。当时我们文科班有 63 人，3 名同学排在北京市高考前 10 名。他们分别上了外交学院和对外经济贸易大学。我是班上仅有的两个没有报考涉外专业的文史类学生之一。我认为，语言的发音固然重要，但与语言要表达的内容来比，还是内容更重要。后来莫言的书有人帮他翻译传播到世界各地，成龙和李连杰的英文不标准，但是他们仍在好莱坞有一线地位。至于我自己最后靠英语吃美国饭倒是怎么也没有预料到的，真是人算不如天算（Man proposes, God disposes）。

# 第三章　我的免费外教来自哈佛

现在很多学生，尤其是家庭条件比较好的都是花钱请外教补英文。我有不少美国好朋友，在美国找不到工作后，就到中国、日本、韩国教英文，收入很不错。我在上中学时，第一位外教是 Michael 先生——我 16 岁那年，在金台西路路边"捡"来的启蒙老师。他不仅是免费帮助我，而且是自动上门。

## 第一节　大院里跑步遇到美国老头

我的成长经历是标准的北京大院子弟成长经历。我家 1981 年从北京王府井搬到小庄金台西路的报社大院。那时，小庄一带就是个村子，我们院子有武警站岗，很大，有自己的游泳池、电影院、幼儿园和几家餐厅。不放电影时，大人们就在电影院跳交谊舞。当年有些电影首发式都在我们院里搞，还记得程琳 13 岁出道时，也来我们大院唱歌。那时候我每天在院子里跑步，有时候边跑边背单词。有一天，遇见了推着破自行车的他，这个《中国日报》雇的外籍顾问。

小时候，我不知为什么不喜欢课堂上教的英国发音，也许觉得英国腔调有些高傲，觉得美国口音嘴张得大大的，说话清清楚楚，跟带儿化音的北京腔有点异曲同工。我就爱模仿广播电视里的美式发音。Michael 听到我美国味儿的发音后，可能是想家了吧，便主动跟我打招呼，告诉我他是美国人，来中国一个月了，会说一句中国话"你好"，也是个长跑爱好者。

他个子高高的，头发花白，风度优雅，举止贵族，有着电影演员派克式的形象。56 岁的人，用亚洲人的眼睛看，却像个 70 多岁的老爷爷。他 1957 年毕业于哈佛大学，在《波士顿环球报》做了 30 年新闻，又到《中国日报》社来做外籍专家。《中国日报》给他们安排的专家楼就在我们大院。

从此我们一起跑步，Michael 先生开始教我这个中学生学英语，我们成了忘年交。他成了我的 mentor。我的听力、口语和写作水平就是从那时开始突飞猛进的。起初我们用对方的语言时总感觉很蹩脚。他试图用中文表达些什么，可是连"你我他"都分不清，竟指着自己说："他是老外。"我呢，爱说，也敢说，只苦于词汇量有限，很多情绪缺乏释放的载体。但这些困难并没有阻碍我们的交流，只要抱本字典，我们一老一少就能聊几个小时。

我当初不想学英式发音，而学美式发音，就是因为

我的第一位外教：哈佛老爷爷

我觉得美国人说话和北京人一样都喜欢卷舌，听起来特亲切。可是，我经常把不该儿化的地方儿化。比如说，我把 help 给发成了 herp，还把我喜欢的美国女主持人巴巴拉·华特的名字 Barbara Walters 念成了 Barbara Waters。这些不正确的发音后来被 Michael 先生一一纠正了，他说这是中国人常爱犯的毛病。这让我想起有的台湾人喜欢学北京话里的儿化音，时不时地就学走样儿了。比如我在夏威夷遇见过一对台湾夫妇，特别想学北京话。他们跟我说"有机会要去北京儿玩"，儿化音放错了地方，"京"不需要儿化他们儿化了，但"玩"字却没儿化。听起来让人忍俊不禁。我在英文中跟他们犯的错误差不多。

另外 Michael 指出，中国人元音经常发不准。比如 bet 和 bat，Mary 和 merry，flesh 和 flash 会分不清。他就找出很多元音相同的词，让我念。day，may，gay，bay， way，hay，bed，bet，best，wet，web，west，cast，fast，last，hot，lot，not，dot，knob，knot 等等。

为了帮助我练听力，读托福对话时，他总是一会儿哑着嗓子学男声，一会儿又捏着鼻子装女声，有时还演戏，表情极为天真和丰富。

这个阶段的我因为有了哈佛老爷爷的帮助，开始恶补在中国环境中最难学到的各种 idiomatic 用法：Let go（随它去吧），run into（偶然遇见），make up for（补偿），whodunit（侦探小说），cold feet（胆怯、畏惧），cold fish（没有性欲的人），off the hook（逃脱），at large（逍遥法外），red tape（官僚作风、繁文缛节），top notch（顶极），kick-back（回扣）。


## 第二节　炫耀的中文和简洁的英文

他帮我修改英文作文，十分认真，连标点符号都不肯放过。比如说，我在中学课本上学到，分开两个独立的句子之间用分号。但是他总把这些用分号连接的长句子变成一个个独立的小句子，并告诫我："在美国，没有人有兴趣读冗长的用分号连接的句子。短句子更有力量。"我说："可是，我们的老师说文章中一定要有比较长和复杂的句子，才能使文章有文采。"他笑了，"那也许是中文习惯，但不是英文习惯，请相信哈佛大学毕业以专业给人改稿的我的判断。"那什么是英文的文采呢?"我问他。他说,"Concise (简洁) and convincing (有说服力)。"还有,在我们的课堂考试中,老师多次检查我们对 seldom 一词的用法。我有时造句的时候就用 seldom。结果老 Michael 跟我开了个语言玩笑,对我说,"In America, we seldom use the word 'seldom'. It's an obsolete word."——我们在美国很少运用 seldom 这个词。这个词已经太老了。

我在学校时,因为老问为什么,我的英语老师都烦我了,就说:"没有为什么,你背下来就行了。"有时同学也会笑我问题问得太傻。可是和 Michael 老爷爷在一起,他特别喜欢我问他各式各样的问题。他老对我说,"你还有问题吗?"有时我怕问傻问题,被他笑话。他告诉我,"不懂装懂才应该让人笑话。"于是我有什么傻问题都放心大胆地问他。

有一次我们谈起硅谷和它的中心城市 San Jose。Michael 管 San Jose 叫作圣荷西。我不明白。因为套用英语课上学的发音规则,Jose 应该是发"周四"的音,而非"荷西"。后来我就问了他。他告诉我,"San Jose 是西班牙语。字母 J 在西班牙语中发 H 音"。我的傻问题倒是让我记住了西班牙语的一个发音规则。多问问题真的没有坏处。等我多年后,来到圣荷西居住,就再也没有丢同样的丑。

Michael 教我英文的同时,告诉我一个很重要的事情就是面子没有那么重要。我们中国的文化太强调面子,实

际上人在成功前，是没有面子的。因此，要放开，坦然面
对自己的缺乏与短处才能进步。

## 第三节　不谈钱，但要懂文化

　　Michael 先生是我的一位很重要的引路者。虽然他
是西方人，但是他与我有共同点，那就是我们都非常痴
迷中国古代文化。这足以成为 16 岁的我学习英语的动力
（motivation）。我渴望与他交流。作为一个中国人，我渴
望将中华民族的文明精髓传达给他，再由他将这些精神的
瑰宝带到大洋彼岸。

与哈佛老爷爷一起逛智化寺

和他在一起，我可以尽情地谈中医（Chinese medicine）、道（Taoism）、茶（tea）、太极（tai chi）、参禅（meditation）、国画（brush painting）、宣纸（rice paper）……他非常崇拜地听着。他喜欢茶，尤其是绿茶，声称自己是唯一不喝咖啡的西方记者。他还甜蜜地吹嘘他参禅。"就是将脑子放空，什么都不想。"那时我对中国冥想文化的了解竟是从他那里听来的。我们一起去听昆曲，看京剧，打坐，在茶馆里喝茶，到智化寺、广济寺里和老和尚对话，我给他做翻译。同时，他也教给我很多汇，比如 nirvana（涅槃）、karma（轮回）、meditation（冥想）、totem（图腾）、pilgrimage（朝圣）。

不用死记硬背，通过英文了解我喜欢的神秘东西，顺便把英文记住，我发现这样既轻松又有效。后来，只要是我热爱的东西，我都要把它们相对应的英文概念找出来。

但是当概念发生了冲突，而我们的语言表达又有限，就费神了。

16 岁的我，最热爱的是后期印象派画家凡·高，我为他写了很多文章。我很想把一篇我写的《生命的召唤》与 Michael 分享。毕竟他是西方人，一定也和我一样懂凡·高。我这样想。所以花了很大力气查牛津字典，自己翻译我的一段文字：

看那遥远的星际，这无垠的宇宙，你在哪里施展你的魔法？这样静的感觉，可以触摸到时光的流逝，而那些永不会消逝的东西就在眼前。

为什么所有的爱突然袭来？

人类的生命这样奇特而不合理。

你可以没有妻子、家庭、子女，没有爱情和健康，但是你有比你生命更伟大的东西：创造的力量与才能。你的痴情、热烈、敏感、疯狂、粗犷、天真、灵异、孤独，永远铭刻在艺术的殿堂，不会离去。

我以为 Michael 会和我一样感同身受，但是他看了我的翻译抓耳挠腮，完全不得要领。他总是问我，"他的'疯狂'，你的'疯狂'一词，指的是什么？"

"Insanity. Madness."我回答。

"这在英文里都是很糟糕的词。疯狂，是没有理性，你为什么认为他的疯狂值得热爱呢？他是个精神病，他割去了自己的耳朵。难道这些是你欣赏的？"

"那么什么词合适呢？"我问他。

他说，"当然是 compassion。同情心。他对这个世界充满同情心。"

可是这不是我要表达的。说真的，至今我也不知道，我们是因为语言还是概念相差而不能理解对方。也许更多是概念。

很多年后，我发现，我们真的有很多概念不一样。

## 第四节　建立自信最重要

还有一点对于任何学习知识的人都非常重要，就是自信心的建立和维护。从这点上讲，Michael 先生是一个称职的好老师。他从不生硬地说"no"，从不伤人，和我说话总是有意放慢速度，这是为了让我能听懂，慢慢培养起信心。

Michael 和他的太太 Sara 总是用英语鼓励我，每次见面，他们总是夸奖我："你的裙子真漂亮。""你今天真可爱。"我说话时满嘴语法错误，他们仍会赞叹道："亲爱的，你的英语讲得真好！你学得真快。"

我那时是个正在发育、思想早熟的少女，羞耻于自己隆起的胸部。我总是想起 J 对我的轻蔑的眼神，为此感伤。我在一篇叫作《雨粒》的散文里这样描述那时的我。

　　心里有朵飘花，不知为什么。

　　在窗前，正要写封英文信。不知怎的，突然看见外面的云和夕阳，扔下笔跑了出来。

　　漫无目的地走着，在夏季暮色来临的道路上，悠悠荡荡，哼着一首老英文歌，头发披散。没有任何负担。

　　这一刻，好像已等了我很久。

　　每天，我习惯了笑，习惯了在忙完这件事后去接那件事，习惯了热热闹闹的城市。

看见有熟人向我点头，我不想和他们说话。一个写诗的少年执着地跟了过来，说：报纸上看见你了。

报纸上什么都有。

你好吗？

什么是好。

快乐吗？充实吗？开心吗？

我不爱想这些。

你为什么……

再见。

我没有看他。

天黑了。我走着，拿着不知从哪里捡来的一束银杏叶。

道边的舞厅传来了激烈的音乐。我静静站着。让脑子一起飞舞，我曾经怎样疯狂地跳过。

蹬三轮的人一边蹬，一边回头看我。世上怎么还有这样的人傻站在这里？

我冲他抬了一下下巴。

世界是个奇特的展厅，每个人都在展示着自己，也在观察着别人。

自己到底是什么样子？

雨下起来了。它落在我身上、头发上，那么熟悉，永远不会有第二场同样的雨，在我如花的年龄里洒过。

我静静地走，默默地走，沉沉地走。

没有节拍和韵律，没有方向和目标。

我跟着我的脚印。

雨落着。

这世界多么井然啊！像一个大躯体，每个人像一个细胞，在不断地生长与死亡。

我突然感到：这世界有一天，我死了，有谁会为我惋惜，会为我流泪，会在他的生命里铭刻着永远的记忆？

有谁会在他快乐或痛苦和毫无目的地走在街上时，会突然地，突然地把我想起。

我感到的只是雨粒。

我孤单地与夏天在一起。十六岁，我十六岁了。

在 Michael 和 Sara 眼里，我是个"漂亮、活泼、聪明、前程不可限量的女孩子"。他们的口气是那样肯定，当然是说英语时的口气。

"我真的有你们说的那样好吗？"我总是心里这样默默问他们。

在我们互相建立了信任之后，我告诉了 Michael 和 Sara 关于 J 的故事。说真的，我从来没有跟他人说过这么大的秘密，包括父母，包括姐姐，包括我最好的女友。我不知道我为什么会讲给一对美国老夫妇。Michael 听了以后，不但没有嫌弃我，说我是坏孩子，还用英语对我说，"这是一种最神圣（most sacred）的感情，我的孩子，你是好样的。"

我觉得这种鼓励对学英语的人是非常重要的。学语言的目的是沟通，表达，永远不要自卑。而且更重要的是，他们让我感到有一种情感是不去判定别人的（non-judgemental）。不管你发生了什么，我都喜欢你、欣赏你。这对美国夫妇就是这样对我的。

不去判定别人，对我来说是个全新的概念。从小在我们学校里，老师就经常喜欢说谁是好孩子谁是坏孩子。当时我就在想，将来等我有了孩子，我一定不去做一个judgemental的妈妈。我又想起了16岁的女孩Rachel。当她被我二中的同学挑衅地问，"你们美国孩子就知道玩和交异性朋友，对吗？"时，她淡淡一句，"会玩不是坏事，对吗？"一下缓和了气氛。她的思维就是她的力量。

## 第五节　外教的最后一课

我想对于每个人来说，学习一门母语以外的语言都是这样的吧。首先要有机缘，比如看到一本使你豁然开朗的书，遇见一个你特别喜欢的老师（mentor），或者一个志同道合的好朋友；其次就要有足够的动力支持你不断前进，自己想办法超越学习过程中的障碍。当你非常渴望知道一部英文小说的内容，并且除了亲自读懂别无他法时，你就会不辞劳苦地查字典，请教别人，努力领会作品的含义。慢慢地，你的阅读能力、理解能力，包括词汇量都不知不觉脱胎换骨了。

学语言最终的目的当然是领悟它所承载的文化内涵，达到另一种不同意识下的心境，所以我也赞美起 Michael 和 Sara 来："您看起来越发年轻啦！""您穿这身衣服很贵族！"当我看到他们听了赞美手舞足蹈的样子，才得以明白：赞美带来的都是正能量，这是英语语境的可爱之处。中文语境中太需要赞美，太需要剥离判定别人、埋怨别人和挑剔别人。

我这位亲切可爱的外籍老师 Michael 送我的第一份礼物是英文版的《安妮·弗兰克日记》。对这本书我有着爱屋及乌的感情，就学习英语来说，无疑是一件好事。那年的圣诞节他又送给我一本精美的厚书《第八次竞选》，连同一套精美的歌剧磁带，书里写的是肯尼迪弟弟的政治活动及麻省政治。作者就是 Michael。他原来还是个挺有来头的人啊。在他家举行的 Christmas Party 上，来的多半是 Chinese，让他的外籍同事好生羡慕：他怎么能交这么多新朋友？我知道他能赢得中国人的友谊是因为他的真诚与平等，仅此足矣。

1991 年的夏天，我的英文老师 Michael 夫妇大包小包打点了行装准备回国了。临行时，他们热烈地拥抱、亲吻我，这正是西方人的表达方式，很外露。他们知道中国人的含蓄，我只是握握他们的手，然后说出了那我准备已久的感谢语。我是这么说的："Thank you for what you have done to me."

他听了后，问我，"我对你做坏事了吗？"

我说，"当然没有。"

他说，那你应该说 Thank you for what you have done FOR me。如果是对某人做了坏事，才用 done TO you。临走前，他也没忘了纠正我的错误，真是个敬业的学者！

## 第六节　在美国回忆中国

一转眼，十几年光阴过去了。我不再是那个没有自信的中国少女。我已经从加州大学伯克利分校毕业，在美国最大的出版社兰登书屋（Random House）出书，出版社派人开着林肯车接送我去各种促销宴会。我上报，做电视和广播上的嘉宾，拥有很多西方读者。《时代》周刊、《纽约时报》的总编辑、好莱坞的制作人，还有《美丽佳人》杂志的资深编辑都成了我的朋友。我们经常谈论时事，我出入美国俱乐部，哈佛俱乐部，国会，外交部，好莱坞。我一个小时的英文讲演起价是 5000 美金。而我与 Michael 和 Sara 已经很久没有联系。

有一天，我收到了一封电子邮件，是 Michael 发来的。他说，他在马萨诸塞州坎布里奇市的书店里看到了我的英文书。他说："我高兴，但是不奇怪。因为在你只有16 岁的时候，我已经看到了你的今天。"

我哭了。

## 第七节　不是中国文化 vs 西方文化，
## 而是传统 vs 现代

如今我在北京生活，我的三个孩子也有很多美国朋友和哥哥姐姐，他们经常来我家。我觉得对孩子来说，这不仅仅是语言交流，更是对多元文化的接触（exposure），让他们从小接触更广阔的思维与天地。他们的一个美国富二代哥哥跟我说，"美国人进入中国社会是比较容易的。但是中国人进入美国社会是比较难的。"我觉得他说得有点道理。主要原因是西方现代化更早一点，很多事情走在中国前面。其实有时并不是中国文化 vs 西方文化，而是传统 vs 现代。

# 第四章 留学加州：在伯克利的日子

## 第一节 主动退学人大

人总是要做点冒险、反叛的事情，尤其在青春期。我从小学到大学，都是模范，不是保送就是考全校最高分数，从区重点初中、市重点高中到全国重点大学，都是本本分分。而家长和老师也让其他孩子向我学习，把我树为榜样。尤其在学通社当了社长、作文入选教科书、被评为"北京希望之星"之后，我的压力可大了。一边要面对同龄人的嫉妒，一边是来自粉丝的希望值，我不能出错，我必须做得更好。对一个想交朋友的青少年，尤其是有过被孤立经历的我，出色实际是件很残酷的事情。我对班干部和榜样制度至今都不赞成。这对两边的孩子都不公平。班干部好像有些特权，但其实是对孩子的一种隔离。

这么多年过去了，我又回到北京，我的儿子从国际学校转到陈经纶学校读小学。他有众多不适应，但已有自己的独立思想。比如，他对班干部就不向往，对得了单科状元也泰然处之。最让他骄傲的就是得了朝阳区"美德少年"的称号。因为对他来说，节约和自律是最大的成就感。

虽然我在我那个时代是个有思想的孩子，但那个时代没有我儿子所处时代的多元化，所以跟他比起来，我小时候还是个言听计从的人。但北京二中是个与众不同的学校。很奇怪，它也追求分数，但是非常开放，培养独立思考和有道德情操的人。

我就从那样民主的环境一下进入了人民大学，这个号称"第二党校"的地方。当年的人大是个很实际的学校，其实这对很多毕业生来说也许没有什么不好，我们可以学法律，学金融，或走仕途，或走财经，都有很好的前途，只是缺乏北京二中对独立思想的支持。这也许跟当时的校领导的风格有关。

而我一到学校，就被当作明星被校报介绍。我不希望自己因为少年成名而自我膨胀。人在年轻的时候，太早感受到名利，会失去很多浪漫的情怀。我是一个文学青年，不可救药地爱着宋词里的诗意。而这种浪漫情怀主导着我年轻时大部分的选择。

荷尔蒙的冲动与对未知的向往让我在读人大的第三年，主动退学了。当时正是我们实习的时候，我被分配在中央电视台的《东方时空》栏目。退学的时候，父母和朋友们都竭力反对。他们认为我应该先拿下大学本科的文凭，再去美国攻读硕士或博士。

我能理解他们的实用思想。在美国念研究所好拿奖学金，也好读。可是在美国上大学做个 undergraduate 一直是我的愿望。因为我听说，在美国大学，你先不用定专业，可以自由选各种课，到最后两年再定专业。可是中国那时没上大学就要定专业，让我感到很不自在。于是，我毅然决然放弃了人大，来到了号称是"美国自由领地"的加州大学伯克利分校。至今想起，这个决定仍然是冲动的，不管它正确或错误，它是我生命中一个小反叛，也是一个重大的转折点。

我在伯克利加大念的是大众传播（Mass Communications）。为什么选这个专业呢？因为专业课里有很多很好玩的课，如心理学、少数民族学、诗歌朗诵、法律、人类学、计算机等，无所不包。当然，还有一个原因是我在人大新闻系的很多学分可以转过来。

但是刚到美国，很多中国的哥哥姐姐，那些过来人告诉我，赶快转专业，因为你的英文比不上美国人。学了文科，不但难，而且没有出路，到时候又穷又苦，从个小天才变成了笑话。念个会计或者统计之类的多好，美国人正好不愿意算账，工作好找收入也不低。

满怀激情和理想主义的我当时的想法是，我来美国是追求梦想的，不是仅仅为了生存。我要离开自己的祖国，到另外一个国度去，决不是仅仅为了混口饭吃。我想学做一个真正优秀的记者，让全世界都能听到来自中国强大的声音。这是明知山有虎，偏向虎山行。

为此，我为我的理想付出了巨大的代价。I paid my dues. 但有时，我们年轻时不一定都要做那些实际的、捷径的选择，也可以有一个浪漫的选择。这样，至少不会有遗憾，也不会有未老先衰的感觉。

现在，作为三个孩子的母亲，我坐在我的书房，喝一杯马莱咖啡，望着空中花园里的杜鹃花，回忆过去。我17岁写出的感觉，就是现在的感觉，"岁月的风声在头顶呼啸而过。好多久远的往事，放在那里，像桌上没有开启的旧信，上面还有枯萎的花瓣。"我发现，自己觉得缺憾的，可能是那些没有做过的事情。而做过的事情，很少有后悔的。生命是场旅程。

我觉得在美国学文科，对我的灵魂、情商、道义，对社会、人性的理解都有着深远的影响。

## 第二节　在美国学文科

到了美国。开学了，没有排好的课表贴在宿舍门后给你看，没有学习委员把新课本放在你的床上。所有的课都要自己去选，去注册（by telephone or computer）。要自己去查需要什么书，然后去买。就连考试的答案纸也要10美分一张，自己掏钱。这里，没人伺候你，一切靠自己。

至于作业，再也不能随便撕张纸就能应付了。所有的作业都得打印，双倍行距（double space）。至于论文，没有少于 10 页的，还要配有格式化的提纲、目录、索引、自己用计算机画的图。Cover Page 上要有课名、教授的名字、社会安全号码……所有的这些我都不会做，而其他的人从小一直做到现在，做了快 20 年，就像我做了 20 年的广播体操一样自然而然。

我赶快和学生顾问预约选课。花了好几百美金买回了书。每一课的书都有好几本，而且跟中国的课本比起来又笨又大，里面的生词都奇奇怪怪。最难过的是明明有些词汇我在托福书里看过，背过好多遍，可是当它再出现在课本里时，就怎么也想不起来。比如，pathos（怜悯、痛苦），capricious（反复无常的），blasphemy（亵渎）。我从中又明白了：死记硬背，最后没用，关键是要了解词汇在上下文中的意思并加以运用。

从那以后，我就通过阅读和玩拼字游戏（cross word）来扩大自己的词汇量，不再背托福或者 GRE 词汇书了。我变成了一个 heavy reader。其实以前在中国就是，只不过看的中文书居多。

中国和美国的大学非常不一样。先说教师，可不像中国的教师有问题就耐心解答。我这儿的教师上完课就走，要见面，得先打电话预约。在中国，我们上了名校，都是天之骄子。可是在这里，教授的精力都放在硕士生和博士生上。再说同学。我学的新闻传播专业因为对语言要求高，学生几乎都是美国人，而且都是能说会写的。无怪好多中国学生来这儿都换了专业，避开文科。

再说说伯克利的特点。它是全美最有名也最划算的公立学校。加州的居民在这里上学交的费用很少。因此很多当地学生打破头也要考进来，因为可以为家里省下一大笔学费。而如果考不上伯克利，他们会选择到常春藤的私立学校，如康奈尔。另外，加州的亚洲人特别多，别说中国人，韩国人也都是学霸。况且他们从小在这里成长，英文没有任何问题。这里没有有钱不念书的孩子，只有念书的"穷二代"和念书的"富二代"。

我一上来就得跟学霸竞争。唉，活该！谁让你跑到美国来了呢?！怎么着，老老实实学吧。我的学习生活就在流着泪啃大书、一个一个字地查字典中开始了。所有的风不再为我吹，所有的花开花谢都与我无关。除了我的意识与热血以外，我已经一无所有了（Ycs，I had nothing to my name）。

## 第三节　感恩那些帮过我的美国好人

与其说这是学习，不如说它是锤炼。如果想要达到游刃有余的境界，这段时间的煎熬就是必经之路。在美国，用美国人的语言学习美国人的课程，绝对没有以前用半生不熟的英语和 Michael 先生讨论中国文化那般惬意（comfortable）。那时候，不会说的词可以现翻字典，或者打个手势就明白了，满口语法错误也不必深究，只求达意。
然而坐在这所美国一流大学的教室里，我的方向是国际型记
者，我身边的同学也都是未来的传媒大腕，报界巨擘，新闻
名流。再说年轻人怎么会让着你？他们只想超过你。尤其
是亚裔学生，有的更多是 competitiveness。因为他们是移
民的后代，父母在美国含辛茹苦，希望他们能有一番成就，
因此，他们脑子里就是竞争！竞争！

　　尽管如此，美国社会仍然是一个可以借助陌生人
的好心的社会。真的有很多活雷锋。也许我班上的同学
都和我竞争，但是我的社区里，有很多人愿意帮助外国
学生，他们中很多是基督徒。广告课上大量的品牌我不
懂。好心的吉米、费丽思、克力思多夫带我去商店一个个

美国社会真有活雷锋，费丽思义务教我很多知识

认。Kleenex 是纸巾的牌子，人们有时索性就管纸巾叫做 Kleenex。还有 Xerox，是复印机的牌子，也被用作复印的动词。他们教我从这些最基本的东西学起。写论文前，苏姗到图书馆教我用光盘查询资料。

传播系的全 A 生彼得是学校派给我的 tutor。每一次课堂讲演，他都要和我一起练很长时间。什么时候停顿，什么时候提高声音，什么时候要环视四周，什么时候要向观众提问，他都一丝不苟地提醒我。多年以后，我真的成为被"《财富》500 强"公司、华尔街、美国大学、非政府组织、大使夫人、图书节约请的公共讲演家，被人们称作一个极富号召力的 powerful speaker，每每看到台下众多听众为我的讲演群情激昂的时候，我就会想起当年彼得曾对我说，一个好的讲演家，要懂得与所有的听众有目光接触和互动。至今他说这话的表情还历历在目。那时候，他辅导我的时间比辅导其他学生的时间都长。我问过他为什么，他说，"我有种感觉，有一天，你可能要在很重要的场合给很多人讲演。你有这方面的才华。"

公共讲演在美国承担着非常重要的角色。当年肯尼迪能够在总统竞选中击败尼克松入主白宫，他那极具感染力和煽动性的演说功不可没。《富爸爸，穷爸爸》在全世界掀起的那阵"紫色风暴"，与其作者罗伯特·清崎游遍全球的财商演讲有着密不可分的关联。

雄辩（Eloquent）是美国公众人物特别是政治人物的一大重要武器，从马丁·路德·金到克林顿、奥巴马个个雄辩。讲演能力是一个领导人的魅力的风向标。

有很多热心的美国人帮助,我觉得自己已经不是自己了,我已变成一种抽象和一种象征,我身后有着一群人——中国人。我学,不仅为知识,更为一种尊严(dignity)与骄傲(pride)。

当初的想法也许很幼稚,但学到的东西,我觉得一生都受益。包括后来到中关村开始创业,跟各种基金投资人路演,除了数字和财务分析,表达能力和信服力都非常重要。

## 第四节 成为学霸的利与弊

一门学问,初涉时总是困难的,曾经为了做一篇论文,我绞尽脑汁,倾其所有,整整一周没有和别人说过话。但是一旦熬过了这个时期,一切都走入正轨,真正开始运用英语来学习知识,研究广告而不是研究教材中的生词,研究社会而不是研究文献中的语法,学习就到达了一种新的境界。英语是一个过程,而不是一个目的。慢慢地我开始 enjoy 我安心读书的生活。

后来的每一次考试,在分发试卷时,教授都最先念我的名字,因为我的成绩最高。作文课上老师总是读我的作文。她说我是她所遇到的外国学生中写作最好的一个。我的每一点进步,都是全身心在挣扎在奋斗中得出来的,没有一点投机。

记得在上一门 upper 的课"媒体与社会"时，我们讲"水门事件"、"伊朗门事件"、混乱的 60 年代、政治竞选等很多美国社会问题。这是个很有意思也很难拿下的课，也是糊涂中选的第一门课。期末，每一个人要上台讲演自己的论文。那是我来美后第一次作讲演。我在讲演中对美国媒体进行了批判：国际新闻少得可怜，充分体现了这个国家的自我中心的文化；充斥暴力的节目都是负能量，把人们引向不可知的方向；政治广告充满了厚颜无耻与做作的民主。我一边讲一边放录像与幻灯片。当我望着老师的时候，从她的眼中我知道这门课我一定又会拿 A。因为美

留学伯克利的日子

来到十七里海湾

游斯坦福大学

中国带来的东西也可以赚点零花钱

从加州大学伯克利分校毕业

国人从来不会因为你批判这个国家而生气，他们敬仰的就是这种批判精神。没有"老虎屁股摸不得"的事情。只有在批判和反思中，国家才会前进。

在国内的时候，受父母和两个姐姐的影响，我的中文功底比较扎实，这为我日后与英语打交道产生了积极的作用。所以总的来说我还是很快就适应了伯克利的校园生活。学的知识越多，我越成了一个彻头彻尾的好学生。期末考试是校园里气氛最紧张的时候，而我竟能优哉游哉。因为成绩好，广告教授免了我的期末考试；演讲课，我全拿的是满分；英文写作，还有一门最难的法学，都是TOP。于是当图书馆门前挤得没有停车位，学生活动中心一再延长晚上关门时间之时，我却在轻松惬意地打保龄球、看格拉斯的电影、购置滑雪用具和阅读古诗中度过。

我想每个人都带着一种与生俱来的神秘程序（biological program），它注定了你因何存在，以何谋生。它是你所有热情（passion）的起源。我不放弃我所热爱的语言，还有那些与语言有关的事业。我是属于它们的，它们是我的edge。至于我的读者朋友，也请忠贞地恪守你们最执着的理想。相信坚持到最后一定能成。

# 第五章　融入美国文化的技巧

　　我的一些没出过国的朋友曾经问我："从飞机在美国落地那一刻起，衣食住行可全凭一张嘴了。你要是听不懂、说不出来可怎么办呢？那会儿可不像在国内念书，都练会了再上考场。"是啊，到了国外，过日子就全要看你英语功夫硬不硬了。

## 第一节　口语闹笑话

　　初到美国，因为对英语的各种用法不了解，我还是闹了不少小笑话。

　　起初有个好心的英国朋友，一心希望我到美国开花结果（blossom）。他鼓励我多结交当地人，并把他认识的一个斯坦福大学的女孩介绍给我。斯坦福大学离我不远，我和女孩子打电话约见面。我问她，你长什么样子。她说她比较瘦，我当然听懂了，比较高，5英尺11，我当然也听懂了。然后她又说了一句，"我的头发颜色是 dirty blonde。"我就犯嘀咕了：她的头发又黄又脏？后来见到她才明白，她的金色头发里夹带着一些深色和褐色的发丝，这种颜色的头发叫作 dirty blonde，虽然 dirty，但是很美。

我的导师，当年我在中国就认识的美联社记者戴安娜跟我见面时，问我有什么不适应。我说我的英语看来还不够好。戴安娜说："安妮，你会学得很快。我保证不到半年，你不但什么都能听懂，而且说得也会和美国人一样。"

接着，她说她给我准备了一个电话采访的工作。需要中英文兼用。"我认为你的英文很好，比大部分我见过的中国学生都好。"她又加了这么一句。

然后她说起报酬，"In the ballpark of 7 or 8 dollars per hour。"我当时猜到了 ballpark 可能是"大概在这个范围里"的意思。再问同学，果真没错。但是我回家查了台湾的无敌电子字典，却发现只有球场的意思。看来光有字典是不行的，虽然没有字典是万万不行的。

有些电子字典比传统的字典方便，但是对学习英语的帮助可能也大大打了折扣。尤其有的字典编得比较久，或者比较简单，除了一个单词的原本意思外，它的引申义、习惯用法等还有遗漏。

那么，in the ballpark 为什么是"大概"的意思呢？过了挺长时间，我跟同学一起去球场打棒球，才从他们那里弄明白这个问题。他们告诉我，球场（ballpark）是一块周围有铁丝网或围墙围起来的场地，所以，被限制在某个区域内，或价格范围、尺寸范围以内，就叫作"in the ballpark"。(A ballpark has a playing field surrounded by fences or walls. Something within the walls is in the ballpark or within the price range，or within the size range.）他们的解释解答了我多年的疑惑。看来，语言和文化关联太多了。不懂文化，有的词汇就不能理解。

## 第二节　受歧视怎么办

美国的教育很看重课堂表现。美国文化是个非常 verbal 的文化，能说会道能占很多便宜。于是我始终记得：尽可能地张开嘴，说、说、说。

有一次，老师让大家列举 1972 年发生了哪些大事。有人说"水门事件"，有人说妇女运动，有人说越战，我说尼克松访华。结果，所有的人都拿诧异的眼光打量我，就好像不认识我似的。因为在他们眼里，尼克松访不访华根本无所谓，中国对他们的影响微乎其微，而我却将它当作一件大事拎出来发言。而且，尼克松因为"水门事件"，被认为是最不诚实的总统，多数美国人都不喜欢他。而最重要的是：美国人对国际事务不了解，有种民族优越感（ethnocentrism），认为他们自己的事情就是国际的事情。

看吧，开口说话也不是那么容易的，要么就因为是外国人，发音不准被人笑话；要么就因为是少数族裔，言论观点遭到歧视。但在我看来，总比吃哑巴亏强多了。而且那时，我明白了，世界上两个大国的交往他们都不知道，或无所谓，实在是无知。我反而因此增强了自信。

我到美国后不久，在街上和一个老年妇女撞了车，我的车停得好好的，在等红绿灯，她撞了过来。我至今不知道这是不是就是美国式的"碰瓷"。也听说有人专门针对新移民和开车技术比较差的亚洲女性展开碰瓷。但是一个白发苍苍的老太太也会这样吗？我至今没有答案。反正分明是她的责任，她仗着自己是本地人，报了警不说，还恶人先告状，叽里咕噜冲警察说了一大堆，我的嘴自然没有她那么快。警察是个土生土长的美籍华人，那种叫ABC（American born Chinese）的。大概是跟白人结了婚，把自己的姓改成了Anderson。这种ABC我从来就没有喜欢过。他们中很多人喜欢表现自己美国化，比美国白人还要歧视从中国来的亚洲人。瞧不起中国穷，等中国富了，又千方百计在美国人面前展示他们是中国种，挺扭曲的。

跟扭曲的人能好打交道吗？这个小个子女警察对我特别凶，说是我的错。对白人妇女倒是特别殷勤，问长问短。

我反驳，她吓唬我说你知道在美国对警察不敬，可以抓你。你再反驳，我就抓你。

我当时觉得，作为一个中国人，特别受侮辱。我可能一辈子都没受过那么多的耻辱。我想，女人何苦为难女人，何况都是亚洲人？看着那个面貌丑陋、眼睛很小、个子很矮的 ABC 警察，能想象出她在美国成长这一路遇到的歧视。也许这是她看到中国人、新移民这样蛮横的原因吧？我们可能在语言上有问题，我们可能因为不知道美国体系而不敢去投诉她。我们只能吃哑巴亏。当时，她对我的态度比对撞我的老太太凶狠多了。

怎么办？好人不吃眼前亏。我忍气吞声，决定走人。这时，白人妇女向我索赔 2000 美金私了。我更明白她是在敲诈。我说走保险和法庭的路吧。我不私了。输了，输多少钱我都赔你。我说。虽然我知道，那个 ABC 警察可能会写一份有利于对方的报告，但我也不怕。我也有笔。

我补救的办法是长篇大论原原本本地写经过，并画图给我的保险公司。结果，那个想讹我钱的人没有得逞。后来，听朋友说在美国碰瓷的老太太老头不少。尤其对刚来的外国人。她没想到我这小个子亚洲女人还挺喜欢打笔仗，所以就没敢再惹我。

关于 ABC（美国出生华人）或者 CBC（加拿大出生华人），我想多说几句。很多人认为中国教育很糟糕，孩子越早出国受教育越好。但是在国外长大，黄种人变成少数民族，你父母的文化变成了传统文化，你被要求接受现代的西方文化，所以很多 ABC 或 CBC 华人都有些自我认知问题，他们经常为"自己到底是谁"而焦虑。很多人叫他们香蕉人，顾名思义：外黄内白。我在北京就认识这样一个夏威夷长大的华人。他老说你们中国人怎么这么崇洋媚外，喜欢西方的一切，跟西方人他又说，你们为什么老歧视我。他跟谁在一起都不舒服。他梦想拍电影，但是他不会中文，没有中国电影公司会请他拍电影。而西方，他又融不进去。他恨西方，信仰社会主义，来到北京，又嫌中国人自私。他是个艰难的"北漂"，有时几天只吃一顿饭。他人很聪明，除了中文不会说，他会说法语、英语和德语。但是因为定位错误，活得很不快活也很贫困。我在美国还碰到一个12岁去美国的中国女孩。她不喜欢跟中国人来往，甚至不和亚洲人来往。她总喜欢跟中国人说，"滚回中国去。"

这是题外话，回到我初到异乡的故事。在以后的工作和生活中，我愈加深刻地体会到"能说会道"在美国是多么重要的一项生存本领。在美国的大公司里，懂得"巧言令色"的人总是更吃得开。我以前所在的公司就有这样的家伙，总喜欢在工作上偷点懒，又经常带些小糕点讨好讨好同事，再到老板面前阿谀奉承一番，讲个小笑话，八面玲珑，一点儿亏也不吃。还有那些做律师的，靠着钻法律的空子吃饭，能把死的说成活的。

相比之下中国人在这方面就差远了，一方面在美国念书或工作的中国人多是从事科学技术工作，没有时间和机会琢磨这"说"的门道儿；另一方面可能就是受中国传统观念影响，中国人处世较为内敛，不愿意在这种所谓"语言表达艺术"上费太多心思。

我在香港的时候，认识了一个美国的亿万富翁Tom。问起他商业成功的秘诀，他只说了一句话："Business is all

about bs.（做生意就要会侃）"bs 就是 bullshit，在这里没有中国人通常理解的骂人之意，他指的是能说会道，侃侃而谈，言语间带着些成功者的自嘲。尽管不一定每一个"会说"的人都能成为亿万富翁，但"不会说"的人总要多少为此吃点儿亏。

我现在所从事的 IT 业，很多人都是技术出身，不会讲故事，而领袖的气质就是要舌辩群雄。技术加口才加个人魅力，就是特别被风投青睐的创业者。

## 第三节　在美华人的生存态度

我也看到太多的海外中国人并不在乎语言问题。他们住高级房子，开豪华轿车，收入可观，各方面条件甚至比美国本土居民更优越。于是他们满足于此，根本不想与美国人做文化领域或精神层面上的沟通。他们永远去中国人开的超市里买菜，看中文电视，读中文报纸，用中文交流。周末，就和家人或者仅有的几个朋友打打牌，社交圈很小，就像生活在一个孤岛，百无聊赖。这是新的唐人街现象。有人说美国是好山好水好无聊，中国是好脏好乱好快活。其实，美国不无聊，只是进入美国社会要花很多心思，而且要求有一定社交、经济和语言能力，因此很多新移民怕碰壁，觉得累，就放弃了这个打算。

当然另一种中国人会说很流利的英语，完全融入了美国社会，但他们和中国关系不大，也不想强调自己的中国背景，最好跟普通美国人一样。他们可能是牙医，可能是药剂师，上海、北京怎样跟他们无关，说不定美国犹太人都比他们对中国更感兴趣。

我与这两种人都不同。我对文化非常敏感。我从中国到了美国，不是只冲着好车好房，就像在国内，丈夫给我买个钻石和名包我也不可能就开心得屁颠屁颠的了。我渴望吸纳新的文化，也渴望得到自己的一席之地。我热爱交流，听别人讲述一个真实的美国，我交美国朋友，但不会讨好他们。我一定在聆听的同时告诉别人关于中国的事情，让他们对中国感兴趣。同时，我不会因为美国文化而放弃中国文化，两个我都要。我不是那种典型的忍气吞声的亚洲人。很多人说，北京女孩有种霸气。不是说我们有多厉害而不讲理，而是文化上有种安全感。大部分北京女孩不会因为被外国人喜欢，就变成受宠若惊否定中国男士的"上海宝贝"。人在国外，不能妄自菲薄。我就是这样，我该礼的时候礼，该争的时候就要争，而且是据理力争。

说鬼话看鬼电视读鬼书的生活是什么样的呢？我见人来说黑（hi），人走了说白（bye）。我吃七十（cheese），坐八十（bus），喝九十（juice），见了帅哥说冷（cool），见了美女则说热（hot）。

每天我一瓶 miller，一张 pizza，就上课去了。上完课去 gym。我随着音乐一动一动，我看周围的人或登山或举重，面无表情，令我想起那些 horror movie 里的面具，不禁打冷战。我告诫自己，千万不能变成一个情感单调的人。冷漠（apathy）是最不能要的。

归国这么多年，听到有些人抱怨，自家的亲戚或者朋友怎么一去了美国就变得人情冷漠呢？

我举个例子。我的丈夫有个朋友。他的父亲是中国"两弹一星"的专家。在国内去世时，新浪网都登了头条，很多学生为他组织了葬礼。而远在加拿大的他的儿子，却因为没有了年假而未回国参加葬礼，让自己不工作的媳妇做代表。

中国的人情社会一定很难理解这个儿子怎么这么实际。这真的是个极端的例子，也折射出海外华人的迷失。一方面发达社会高度的工业化和美国社会的郊区化，使得人们相对孤独，和人打交道的机会少了。而且工作上的专业化和分类化，使每个人的生活相对重复性较多。另一方面，中国人到了美国，是移民，第一是生存，因此宁愿牺牲精神生活来换取好山好水好美元。但是换取美元的过程是艰辛的。如果找不到纾解的渠道如潜水、打球、音乐、舞蹈等，会和在富士康工作的二代农民工一样感觉压抑。

人类追求幸福的权利是我们基本的权利。而背井离乡在中国过去的150年里，也从未停止过。西方的现代文明发达于中国很多年，但是古代中国却是浪漫而先进的。中国人有很强的适应性，只是大家到了国外，千万不要忘了当初为什么去那里。

## 第四节　梦见英语意味着什么

在我看来，听力和口语这两道关，实在是需要用时间来突破的，速成并不太可能。课堂上教授语速太快，我就拿个录音机录下来，回去一遍遍地听。我走在街上也会竖着耳朵捕捉路人的三言两语，借机练练听力。有时候从外面捡来一个没听说过的词儿，就学着念给同学或朋友听，问人家这是什么意思。就这样，我发现自己慢慢都能听懂了。

刚学开车的人在夜里可能都做过这样一个噩梦，梦见自己开车，越开越快，然后怎么也停不下来，直惊出一身冷汗。我刚在美国读书时，最常做的噩梦就是自己在课堂上说了一句话，没人能听懂。

我在来美后一个月，做梦变成英语的了。虽然情节全部是在中国，对话都是英文，有种后现代的荒谬。

半年后，我的英语真的说得非常自如了。导师戴安娜预计得没错。

## 第五节　课外大家聊天的话题

现在回想起来，在美国课堂里学到的那些语言，都是课本英语，非常有限。真正鲜活绚丽的语言文化来自街头巷尾的海报、千奇百怪的电影、流行歌星音乐会，球赛，性格各异的朋友、鱼龙混杂的 party 和激情洋溢的旅行。眼界拓宽了，对语言的领会就变得深刻起来。当你想表达一个意思，从艰涩地搜罗词汇到脱口而出、应变自如，是一个要用心记忆并感受的过程。

## 第六节　美国崇尚早熟

中国，从我上学到现在我儿子上学，女生喜欢装嫩卖萌的文化一直没变。不成熟、单纯都被认为有赞美之意。而我一直是个忧郁而早熟的少女。我喜欢西方古典音乐复杂的复音结构。Complex 是我超爱的词。我在十几岁写的诗就是这样的味道：

我用水和泥做成偶像

和人们做着思想游戏

然后静听偶像在心中断裂的声音

一边想象自己

在远处渐塌的神龛前

合手而立

到了美国，我不再害怕别人说我早熟了。我高兴人们说我是 early bloomer。在美国，小孩子都渴望成熟，那

才叫美。如果有人说你是 immature，那就是耻辱。全美
发行量最大的《今日美国》报纸登了一篇我的专访，题目
称我为早熟而成功的女孩子，让很多人都很羡慕。这里
的女孩子们把自己打扮得宛如妇人，戴上首饰，掩藏起
幼稚，只有从脸上的小雀斑才能辨认出她们的年龄。在
这里我成了一个不折不扣的 little thing，一个去买酒要被
查 ID，去 Las Vegas 没有证件不让上赌盘的小女孩，连
和我打球的十二岁的小男孩都敢问我有没有男朋友。就
这样，我把关于成熟、早熟等所有的词汇都辨别得一清
二楚。childish，immature，是我不再首肯的概念。相反，
sophisticated，mature，experienced，seasoned，grown up
是美国人更看重的个性。

## 第七节　资本主义国家的共产主义公社

　　我在伯克利住的宿舍不叫 dorm，而叫 student co-op，
学生公社的意思。这里的制度可以说是对共产主义社会
里公社制度的模拟。在这里，学生们不仅住在一起，还
要互相照顾。我是一个来自"共产国家"的"激进分子"
(radical)，又在全美最激进的学校读书，自然向往住在公
社里，重温中国式"有福同享，有难同当"的大集体生活。
　　我的公社的名字叫做 HOYT，是一座淡蓝色维多利
亚式的老房子。附近还有一些可爱的花店、书店、咖啡

店和老电影院，很有文化气息。在 HOYT 北部，各种颜色的玫瑰花在一片玫瑰园（rose garden）中怒放并生长蜿蜒，很幽静，经常有人在那里弹奏乐器或打网球。

HOYT 不大，总共住着 60 名女生。一开学，大家要自己选 roommate，然后结伴竞争自己喜爱的房间。竞争条件有二：你的社龄——你在公社居住的时间，还有你的学分。当时三年级的我，和室友——四年级的詹尼弗，都是新社员，但是我们的学分很高，因此我们赢得了双人间里最好的那间屋子。虽然我们彼此没有共同语言，也说不上互相欣赏，我们的结盟，就跟《纸牌屋》里的故事一样，是为了利益：全楼里最好的房间。我们俩一起将屋子粉刷了一遍，在墙壁上挂上我从中国带来的装饰布。门上绘制了冷色调的几何图案，窗上挂起竹帘。那个学期我们获得了装饰奖第一名，奖品是一个小盆景（bonsai）。

公社和学生宿舍不同的是，这里实行的是学生自我管理制度。大家每星期要办公社义务劳动五小时。可以选择采购、做饭、吸尘、打扫厕所、洗碗、倒垃圾、整理树木等等。每人都有自己的一套事情，公社内部自给自足。如果有人偷懒没有完成应做的那份工，要按一小时八美金来罚款。美国人的自觉性是靠法规来维护的，连小小的学生宿舍也不例外。

我们每天的菜谱都是变着花样的，有荤有素。加上"厨师"们来自世界各地，大家可以享用五湖四海的风味佳肴。我在这里的烹饪收获就是学会了做 Pizza 和美式蛋糕。厨房里备有各种零食，比如杏仁、无花果、葡萄干、蔬果、饮料、牛奶、冰淇淋、春卷、蛋糕。这些东西大家可以不限时不限量地随便吃，共产主义嘛。我们也可以请朋友来吃免费晚餐。

公社各项事务的负责人——主席、楼长、厨房经理、维修经理、环保经理、社会活动经理、会计及秘书等都是民主选举产生的。选举那段日子异常热闹。Candidates 疯狂地四处张贴广告："选我！我比 ××× 强！""我是最好的！""请投我的票！"厕所、厨房、电视厅、休息室到处都是五花八门自我吹嘘的广告。还有的挨个敲门，和大家谈心，大肆拉拢关系。

是美国人热心当官吗？错。所有当选的人除了不用做一周五小时的义务劳动，还可以少交甚至免交房租。当然当选后的责任也很重，还要受到大家的监督和评估（evaluation）。如果评估时大家认为你做得不好，你将得不到任何津贴。所以说权力虽然很诱人，但是有一套体系来制约它。

其实，不仅选举要求投票，公社里的任何决定都是通过这种民主方式来作出，实行 the majority rule。譬如有 100 美金，是买一个微波炉呢？还是给活动室的钢琴调弦？露营是去海边还是山里？应该给楼长发 1000 还是 1500 美金的津贴？为一点点杂事（trifles），大家就都得投票。

刚搬入 HOYT 时，我观察到了许多有意思的事情。比如说，美国女生都很怕发胖，或者因为信仰，因此很多人只吃素。素食者（vegetarian）在美国极为流行。很多人吃素之外，还要去健身房（GYM）锻炼（work out）。听起很健康（very wholesome），可是大胖子还是很多，obesity 成了一个社会问题，连总统都要倡导全美减肥。大家每天吃很多奶酪（cheese）、冰淇淋（ice cream）、甜点（dessert）等。我在 HOYT 看见很多一边吃素，一边疯吃冰淇淋和 brownies 之类甜食的掩耳盗铃的正方体人。

快餐也很毁身体。可是人工很贵，请得起厨师的人很少，餐厅点菜也慢，另外做饭也耽误时间，所以很多人不得不吃快餐。在美国，胖人多半是穷人。

竞选楼长时，谁都不敢和一个叫凯瑟琳的女生竞争。因为她人缘最好，和她做对手只有输的份儿。凯瑟琳祖籍广东，典型的薛宝钗式的人物，四处讨巧八面玲珑。看来老好人的哲学到哪里都吃香。我们还有钢琴房，琴房里练琴的多是亚裔学生。亚洲移民的父母都肯为培养孩子花重金，这个和美国父母可不同。一些小小的细节，便都折射出美国社会的各个侧面。

美国是一个移民国家。加州则是美国移民最多的一个州，这里说着上百种语言。而伯克利加大，是人种多元化的一所大学。多元文化（Multiculturalism）和多元化（Diversity）是非常流行的话题。住在 HOYT 里的女生可以说是是个小联合国。我的特征是 Asian、foreigner、immigrant、minority、petite、exotic。

尽管大家来到这里目的不同，背景不同，都渴望彼此了解，结交朋友。我们一起做饭、洗碗、开晚会、选课、去图书馆读书、谈男生。在大家口音各异的英语交谈中，不仅可以记住一些古怪生僻的单词，还能学到好多有意思的口头禅。有时你会一下子豁然开朗：呀！原来英语还可以这么说！别有一番乐趣。比如说管特有魅力的男人叫作ladykiller，形容女里女气的男人是sissy，管像慈禧那样霸道而有权力的女人叫作dragon lady。我们就讨论谁是ladykiller，克林顿算不算？尊龙在《蝴蝶君》中的扮相是不是很sissy，约翰·列侬的老婆大野洋子还有刘玉玲是不是个dragon lady。英语是有其自身生命的，在美国，我彻底忘掉从前背单词背句型应付考试的苦恼，慢慢学会用它表达与沟通。

## 第八节　午后时光

美国人不重视午餐，我们的课程有些定在12点或者1点，正是午饭时间。一般我不选择这个时间的课，我会去咖啡厅吃饭，因为可以休息聊天。在不断地了解、寻觅与发现中，我融入了我所在的集体，或者说是一个小小的社会。离家在外的生活也过得有滋有味。我尤其怀念午间在学校吃饭的时候，特别好玩。我感慨着人世间的山山水水，跟整个世界对话。

和台湾同胞说歌星，说台湾式的民主，大陆、台湾、香港大比拼，台湾的企业，教他们说儿化音。

我和日本人说武士道，漫画，游戏，生鱼片，黑泽明，AV，浮世绘，禅，中日关系，日韩关系，日本男性女性化的问题。

和非洲朋友谈 Jazz，舞蹈，曼德拉，长跑，殖民，部落冲突和都怕冷这个问题。

和德国人说足球，移民，新纳粹，啤酒香肠，德国车，拒绝文明的 Amish 人。羡慕他们可以在没有时速限制的高速路上飙车。

向意大利人学怎么做意大利面条，Pizza，买皮货和名牌。偶尔说说歌剧、文艺复兴、红酒、托斯卡纳的太阳和足球什么的。

和犹太人说复国，二战，宗教起源，社会主义形态，和一切特严肃的问题。

听法国人讲圣女贞德，德拉库拉瓦，还有很多画家，法国南部，香水，城堡，奢侈品，左岸，法国女作家们。顺便从他们那里学几句法语。这是美国最流行的事。

和瑞士人说财富管理，滑雪滑冰。

和穆斯林说宗教冲突、美国问题、和平进程和妇女问题……

午间，是新闻，也是世界局势的对话。每一天都会有新的故事出现。无怪我的美国妈妈费丽思老太太说：了解世界最便宜的办法就是到美国加州来。

我刚到美国时，喜欢认识一切"被压迫的民族"，比

到友人家做客

如印第安人。我一个同学我叫他"老印"。他出生在保留地，是学贸易的，从小受美国白人的教育。但是有一天，他发现自己身上蕴藏着一种来自自己部落的战斗力量和预知未来的能力。于是他退学了（quit school），开始了长达几年的寻根。他在树林里冥想了6个月，反复问自己"我是谁?"他说，他们的人喜欢和树林打交道，因为树有灵魂。跟树对话后，他又回到了自己的部落里生活，学印第安人打鼓，印第安各种仪式。当我再次看到他的时候，他脖子上戴着父亲传下来的绿松石和自己部落的首饰。他送给我很多印第安的音乐磁带，有鼓，有笛子。我们一起聆听时，他告诉我他是美国亚利桑那州那娃胡部落的，他们那里曾有很多人酗酒或者自杀，现在他找到了平衡点。我问：西方文化和印第安文化如何能在你身上结合得这么好，这两者在我看来常常是矛盾的。一个是时间就是生命，一个是重视冥想；一个要征服一切，一个是所有自然的东西都是人类的兄弟。他说：你自己不也是融入了两种文化吗？我一下子想起了《易经》，想起了阴和阳，东西文化在我们身上交融，正如阴阳一样和谐。

后来我去了很多印第安人在新墨西哥州的部落（pueblos）、奥克拉荷马州、密西西比州的血泪之路（Trail of Tears）、科罗拉多州的 Mesa Verde 废墟，除了玛雅文化，我还到墨西哥探访阿斯特克文化，对印第安人的痛苦有了更真切的感受，对种族灭绝（genocide）这个词也有了更深刻的理解。出于对印第安文化的兴趣，我对他们的音乐和美国日渐流行的 New Age Music 也有了研究。那个时期的我是 New Age Music 的 fan。喜多郎、恩雅、神秘园等都是我的至爱。而来自大峡谷的印第安笛子演奏家 Nakai 的音乐我认为是最美的 new age 音乐之一，那种凄美诉说着这个民族的哀怨。

午后，也会有不相识的人在咖啡厅和我搭茬儿。比如一个特别严肃而且神经质的美国人，得知我是中国人后，第一句话就是："邓小平是个好人，是不是？"然后就是发炮一样地发问："听说中国现在变化很大，是不是？钱在中国也成了最重要的东西了吗？我是一个基督徒，不赞成堕胎，你对计划生育有什么看法？人们现在还崇拜毛泽东吗?"他问的问题,都是美国媒体炒作的中国问题。我当时从来没有想过堕胎也是问题,在那个时候我对生命的起源还没有更多理解。可是后来,我渐渐成熟,接触佛教,也变成了堕胎反对者。当时我是这么回答他的:"你还知道关心国际局势和中国人民。但你要想真正得知答案,只有亲自去中国看一看!就像我,为了了解美国,亲自来到这里。"如果不这样打发他,我知道这顿午饭就吃不成了。一谈政治,大家就要舌战。

我在相同的午后和不同的人对话,我的口语和听力水平都在一点一点地进步着。由于我一直以来就对文学、艺术和哲学有着浓厚的兴趣,无论和什么样的人交谈,这总是我所围绕的中心,所以时间长了,在我身上形成一种有趣的现象:我能够记住一些一般人觉得又难懂又生僻的单词,比如 impressionism、metaphysics、esthetics、bacchanalian,在写作中也经常用到它们。而另一些非常基础的词汇或短语,比如 dude、vibes、here you go 什么的,听到别人提起来时我却不喜欢用。这一点生动地证明了学英语其实没有难易之说。你的兴趣所在就是最好的切入点,而你接触机会最多的东西往往是最有利的突破口。

遵循美国午后时光聊天的习惯,回国这么多年后,我把它转化成英式下午茶。五星级酒店下午茶成为和朋友们聊天促进友谊的重要方式。最爱香港半岛酒店下午茶。

# 第六章　和个性化的美国人打交道

　　一个人出门在外，一定要融入当地的社会，和当地人交朋友，才不会寂寞孤独。有了语言优势，交朋友不再困难。反过来，有了朋友，学语言也会快很多。

　　现在我想来说说我刚到美国交的朋友们。身在异乡，依了中国的一句老话"远亲不如近邻"，多亏有这帮不同种族不同信仰的好哥们儿好姐们儿和我在一起，才能把想家的时光快快乐乐地打发过去。

　　在美国的几年生活让我学会了尊重别人的见解与选择，不再对任何人下定义。

　　英语不是我的母语，也不是很多人的母语，而此时此刻它在世界上却显得如此重要。一些"新左派"常常谈起语言霸权这个问题，认为大家应该拒绝学英语。我的观点不同：在美国人地盘上，玩美国人的游戏，必须遵循美国人的法则，沿袭美国人的思维方式。有了英语，你可以自由表达与倾听，让世界都知道你的声音。而也正是通过英语，我们进一步了解世界和那些不为我们所熟知的人群。

在这里，我想讲几个我遇到的同学。通常，和同龄人学英语是最快的。

## 第一节　伊朗异见分子的女儿

"红头发"是一个伊朗裔女子，有一种很古典的美。尽管很多信奉基督教的盎格鲁-萨克逊人（WASP）并不一定认定她是白种人的一员，她却坚持称自己是欧洲裔的白人。她把头发染成神秘的紫红色，总是穿一身黑衣，浑身挂满奇奇怪怪的银首饰。她很安静，也有些孤傲，黑亮的大眼睛里燃烧着热爱生命的野性的光芒，一看就和那些肤浅的airhead不一样。我们初次见面就谈得很投机。因为我们都来自东方的文明古国，又都热爱绘画和怪首饰。她第一次看到我的黑里透红的雕漆手镯，就对我说："它在尖叫我的风格，我们会成为知己，我有种感觉。"

她也画画。她的油画总是以忧郁的脸谱为主题，背景是浓重的暗色调。脸谱的眼神总是充满疑问，把人引向不可知的神秘世界。"红头发"告诉我，她从两岁开始记事，3岁时，她的预感能力得到见证。她性格的忧郁来自她的家庭。她的父亲是伊朗的异见分子，在她幼小的记忆里没有父亲，因为他总是在坐牢。70年代，她的父母带着7岁的她逃亡美国。"红头发"说全家都很骄傲她进入伯克利加大，而她也准备在这里的法学院攻读博士学位，做一名反种族歧视的人权律师。她的野心是写在脸上的。

"红头发"也有她开放的美国化的一面。比如说她对男孩子非常大胆。如果她看上了谁，就会主动去接近别人，通常过不了多久那个人就成了她的男朋友，但并不稳固。有一次她为了引起一个在唱片店工作的男孩儿的注意，每天都去他的店里买一张 CD，一个月以后他终于邀请她出门。她说：这个约会对我来说，代价太昂贵了——500 块。

## 第二节　双重性格的朱迪

朱迪会被 HOYT 驱逐出门，这是我万万想不到的事情。因为我曾经那么喜欢她。不过后来我仔细回忆她的一举一动，可以看出这个学习宗教学的女孩子的双向性格（multi-personality）。有时她嘻嘻哈哈的，大家都被她感染得情绪高亢；有时她又很沮丧、情绪化，以致很多女生认为她神经质。其实，我有些喜欢稍微和别人不一样的有个性的人，因为他们有做异类的勇气：the courage to stand alone. 总的来说朱迪自然，朴拙，真实。我喜欢一边在洗碗机前工作，一边和她为某个问题争个面红耳赤；或一边吃饭，一边和她感叹人生无常或探讨宗教的起源。我们在一起的话题很纯粹，都是精神层面，没有物质。

我们一起为公社开办了"东方打坐文化（medita-
tion）"的讲座，把平静与淡远的意境带给 HOYT 里这群疯
狂的美国女生。她热爱艺术，喜欢听我弹古筝和欣赏绘
画。她自己并不做这些事。她说：别人用琴弦或画笔表达
艺术，我用自己的一生来表达。面对失败的艺术，别人可
以砸断琴弦或撕碎画布，而我只能粉碎我自己，揉碎自
己，重新活一遍。

朱迪是个孤儿。她年幼的时候，父母在一场谋杀案
中丧生。15 岁那年她姐姐也自杀了。她相依为命的只有
她的养母，一个身患绝症的女人。不幸的人生经历塑造了
她性格的怪异。但是，是否不幸就会让人变得无望？我们
似乎总是希望和那些生长顺利的人来往，当一个人经历了
太多苦难的时候，他有时会让人敬而远之。因为我们害怕
吸血鬼的故事。Vampire 吸了某个人的血，这个人也可能
就变成了另一个 Vampire。

一天午餐时，来自危地马拉的印第安人伊达对我说：
你怎么还和朱迪混在一起？你知道吗？她不干活，拖欠
了 20 小时的义务劳动，也不交罚金。因为她不干活，别
人就得干双倍的活。大家准备要把她驱逐（kick out）出
去呢！

我当时并没有怀疑她是个好吃懒做的人，我相信她
这样做是有原因的。但很快我就发现大家都对她怀有隐
讳的敌意，她却毫不在乎，我行我素。按公社的法规（by-
laws），不干活的人是没有权利享用所提供的免费餐的。但

朱迪照样白吃白喝大言不惭，甚至还邀请外人来。似乎故意与大家作对。我不会这样做，但作为朋友，我也不愿去评判她。

后来公社召开了全体成员的紧急大会，处理朱迪事件，连总社的主席也来了，很严重的样子。美国是个法制国家，因此一上来主席就宣读了公社法规。接下来是大家对朱迪进行问话。

成为众矢之的的她依旧面不改色心不跳。有个同学问她：你为什么不干活？我也想听她的答案，想得到一个原谅她的借口，谁知她却说：我不愿意告诉你们。我对她的话并不失望，也不诧异，只是在脑子里回想着种种她对人生的评论，心里说：不是她厚颜无耻，也许我们不应该用一般人的心去理解一个艺术化、抽象化的人吧。她也许对世俗的事情就没有兴趣。

经过投票，多数人同意将朱迪驱逐出去。我看到朱迪苍白的身子推开了大门，向着夜色奔去。孤独的孤儿，走的时候身上背的还是我卖给她的那条壮锦花袋。

## 第三节　一对同性情人：伊瓦特与苏西

伊瓦特和苏西是 HOYT 里仅有的两个吸烟的女生。她们都是"战争与和平（peace and conflicts）"这个奇怪专业的学生。她们都热衷于政治集会。Moreover，她们都是女同性恋者（lesbians）。

伊瓦特是黑人，剃光头，穿大头靴，很男性化。她有时把头发染黄。她经常穿的 T-shirt 上印着"我骄傲，我是一个同性恋"。在旧金山湾区这一带同性恋不大受歧视，所以她们乐于公开自己的身份。

苏西戴鼻环，梳长发，从外表看不出她有同性恋倾向。她喜欢给社员们写些慰问信。在厕所里经常可以看到她写的各色公开信，"大家最近在思考什么？""大家对人生有何不满？"等等。

伊瓦特和苏西本来是好朋友，但因为竞争维修经理的职位，居然反目成仇，展开激烈笔战。每天 HOYT 的墙上都贴满了她们竞选的广告。开始两个人各吹各的："苏西——可爱、可近、可亲"，"伊瓦特，选她没错！"后来看两人势均力敌，便开始对骂："伊瓦特不会修水管！""苏西只会放屁，不干实事！"甚至，她们还成立了各自的竞选"亲友团"。伊瓦特的两个死党为她写打油诗助阵。苏西则大肆给伊瓦特制造绯闻，说她曾秘密写情书，夜间打电话骚扰女社员等等。一时间 HOYT 里热闹非凡。

最后，伊瓦特以一票之优获胜，厕所里出现了一封苏西的公开自白书：

> 我对前一段 HOYT 的不和谐的紧张气氛向大家道歉。我对此负有责任。很长一段时间内，我热衷

于和其他女生说传闲话，怀着恶意的动机。我开始后悔所做的一切。以后请那些爱说闲话的人再也不要找我、敲我的门了。我希望在学期末，有机会对大家说一声祝福你们。

和平

苏西

再看伊瓦特和苏西，两人居然和好如初，就好像什么也没有发生过。美国人玩的就是不计前嫌的潇洒。就像他们的总统竞选，不管大家在论战时如何唇枪舌剑，事后总会说一句：Congratulations，然后握手言和。听起来也让人觉得不怎么尴尬，挺自然。

## 第四节　典型的美国中产：我的同屋詹尼弗

詹尼弗是个很受欢迎的女生。她很漂亮。她是美国最典型的一种女孩子，她的家也是典型的美国中产阶级——她的父亲是工程师，母亲是家庭妇女，家里有三个孩子，詹尼弗排老大。詹尼弗学工程，成绩也很典型——B。她的世界里有三件事——学习、交男朋友、玩电脑。她不会浪费一点点时间到其他事情上：他人他事绝对和她无关。她从不打听别人的事，也绝不帮助别人。她也从不看课外书，她的世界里不存在小说和政治。和她谈社会问题等于对牛弹琴。她虽然是个大个子，但床边摆设的净是些七八岁小孩喜欢的卡通人物。她的心理年龄也只停留在少年。过万圣节时，她就开始给屋里贴上鬼画，搁上南瓜。圣诞来临了，她就挂上小袜子，摆上仙鹿，单纯极了。

一般回到宿舍，她就开始打电话，给她的父母或男友们。无意中听到她与他们的对话，也让我对美国人的心态有了一些了解。

比如有一次，她想配一副隐形眼镜。这个东西在美国很贵。她打电话给父母说："这个钱应该由你们来付。"她的父母听起来可完全没有中国父母那样舐犊情深，他们直白地告诉她："我们不想付。"然后她据理力争地说："这是你们的责任。你们必须付。我只付自己的房钱。"这回电话那边回答得更绝："你可以向学校申请贷款来买这副眼镜，等你自己工作后再还账。"类似这样的对话，中国人可能觉得难以置信，但这的确是她多数电话的内容。

她和男友们的生活也很典型。一般是谈学习，或者商量去哪儿玩儿。他们一起去看橄榄球，去潜水，或去酒吧喝咖啡。她每晚都在她第一任男友那里过夜。我说：不如你们搬到一起，还可以省一半房租。你猜她怎么说？她说："我可不想和他待长。再说，住在他那儿，对我其他男朋友也不方便呀。"

我一听都傻了。

她实在无聊时会上网交友寻开心。她从不费脑子去想人生什么的。活得单纯，从不情绪化，不落泪，无忧无虑，一切东西都收拾得干净整洁。生活在这样一个高度实用化和工业化的社会，她再合适不过了。她是这样受欢迎，每天的生活排得满满的。我两住在整个公社里最好的房间，而她经常不回来过夜，回来也会把房间收拾得很好。按理说，我没什么可以抱怨的，可我感到学理工的她是如此的无聊、苍白。我们根本没话可说。

相处这么久，我发现詹尼弗有一点够不上是美国的典型——她可以算清楚账。听说美国人算账是很糊涂的。但每月的电话费她都算得清清楚楚，然后在小黑板上告诉我应付多少钱。到底是学工程的，不一样。而且省得我动脑筋。

## 第五节　加州议员的女儿"白富美"艾琳

17 岁的艾琳是个天才学霸。她在高中时连跳两级，以全 A 的成绩进入大学。谁也猜不到她的学习那么好，因为漂亮时髦的她似乎永远在看电视或和别人聊天。

她一开始就对我表示过好感，希望我们成为好朋友。她总想与我聊天，还邀请我和她一起选修爵士舞和一门表演课。

我热爱艺术，但是那时留学生穷，没有时间享乐。所以我跟她不太来往，因为爵士舞和表演课没有办法让我早点毕业。但我们偶尔一起看看话剧。

在生活上她经常给我讲一些美国文化。这时候，语言对于我已经算不上一个太大的障碍了。

她听说我来美两年，英文作品已经写得比一般美国大学生还要好了，便主动要看看。我也愿与她在这方面多交流，因为她曾经做过校刊主编。

艾琳的父亲是加州议员。她是社会既得利益者，所以特别爱国，我觉得除了遇到的美国军人，她是我见到的最爱国的 patriot。她毫不掩饰美国是世界上最棒的国家，世界文明里最优秀的体系，人类最伟大的实验。而我当时身在海外，对祖国更有一种刻骨的怀念。

那天，我拿给她看我的一篇论美国社会问题的论文。我说：美国一些媒体对中国报道不够公正，总是强调中国的阴暗面，使用美国的人权观去评判中国。

艾琳说没有什么美国人权观，人权就是人权。

我说，你看，持枪对美国来说，是一个最基本的人权。可是全世界大部分地区不把这个当作人权的一部分。

我说世界上不是只有美国制度是完美的。

她反驳说可是中国的人权记录不是一般的糟。

但同时中国经济腾飞不容置疑。我说。

她便又说：中国经济发展给世界带来了空气污染。

"美国人是受益者。这里买中国制造的东西那么便宜。"

"我们不要这个便宜行吗？中国就没工作了。"

关于环境污染她是对的。可是当时我看到美国的铺张浪费想到中国大家节约用水、用纸，觉得很不服气。我完全没有想到几年后回到中国，看到环境受到的前所未有的破坏。我们是该自省。

那个晚上，我和她为了意识形态的问题争论不休。我们都是很骄傲的人，不肯认输。最后闹得不欢而散。有很多天，我们见面都有些尴尬。一个星期后我在门缝里发现她塞给我的一张小字条：

> 安妮，请你原谅我的小气与狭隘。让我们忘掉什么国家、主义吧。不管你是中国人、美国人，或是其他，我还是喜欢你，你是那么有思想，那么与众不同（extraordinary），我以认识你为傲，我们还是朋友。

我们最后还是普通朋友。当时的我，也是个自尊脆弱的民族主义者，缺乏大国心态。在后来美国生活中，我慢慢接受了不同的思想。我也感到很多美国人的意见不无道理。这是后话。

在课外，我也交了很多朋友。有导演、记者、律师、银行家、卡车司机、心理学家等等各式各样的人物。就美国学校本身，学生也非常多元化。有在酒吧打工的同学教给我他喜欢的鸡尾酒的名字，有学园艺学（horticulture）的人教给我他喜欢的植物的名字。怎么说呢，三人行，必有我师。

## 第六节　活在美国 60 年代的鼓手约翰

鼓手约翰是个玩摇滚的家伙，据说有些名气。我和他曾是经济课同班的同学，后来又成了一个文化交流计划的合作伙伴。我们第一次见面做的事是互相解释本国俚语。他教我一句"Shit，or get off the pot"，我教他一句对应的中文"有话快说，有屁快放"。

约翰是心理学系的学生，但却爱谈宗教、冥想、旅行和披头士。我跟他经常参加一些摇滚圈的活动。在披头士中，他最喜欢保罗·麦卡尼。而他像很多西方人一样认为约翰·列侬被情欲旺盛的大野洋子给毁了。对此我倒是不太同意。我觉得西方世界对强势的东方女性有很大的偏见。

LSD，the flower generation，free love，Bob Dylan，大麻叶、Timonthy Leary，"turn on，tune in，drop out"，说起 60 年代，尤其是伯克利的 60 年代，他特别激动，特别怀念。他说希望永远生活在 the People's Republic of Berkeley 的年代。是啊，人们群居在一起，做爱，听音乐，反战，文化言论极为自由的年代。一个现代版的酒神世界。

他非常喜欢听我弹古筝，因为他觉得古筝的声音很遥远和安详。当时他在教授一门瑜伽课，经常放古筝曲给他的学生们。约翰喜欢像印度大师那样盘腿冥想。"这样可以使我忘掉思想。"他身上有很深的东方情结。有一次，他对我说："中国是一个绅士，一个令人尊重的长者。和中国比起来，美国就像一个被宠坏了的有钱人家的孩子。所以，就应该让毛装在美国流行起来。让那些好莱坞的演员们都穿上它！"约翰幽默地说。我的眼前出现了一幅一群黑人穿着中山装唱饶舌歌的情景，真是一个后现代的作品。

当然，约翰对东方的热爱，在我看来，完全是站在一个西方人的角度上，有时也不免有些猎奇心理。有一次在伯克利市一家小酒馆里，约翰喝了几扎黑啤后就开始向我发难："中国为什么要跟西方学？为什么要造汽车？人们每天骑自行车不是对身体和环境都有益吗？现代化有什么好？人都异化了。人与人之间的关系冷漠了。中国的工业化给自己和世界都带来了极大的污染。在我看来，那种男耕女织的小农社会是人类最好的生存状态。"

"你之所以这么说，是因为你已经有了汽车和现代化。为什么只有你们可以富有，世界各地跑，中国人只能男耕女织？为什么这里可以一人开一辆车，浪费资源，中国人就得骑自行车或挤公共汽车？这公平吗?！"

"可是事实证明，现代化的这一套并不比过去的那种生活来得快乐。那中国又何苦重蹈西方的覆辙呢？"

"为什么你可以有从现代化走向原始的选择和自由，而中国就没有从落后走向现代化的权利呢？如果我们大家都有了汽车后，再回到骑自行车的社会中，那是中国人自己的选择，而不是美国人的意思。中国，在没有美国人提醒的时候，已经走了五千年。"

"中国要是人人都有了汽车，那真的会很可怕！我们的大气臭氧层怎么办？"

"发达国家人口是世界的 3%，却消耗了世界 75% 的能源，这就不可怕了吗？"

"这个当然不公平。可是为什么大家看不到这点：传统的回归自然的生活才是最好的，才是我们人类真正追求的呢？"

"我给你举个例子。美国人放假都喜欢野营，住在帐篷里，为什么？你们是生长在洋房汽车里的，你们渴望新奇。你们知道那些住在帐篷里的人也想要洋房与汽车。否则，为什么那么多印第安人不住帐篷了？为什么有钱的中东人在欧洲买别墅？"

"我是一个还活在美国 60 年代里的人。我怀念那个时代的理想主义。我以为中国或者其他亚洲文明还存在这种东西，理想主义。"

好一番针尖对麦芒的舌战！在此之前，我还不知道自己的英语水平已经达到能与人不假思索地辩论的地步。很多的想法，很多的情绪，一闪念间就已经变成了英语叽里呱啦出来了。"危急时刻"只要往框架里填词就是了。就好像我们说中文时经常会自己"造"些词出来，字典里没有，但谁也不能说不对，大家都一听就明白。有一些句子成分是可以省略的，而且完全不像应付考试时，要辛苦地把各种形式背下来，在实际应用中只要凭语感就可以了。

那是我作为一个学生的争论。我如实记录当年，也反映了我的蜕变过程。多年后，我海归北京。那一年，PM2.5 高达 900。我一下子就瘫了。在高楼上，我发着烧，看着窗外北京如虚幻般的灰霾，这呼吸到肺里，都排不出去啊。该有多少重金属、有毒物质附着？病好以后，我看到我们楼下停着的都是宝马、奔驰、路虎、保时捷这样 200 万人民币以上的车，甚至宾利、劳斯莱斯、法拉利、兰博基尼都有。欧洲开辆豪车会像做贼一样。环保是那么重要。而在这里，这样大摇大摆。我明白了浪费不是美国人的天性，而是暴发后的过度补偿心理。我想到我当年求学时与约翰和艾琳的对话，他们错的只是他们对这一切预知得太早。

如今我在北京，知识界都特欣赏不丹的生活方式。也许，当年美国人约翰看中国"男耕女织"就像今天中国看不丹的原生态一样吧。

## 第七节　好莱坞电影制片人

彼得·高夫曼是这样一个人。他 1960 年生于芝加哥，1983 年毕业于伯克利加州大学东亚研究系，是好莱坞电影制片人，子承父业。他们共同的作品有：《生命中不能承受之轻》（*The Unbearable Lightness of Being*，通常译作《布拉格之恋》）、《亨利与琼》（*Henry and June*，港译《情迷六月花》）、《升起的太阳》（*The Rising Sun*）等。

他们起用了我非常喜欢的女演员 Uma Thurman。因为她有着东西方文化综合的特质。她的父亲是著名的佛教专家，母亲是北欧模特。我喜欢她身上的神秘感。

当彼得还是个孩子的时候，有一天在地上捡了五块钱，高兴地邀请父母吃饭。他把他们带到一家中餐馆。"我对中国的热爱就是从这种味觉开始的。"他说。后来，他上大学时学了中文。他去中国大陆、台湾。再后来，他做了电影制作人，第一部自导自写的片子就是《狂热的东方》（*The Wild East*），反映后现代中国风貌的纪录片。

"其实，我的家庭对我影响很大。我的祖父和父亲都是很东方化的人。他们很安详，喜欢读书，读禅。那种与世无争的性格深深影响了我。"在旧金山一家离办公室不远的咖啡店，彼得开始讲他的故事。他喝一杯卡布其诺咖啡，我喝一杯冰茶。

我来美国后看的第一部电影是《亨利与琼》（*Henry and June*）。电影是讲美国作家亨利·米勒和他的妻子，还有欧美极有争议的女作家 Anais Nin 的奇异的三角恋情。我非常喜欢亨利·米勒的《北回归线》一书。他的口语和满嘴脏话像一个美国版的王朔，当然他比王朔色情多了。而 Anais Nin，是除了玛格丽特·杜拉斯，我非常感兴趣的另外一个法语作家。她大胆的性意识，她的神秘日记，即使在当年文化开放的巴黎，她也是奇女子一名。

看完这部电影，我被深深地震撼了，仿佛走进了一个全新的空间。"怎么可以有这样的手法和这样的叙事艺术？"后来我知道我热爱的另一部电影《生命中不能承受之轻》（*The Unbearable Lightness of Being*）也是出自这个导演之手。都是那种非常知识分子的电影。

"我认为美国人根本就不懂中国。"彼得说，"我尤其反感有些美国人经常轻易地下结论，中国人都是这样的。我认为这是带有种族歧视的一种态度。中国这么大，中国人这么多，怎么能都一样呢？"他指出，正是因为美国人对中国缺乏理解，他才要拍一个真正反映中国的片子。"美国人对中国人有很多错误的理解。他们以为中国人都穿着毛装，思想都一样，没有个人的风格。但我接触的人中每一个都不一样。比如说，田壮壮，他喜欢用街头语言。张艺谋，有一种黑色幽默。我见到他时，他刚和女友分手，很痛苦，但在痛苦中他仍有一种幽默。音乐家谭盾则非常的'辣'，是湖南人那种特有的辣。他非常热烈，有种意大利人的感觉。"彼得如数家珍地说起他的朋友。

"我的感觉是中国人对美国人的了解比美国人对中国人的了解多得多。我曾在清华大学采访过一位教授。她是教工科的，可是每天都读《纽约时报》，对国际大事非常了解。而且，她对人生和社会都有很深的理解。我总的印象里，中国人关心国家事务。"彼得的结论也恰恰符合我当年的观察。在美国，太多的人对国外的事物一无所闻。但我不明白为什么美国政府却要全球事务都参言？

"中国根本不像美国报纸上说的那样。我认为中国非常开放。我拍《疯狂的东方》时，我们在火车上或者其他地方，随便拍。我在上海火车站拍一个很可怜的小孩，没有人告诉我们说，这个有损中国形象，不能拍。"

"现在美国新闻好像是这样的，动不动就说中国是最坏的国家。"彼得说，"二战时，美国和中国是盟友；但战后，美国帮助敌人日本经济复苏，却没有帮助中国。为什么美国战后没有害怕日本强大，现在却这么害怕中国富起来？你也发展，我也发展，这不是很好吗？"

"可是政治没有那么好。"我评论。

彼得表示赞成。"其实，中国人和美国人很像，你不觉得吗？"往返中美多次的他说。

"怎么讲？"我很有兴趣地问他。

"我们都爱吃中国菜，都很幽默。"

彼得认为在中国最好的是他交的一批朋友。

"几乎每一个人都有令我这个美国人难以想象的苦难和故事。他们谈起自己的故事或受过的苦难时是那么坦荡。在我一个美国人看来是那么悲惨的事，只在谈笑风生中就过去了。也许是经过了苦难，他们才更会玩，比美国人会玩。我觉得比较严肃的人也比较会玩。我当初想拍关于中国的电影时，主要是因为我在中国所感到的那股能量，我在我的中国朋友身上都看到了这种能量。"

谈到电影，他说他对中国第五代导演比较感兴趣，因为他们的年龄相近。"第五代的导演要比同龄的美国导演成熟，因为他们经过了很多苦难之后，有一种升华。我感兴趣的是他们的叙事艺术以及故事本身的戏剧性和悲剧性。美国人一般是大学毕业就有份工作，供房子，过日子，没有经历过很多动荡，也没有看到那种荒凉。"

他又说："中国在 21 世纪成为世界的焦点，每一个人都要关注她。"

彼得·高夫曼是我认识的第一个好莱坞制片人，我因为写作和做资本运作，以后的日子里，包括海归后，和好莱坞接触非常多。我还被聘请为一家好莱坞基金的顾问。我接待了新闻集团的欧洲董事长，迪士尼大股东及 20 多年的董事长 Michael Esiner，创办 E! 电视台的 Larry Namer 等。好莱坞正如彼得所预言，在以后的日子里和中国联系越来越紧密。甚至有个大佬开玩笑说，"以后好莱坞得为中国 90 后打工啦！"

## 第八节　在哈佛重逢 Michael 夫妇

1996 年夏天，我从加州出发开始了我的长途旅行。第一站是波士顿，接应我的正是我先前提到过的 Michael 夫妇，多年前在中国教过我英语的"哈佛老爷爷"。飞机在机场降落时，我脑子里充满了少年时代和这对老夫妇一起度过的快乐情景和那首 *Yesterday Once More* 的动人旋律。

Michael 还是花白头发，西服革履的。他的夫人 Sara 梳了一个印第安人的辫子。一见面，他们热烈地拥抱我，亲吻我的额头，和当年在北京机场告别时一样。

"瞧瞧你，当年还是一个小中学生，现在已经长成一个漂亮的大姑娘了。" Sara 趴在我耳边悄悄说。

他们随后开车带着我来到他们在坎布里奇的家。推开家门，我吃惊地发现所有的家具都是中式的。那紫色的楠木八仙桌，我还记得它摆放在北京金台西路 2 号的外国专家公寓里的样子。它旁边的四把雕花椅子是我和他们一起在贵友大厦买的。桌子上摆着的是中国的"万寿无疆"茶杯茶碗。四壁是我熟悉的中国山水画、书法，尤其是那条写着"难得糊涂"的横幅，更让我想起了北京四合院里的布局来。这一切是如此亲切，让我这许久没有回家的人，有种到家的感觉。这是在北京还是在坎布里奇？我有些恍恍然。那种时空交错的迷失感又升腾起来，不过这次，我感到的是幸福。

他们为我准备的房间活脱脱一个中国庙堂。墙上挂着藏式壁挂和贵州傩（nuó）戏面具，被子是大红色的。床边是各种书籍——他们知道我是个书虫子。

每一天，他们都开车陪我出去玩，并且往我兜里放些零钱。当年在北京时，是我带他们听京剧，练禅，到庙里与老和尚对话，在茶馆里喝茶。现在，到了他们居住了六十几年的老家，则轮到我虚心地做个学生了。我跟着他们参观波士顿的老意大利城，旧时的州政府，市中心，在古老的胡同里穿梭，听他们讲马萨诸塞州当地的历史、人文。又与他们一起参观了哈佛大学、麻省理工学院，和那里的学生吃饭、聊天，在波士顿艺术博物馆里讨论高更的画。

这些经历对于我日后的写作，无论是用英文还是中文，都是非常宝贵的资源。我的人物可能是虚构的，但是情节却并非凭空而来，尽管生活有时离奇，也由不得臆想猜测。阅历，对于我这样一个莫名其妙就开始以写作为生的人来说，总是在当时无意的纵情欢乐中奠基了后来的人生。这也是我多年来云游四海所积淀下来的底蕴吧。

每天傍晚，我们会坐在小院里，品着西湖龙井，聆听风铃与意大利喷泉发出的美妙声音，在风的吹拂下读报。肯尼夫妇都是老报人，他们把读报看成一种仪式。每到这个时候，我们什么话都不说，你一份《纽约时报》，我一份《波士顿环球报》，他一份《哈佛学报》，然后互换。晚饭后，我们开始在星空下谈天，依然是很长很长的对话，和8年前不同的是，我已经不用抱字典了，我已经可以流利顺畅地表达自己的想法。英语，当你没有掌握的时候，它是一门高深莫测的技能。当你能够将它运用自如，你会发现，它是艺术，自由度太大了。你所听到的，看到的，感觉到的，才是建立在另一种意识形态下的真实的世界，和你原先那个以方块文字表征一切的世界一样，有美也有丑，有愉悦也有哀愁。当然，这也是我对英语的眷恋越来越深的原因。我愿意面对一个真实的大千世界，体察别人的内心，倾听别人的灵魂。

# 第七章　考上美国国务院语言专家

## 第一节　偶然选择了翻译职业

二十几岁的我，不喜欢固定的工作，不喜欢永不改变的办公室。我喜欢旅行，喜欢变化。所以，这可能是我最初打算考美国国务院约聘翻译专家的原因。因为做了翻译，就可以免费旅游，可以去很多地方，可以探险，可以看美国本土人都无法看到的美国。

总之是一时兴起。美国朋友都说我有着一时兴起（spontaneous）的性格。

或许，我是受了海德格尔关于人要诗意地栖居的哲学言论的影响。那个春末，北加利福尼亚州下着大雨，我一个人要开三个小时车去面试。我的朋友，美林证券公司的前任副总裁 S 好心陪我一道去，说我一个人在陌生的路上开车，又下这么大雨，怕不安全。他在旁边，可以帮我看地图。S 是个犹太富翁，42 岁就退休了，正好闲得没事，愿意为人民服务。

考官此次专门从华盛顿飞到加州。先是当场念一段英文，让我立马儿翻译。反应要快，既要忠实于人家的原意，话还得说得又顺溜又地道才行。然后是一小时的问答，关于美国历史、政治、文化。这一段不仅是考一个人的英文水平和应变能力，更是考一个人对美国文化的熟知，就连一些俚语和棒球的规则都要问个清楚。

从考场出来，我觉得自己没戏。当初根本没准备，哪里知道这么严，可是话又说过来，这是考堂堂美国政府雇用的专家，能不难吗？我对 S 说，这回肯定完了。他却把我请到了一家高级的日本餐馆，请我吃生鱼片，并说是要庆祝我的成功。我说人家心情不好，你怎么还开我玩笑？S 却拍着胸脯说凭他的感觉，我这次已经考上了。我说，别逗了，肯定考不上，因为我才知道，人家要美国公民和在美国待过 10 年以上的移民，我根本不够资格。但 S 跟我打赌，说我要是考上了，我要在这同一家日本馆子请他吃饭。

奇迹出现了，三个月后，我果然收到美国国务院的录用通知。后来才知道，我应聘时的录音带、录像带都送到华盛顿请美国的第一高级翻译（后为美国驻上海总领事的夫人）审核后通过了。考官在考场上对我的印象也不错，印象分给得很高。

我赶紧打电话给 S，说你当初怎么那么神？S 说："我这人就是神。要不怎么会预料到过去近 10 年的股市都是牛市，让自己赚了这么多钱？我还能感觉到，以后我会在

United States Department of State

## Ms. Annie WANG

## Interpreter

-Office of International Visitors -

成为美国国务院翻译

电视上看见你被采访或者讲演什么的。"这句话后来也被他说中了。

## 第二节　肉体与灵魂都在美国路上

因为这个翻译工作的关系，我经常处于一种"在路上行走"的状态。一方面圆了我喜欢旅行的梦；一方面，却常常是以饭店的床为家。梦想实现得过了头。

几年下来，我走了美国很多趟，到了不少地方。比如白宫、美国参议院、众议院、州长办公室、美国陆军军官学院、西点军校、五角大楼、哈佛大学、耶鲁大学、普林斯顿大学、哥伦比亚大学、斯坦福大学、普度大学、莱斯大学、美国国家航空航天局、美国新墨西哥州阿拉姆斯实验室、美国最高联邦法院、精神病院、老年公寓、养老院、国务院、商业部、农业部、波音公司、CBS、NBC、联邦监狱、市级监狱、《华盛顿邮报》、路透社、纳斯达克、纽约证券交易所、芝加哥期货交易所、世贸中心、普尔指数、联合国总部、美国之音、《商业周刊》、《时代》周刊、《财富》杂志、纽约大都会博物馆、林肯中心、华盛顿肯尼迪中心、《国家地理》杂志和国家地理频道、探索频道、马丁·路德·金讲道的教堂、休斯敦火箭发射基地、传统基金会、美中关系全国委员会、美国知识产权学院、CNN、可口可乐总部、卡特基金会、旧金山市长办公室、世界姐妹城市联谊会、黄石公园、花旗银行总部、美国银行总部、联邦调查局、Better Business Bureau，等等。

在美国五角大楼

拜访西点军校

参观波音客机组装

## 第三节　我看美国各地风土

纽约是一个多元的大都会，充斥着世俗、虚荣、金钱万能、时尚、多种族、自我为中心的心态。哥伦比亚大学、华尔街、各大电台、电视台、杂志、报纸、公关公司、银行、投资公司、非政府组织都汇集在这里。百老汇的演出是最迷人的一道风景。在名流云集的酒吧和私人俱乐部，有机会听到很多对时尚的探讨，世界上最有钱的人在这里挥金如土。纽约的街头文化也是一景，当你排队等候乘船去欣赏自由女神的风采，可以顺便观看黑人的杂耍，或者那些科班出身的画家在给路人画像。地铁里经常回荡着艺人的琴声。说起阳春白雪，可以在世界著名的美术馆里浏览往返，在林肯中心听交响乐。中国人在林肯中心登台演出是非常值得骄傲的事情。说起下里巴人，这里无家可归人也很多，7美金的假劳力士表也充斥着大街小巷。

华盛顿与纽约不同，它有着浓郁的政治空气。在那里，不计其数的年轻"准政治家"为各自不同的目标奔忙劳碌。他们雄心勃勃，以野心为他们生活中最主要的一部分。当然这个城市也不乏闲情逸趣，在使馆区，可以品尝到来自黎巴嫩、埃塞俄比亚、法国、摩洛哥、俄罗斯等各国的美味佳肴。华盛顿的景色更是像一个城市大花园。我最喜欢乔治城和杜邦环一带。

　　芝加哥是美国中西部重镇。它的环境比大都市干净，既有纽约的快节奏，又有中西部的朴实。著名的芝加哥期货交易所就坐落在这里。闲暇的时候，我会沿着密歇根湖边散步。

　　新奥尔良和圣塔菲这两个并不大的地方是我最钟爱的。

　　新奥尔良属于中等城市，是爵士乐的故乡。在那里聆听爵士和蓝调是至高的享受，音乐不灭的灵魂由古老的橡树见证。还有，法国街美味的蜗牛，狂欢节上被抛得漫天都是的珠子，人们激动中脱下的花花绿绿的衣服和骄傲的裸体。

　　圣塔菲从规模上只是一个中小城市，甚至可以算是小城市。但那里却融合了盎格鲁文化、印第安文化，还有西班牙殖民文化。那里的建筑都是土红色的房子，掩映在碧蓝的天空下和沙漠植物之中，极具苍凉感。我曾在那里寻找梦中的印第安人的足迹，到了一家叫作 Tao 的部落，看到的是印第安人的衰败与文化濒临灭绝的感伤。那种悲剧美，在美国这个热爱喜剧的国家中独一无二。

　　有时候我们出差，远离都市，在工作中有种优哉游哉的度假感觉。在得州私人牧场上与牛仔们玩耍，住在小村庄里，看当地养猪、养牛的农民饲养牲畜，和他们一起种麦，一起开着 John Deer 收割机在飘溢着泥土芳香的庄稼地里穿行。在有钱人的天堂——佛罗里达 Key West 小岛上潜水，或坐在海明威常去的那个叫作 Smokey Joe's

在美国农场参观养猪场

在美国牧场开拖拉机

基韦斯特：佛罗里达最南端，距古巴只有 90 英里

在马克·吐温故乡，密西西比河边

Café 的酒吧里喝酒。如果遇到很帅很帅的那种帅哥，也风流一下，一起跳舞。在中国，人们通常都会有乡村"不如"城市的感觉，它们落后、贫穷，也没有城市的整洁干净。而美国的乡村却完全是一派世人向往的田园风光，更接近陶渊明笔下的世外桃源。在那里，是一望无际的绿色田野，笔直平坦的公路，路两旁生长着高大挺拔的树木。有时候，沿着那路开几个小时的车也看不到人迹。在田间劳作的白人农民脸和脖子都被晒得通红，就是美国人通常说的"红脖子（red neck）"，意思是没见过世面的人。

工作之便，可以零距离领略大自然的神奇。我曾去过黄石公园探访牦牛的家园，在美国离古巴很近的地方体会飓风来临时的威慑。为了了解候鸟的习性，和一些环保专家在几个渔夫的陪同下漂流于密西西比河的波涛之中。记得在河的下游处，我居然看到两只毛色雪白的狮子在嬉戏，还在动物园里看到了非常罕见的白鳄鱼。

在四处游走中，除了享受到很多自然风景的陶冶，我对美国社会、文化、家庭、美国人的思维和传统有了更加透彻的理解，更懂得回过头去反思东方与西方的差异何在。

## 第四节　生老病死之美国态度

自从在路上之后，我看到的不只是生命繁盛而欢乐的一面，也看到了与我的年龄不相称的议题：死亡、年老、孤苦、精神病、监狱和囚犯。

在旧金山一所临终关怀中心（hospice），我目睹了一个艾滋病人的死亡历程。那是一个黑人，骨瘦如柴，20秒钟前，我透过走廊看到房门里的他在床上爬行。20秒后，大家被告知他的生命已经走到尽头。生命最后一息，却显得十分安详宁静，他睡去了。整个房间都沐浴在灿烂的阳光里，鲜花和绿草盎然绽放着生命的光彩。桌上摆着他的照片，记录下他曾经鲜活的面容。

一旁有人在诵经，在默哀。因为这里是一个禅宗临终关怀中心，祷告词都是佛经。在向那一刹那走过的时候，临终的人感觉到的不是医院里白色的冰冷和恐怖，而是照顾和怜惜以及宗教的力量。屋外是个明媚的小院子，山上的清风吹过，风铃叮当作响。旁边，邻居普通人家的屋顶有炊烟在徐徐袅袅地上升。在这里，生与死有着同样的尊严，a dignified death。

人们不提死亡，因为那是一个黑洞。而在我，陪同访问者观看死亡历程竟也成了一种工作经历。

我们去一家非常昂贵的老人院。面对我们的是老人迟钝的却毫不眨眼的审视。旁边国内的访问者对我说："他们在看你身上的青春。那是他们用再多的钱也买不到的东西。他们真的羡慕你。"

接下来，接待我们的住院医生带我们参观。有一位老人，高位截瘫，身上盖着白色的床单。一见到我们，非常高兴，使劲挥舞手臂。住院医生嘲笑这个病人，"她是个人来疯。最喜欢得到关注，喜欢人们看她。"说着，那位医生把病人的被单掀起，暴露在我们眼前的是病人由于糖尿病而被截肢的一条腿和她的私处。我当时震惊极了，看到老人无助的样子和医生的跋扈，我想到了很多关于老人在老人院被虐待的传闻和电影中的种种情节。那些都是真的吗？我又在想，那个无助的老人，一定也有过青春美貌不可一世的日子吧，而如今被这样不尊重地对待，而她，又能做什么呢？她已经不能保护自己了。

美国和中国，哪里最适合养老？很多人都说是中国。因为在中国，尊老和敬老是传统的美德，孩子有义务赡养父母，几代同堂共享天伦的家庭随处常见。而在美国，亲情则淡漠得多。随着孩子们年龄的增长，与父母联系会越来越少。有人说美国是儿童的天堂，老年人的坟墓。前者倒是不假，几乎所有去过美国的小朋友都会爱上美国。后者也有一定道理，因为老人孤独。很多孤独的老人都会出去做义工，免费教人学英文，为别人提供住房，就是为了寻回自我价值，与人们重新接触。而当我问起中国来的访问者，到底美国和中国哪一个是老人的天堂时，来访者只是淡淡一笑，"我去过中国的养老院。墙上抹着大便。从卫生角度，肯定美国养老好。"

一次在休斯敦，和那里的警察叔叔一同坐在警车里满大街巡逻。他们的计算机里储存着那些犯过罪的人们的资料，街上的行人，哪一个是男妓，哪一个为吸毒进了六

在休斯敦警察局发言人的位置上留影

次局子，他们都心知肚明，但一般情况下也不会轻易打扰这些老主顾。看来睁一眼闭一眼的事哪儿都有。

回想起来有些后怕的是一次监狱之行。那是堪萨斯州监管最为严厉的一所监狱。出于工作之由，我得和那里的犯人对话并共进午餐，还吃了他们做的冰淇淋。很大的饭堂里，有上千名犯人坐在我身边，包括一些重犯，清一色男性，谁也没戴手铐脚镣。他们每个人的手腕上都配有一枚芯片，电脑监管系统通过它可以监控他们的行动。上千双眼睛炯炯地盯着我这个陌生的年轻女人，我说不出那目光中的意味，只是不寒而栗，像被什么东西紧锁住不敢轻易动弹。

饭堂里有狱卒来回巡视，高大魁梧，一水儿短发，

在美国监狱与罪犯们合影，内心有点小紧张

有些能压住阵的样子。他们中很多人都是复员军人。尽管他们说，这里的监管设施十分先进，一旦出任何问题，都会立即进入紧急防范状态，我仍是无法安心，完全凭着职业道德来抵抗内心里的恐惧感。有一个黑人男犯恐怕很久没见过女人了，不怀好意地把舌头吐出来，冲我做下流动作，被狱卒盯上了。

他们告诉我这个倒霉蛋一场禁闭是跑不了的。

在监狱里遇见好几个福建人，犯的都是绑架罪，判了20多年。这些人冲我抱怨道，"坐牢惨，在外国坐牢就更惨。能有人带话给中国政府吗？把我们引渡回国坐监狱？我们这里人太少，也太瘦，没有势力，净受欺负。"

## 第五节　翻译最重要的是词汇量

我当翻译的第一天，我的老板就告诉我，有的人，两种语言说得都很好，但并不一定是个好翻译。翻译是个非常富有挑战性的工作。做翻译对词汇量和知识面的要求非常高。我是被作为专家雇用的，我所翻译的内容涉及方方面面，包括政治、法律、经济、历史、地理、环保、外交、音乐、美术……林林总总。而对每一个词的领悟又要精确。中文里"国家"一词，翻译成英文就有 state（国家机器含义）、nation（政治含义）、country（面积、领土含义）之分，adminstration（本届政府），从这一点上看来中文词汇的包容性要比英文广，但也不尽然。比如在中文里，只有塔克拉玛干、撒哈拉这样无边无际黄沙漫天的荒漠才称得上"沙漠"，而英文中相应的单词"desert"，不仅指这些广袤大漠，还可以指一种面积较小、比较干旱、有少量植被的沙地。英文中 public 一词，不仅指公众，有时也可以指政府。part public 即"半官方"，public money 指"政府拨款"，public school 是"公立学校"的意思。那意思非常明白：政府的款项和公立学校都是老百姓的钱。老百姓就是公众。这就是美国的理念。"政府是纳税人养的"已经渗透在语言里。

有一次准备一场以环保为主题的讨论，我参阅了大量相关资料，能够一口气背出 15 种鹤的说法，有灰鹤、白鹤、丹顶鹤等等，并认清它们的模样、习性，记住鹭鸶和海鸥的特点。在英语里，这些鸟类词汇分得很细，鹤类是 cranes，苍鹭是 herons，鹳类是 storks，鱼鹰是 osprey……还有什么叫作湿地（wetland，俗称沼泽），它如何形成，如何加以保护，它在生态环境中的重要性，人为地将庄稼地变成湿地有何目的。

经济学不是我的本行，但我也得深入了解，仅仅粗通不行，因为工作中涉及这个领域的内容很多，要懂的术语也很多，光知道 marginal cost 是边际成本，opting out 是退出权，the OECD 是经济合作与发展组织的简写，DOC 是美国商务部的简写，new classical economics 是新古典经济学是不够的。我知道还要了解这些词汇的具体内容。如 DOC 的主要职责分配。比如，中方一接见，马上要知道对方官员的级别，我就得根据美方的 organizational chart 翻成中国式的对应。这个是 secretary，相当于部长，这个是 undersecretary，相当于副部长，这个是 administrator，相当于局长。不了解美国政府的运作，就很难做到这一点。再比如中国加入 WTO 一事，我们要去采访美国各行业各阶层的人。美国的农民对这件事一致欢呼雀跃；纽约证券交易所、芝加哥期货交易所、堪萨斯谷物交易所的美国同志们也一致感到大快人心；而凭制造业吃饭的，比如纺织工人们就开始感觉到压力，怕越来越多的"中国制造"抢了他们的市场。因为每次就一个课题，我的翻译工作就要跑一个月。美国大大小小有关这个主题的地方，每一次工作过，感觉就像是写了有关这方面的一篇博士论文，自己也成了这方面的半个专家。

美术音乐是我的热爱，但是美术有很多词出自法语，像 basrelief（浮雕），chef'd oeuvre（杰作），Avant Garde（先锋）等。音乐的很多词又出自于意大利语，Adagio（缓慢地），crescendo（渐强地）和 cantata（清唱剧）等。我平时喜欢在出门或者坐飞机的时候玩一种叫作 Word Cross 的拼字游戏。因为这种游戏，经常会考几个大家常用的外语单词。我靠着玩拼字游戏，对英语外来语的掌握提高不少。以至于后来我在写英语小说《莉莉》的时候，也用了不少。比如说在形容莉莉的生活毫无目的，越来越走下坡路时，我用了死胡同这个法语词 cul de sac：她的道路进了一个死胡同。写一个流浪诗人在写史诗时，我说他完全是"为艺术而艺术"的，ars gratia artis，用的是拉丁文。还有，莉莉男友罗伊喜欢日本艺术，屋里挂满了 ukiyoe 浮世绘。浮世绘是日语。

口译的工作，不光是词汇量大、英文水平高的问题，更重要的是嘴快、反应快，语气的把握也很重要。比如中国人说："这太美了！"翻译成英文就是"Isn't it beautiful！"这可能是很多中国人都不太习惯的一种表达方式。此外，要对东西方文化的差异与冲突有一种敏感，对东西方人的思维都要了如指掌。

中国和美国的政治体系上存在着较大的区别。在美国人的习惯中，"政府"就是"government"，横向来说是指三权分立的总统及其内阁、国会、最高法院；纵向来说则是联邦政府、州政府、地方政府。地方政府又可细分出市、地、县政府。通常，中国人不把最高法院和国会当作政府的一部分，对政府的理解通常是中央政府以及各大部委，更接近"administration"一词。

## 第六节　要有外交官的风范

美国国务院一般有三种工作人员：Foreign Service，外交官；General Service，一般雇员；Contractors，合同工。我没有参加外交官的考试，我的工作是合同工，比外交官自由，但有时却要有外交官的机智。

中美两国的政治理念存在很多冲突。在中美双方代表团就某个主题展开讨论时，美国人总喜欢提一些在中方看来十分尖锐敏感的问题，有时候中方代表不知该如何作答，或者不愿意正面回答。

很多美国人知道我为美国国务院工作，不仅仅把我看作翻译，有时甚至也直接问到我头上："你在中国和美国都有过生活经历，对双方都有所了解，你是怎么看这个问题的呢？"一般情况下，我避免发言。翻译就是机器，说什么自己的观点呀！千万别踩那个雷区。

关于北京申办2008年奥运会，美国有两种声音：一为牵制派（containment），对此表示反对。他们未必对中国怀有敌意，只是觉得自己的理念比较重要。另一派是接触派（engagement），他们认为中国变化很大，申办奥运应该予以肯定。曾经有美国人在一公开场合提到，北京申办奥运之所以成功，无非是奥委会的人拍中国政府的马屁罢了，因为他们在中国也有自己的利益。我说，如果一个马屁能拍得十几亿人都高兴，也未必是件坏事。当时我的话令所有人心悦诚服。当然是在他们主动问我时，我才会回答的。

很多美国人问我，中国到底是什么样子的？当年，美国对中国报道较少，加之中国距离遥远，又笼罩着神秘的东方色彩，使得美国人对中国的想法千奇百怪。我刚去美国留学的时候，有人以为在这片土地上杀婴、人们没有饭吃、一夫多妻、男人梳辫子抽烟袋、女人裹小脚、常有人饿死街头、警察可以随便抓人。可是现在，很多美国人对中国人的看法180度转变，认为凡是中国人，都有钱。我告诉他们："中国是什么？中国人自己都很难回答，因为中国太大了。在一个偏远乡村的中国农民眼中，北京天安门就是中国。在猎奇的人眼中，中国城市的高楼大厦不是真正的中国，《红高粱》才是中国。有人希望在中国的土地上看到蛮荒的景象，如果找不到便很失望。而事实上中国有太多的风土和文化，这里有上海和北京的中国，有乡村的中国，有知识分子的中国，有大众口味的中国，有北方中国，有南方中国，有时甚至是矛盾的。"

说起猎奇心态，不仅仅是西方人，我们自己甚至都有。因此要理解。记得初到美国时，我以为印第安人真的像好莱坞电影里演的那样脑后插着羽毛，住在帐篷里，对此心怀向往。等到后来有机会探访印第安部落时，发现那里除了经济落后、房子破点儿，跟美国一般地区没什么区别，人们的穿戴也很普通，只有节日里才会装扮成电影里的样子。那时候我感到颇为失落。这不也是标准的猎奇心态？

我的一个朋友去韩国和日本旅游，回来后告诉我，那里的宫殿不算什么，比我们中国的差远了。其实，这样的说法，对那些民族又何尝不是一种大国的居高临下？

国人总担心美国歧视或者误解中国，但是当中国作为一个强者，别的弱小国家是不是也会多心呢？

## 第七节 有时翻译就是机器

在翻译工作中，我试图不加任何个人情感，把自己当成转换语言的机器。有时，中国与美国彼此之间存在着某些偏见和误解，致使双方难以沟通，这总令我感到十分压抑，但工作时却不能将那种情绪形于颜色。于是回到家后，我把自己关在房间里大吼大叫，或者开车时将音乐开得很响，试图释放心里的郁结。我对自己说，"翻译完你就忘了你翻译什么了，这样对你更好。"

1999 年，中国宗教事务局代表团到美国访问。在华盛顿一个非政府机构，中美双方谈到中国的人权问题时，发生了争执，气氛非常紧张。我则一字不漏地在中间为他们翻译。

突然，美方的一名律师非常严厉地对我说："你只要把我们美国人说的话翻译成汉语就行了，不要把他们说的话翻译给我们听。我不想听他们胡说八道。如果你做不到，可以马上找人替换你。"当时我特别震惊。美国政府之所以成立项目，用美国纳税人的钱邀请世界各地优秀人才到美国参观访问，其治国理念就是除了国与国之间，还要加强人与人之间的交流。交流之可贵在于它是双边的，不仅要让外界了解美国，也要让美国了解中国。我是翻译，我的职责就是让双方都听懂对方的意思，协助做双边的交流。所以我告诉他："我建议两边的话应该都翻。"这位律师道："真不明白我们的国务院为什么要拿着纳税人的钱请共产国家官员来美国！他们睁眼说瞎话。而你，竟然要把他们编造的谎话翻回给我听，这是浪费纳税人的钱。"

后来，我因为"经验不足"被撤了下去，他们另找了一个白人男子来翻译。但我知道不是"经验不足"，而是他们认为我没有听话。后来，我的同事和一些正义人士为我鸣不平。国务院有人出面干涉此事，认为他们处理方式不对。否则，我的这份工作只干了三天就要丢掉了。结果国务院不但没裁我，还为我三天翻译补了一个月工资。

我有一个朋友，早在1979年就被美国最大的石油公司美孚（原埃克森公司）派到中国做主管。他刚到中国时也算是一个爱国青年，可是在那个不够开放的年代里，很少有中国人敢和他搭话。美国的公司又担心他不为美国利益说话，甚至怕他将美国的商业情报泄露给中国。他说："夹在中美关系两边的人，做好了是基辛格，做不好就是猪八戒照镜子，两面不是人。"

我的处境也差不多。因为不是土生土长，有些狭隘的美国人对我这个共党国家来的移民不那么信任。有些国内的同胞呢，在家里一贯呼风唤雨，到了国外，见到亚洲面孔，就觉得是自己的下级，而对于老外总是另眼相瞧，一见到白人，甚至用"点头哈腰"来形容也不过分。尽管有时候美国人可能还是会有一些种族的倾向，但美国法律明文规定保护少数族裔，禁止种族歧视，大家还算能在表层上做到互相尊重。而一些从国内来的中国人对金发碧眼的崇拜，对亚洲面孔的轻蔑与不屑则敢清楚地写在脸上。虽然我明白并且理解双方的思维方式，但是因为长着中国人的脸孔，受到来自国内同胞的窝囊气时仍然很难过。

## 第八节　受四川处长的窝囊气

小时候住在北京王府井西受禄街四合院时，老听邻居用"窝囊"一词形容她老公。这使我这辈子不喜欢用这个词，觉得窝囊是灰头土脸缩成一团最糟糕的一种心情。

可是翻译这个工作让我对窝囊一词深有体会。

一次我陪同一个中国处长出行，临行前美方给代表团每一位成员一些费用，其中也包括途中将支付的小费。我知道在中国大家一般没有付小费的习惯，便事先向这位处长说明这里的服务生主要收入不是工资而是小费，不付小费对服务生不公，也会被美国人看不起。可处长还是舍不得钱，偏不肯付，令服务生很不愉快，态度也变得不那么友好。我提醒他，那位国内来的处长对我说："美国是自由国家。我付不付小费，你用不着管我。别以为你自己在美国待了几年，就可以告诉我应该干吗不应该干吗。把自己当美国人，还替美国人说话。"同样也是这位老兄，天天向我吹嘘在中国他经常兜里揣着上三万块钱请人吃饭，意思是自己很有钱，很阔绰，美国他看不上。我想，那些钱一定是公款，否则在花自己的钱上，一两块美金，而且是给劳苦阶层，他为什么都要这么计较，置中国人的骄傲与礼节于不顾？

其实，他后来还向美国要求加长车等等待遇。美国人可是太熟悉中国的权力与待遇了，他们让我转告他，"这位处长来自四川，是地方处长级别。他在自己的国家应该没有这种待遇。而至于美国，如果从对等的外交待遇来看，我们的国会议员也经常坐地铁，他们为此而骄傲，因为他们时时刻刻记着自己花的是纳税人的钱。"

美国人这么一说，杀了他的威风。处长的文明礼貌没有改进，我也想通了：如果中国人到了美国能够看到美国不好的一面，如无家可归者，如种族歧视，那么让美国人感受一下中国基层干部的陋习也不一定是件坏事。他和美方会见，美方西装革履，他听着听着就把鞋脱了，还有一次开会的时候睡着了，鼾声震天。他还在禁止吸烟的地方喷云吐雾。吃饭时大声咀嚼。

也有一些时候，我为中美经济上的差异如此清晰的凸显而痛心。我陪同一个山区代表团在美国伊利诺伊州访问时，代表团成员看到地里的玉米长得特别好，就掰下来尝了尝，说比国内的玉米好吃多了。而美国人却说这种玉米是喂牛的，人根本不吃。于是那个尝玉米的成员感叹道："中国的农民吃得还不如美国的牛好。"他说这话的时候有一种难言的苦涩。

## 第九节　为善良的中国人找回公平

有一次我陪同国内一位著名律师在美国中西部访问。到达的城市用中国话说就是偏远地区。当地敬老院里的老人虽然一生不愁吃穿，但多半对美国以外的世界了解很少，出国机会也不甚多，我们几乎是他们见到的唯一一队中国人。吃饭的时候，我听见那些老人相互之间用英文说："这个中国律师竟不会说英文，还要别人给他翻译，显得很笨。"我没有把这句话翻译给中国律师听，倒不是怕他生气，而是觉得这话说得不公平。那些美国老人不是也不会说中文吗？为什么要求别人都一定会说英语？在他们眼里，自己会不会说中文不是问题，而世界上所有的人都应该把英语说得很流利。我告诉那些老人，这位律师虽然不大懂英语，但他不仅仅懂得法律，同时也是一位生物学家。在美国，律师和生物学家是非常令人敬重的职业，是必须读到博士学位的，收入也相当可观。

美国老人们马上意识到自己先前的认识很不全面，仅仅凭会不会说英语来评判一个人的确太肤浅了。在外事场合，我们需要的不是冲动的民族主义或易受伤害的小气，需要一点幽默，一点智慧，一点不怒自威的尊严。

还有一次在印第安纳州，一对广州来的总编辑拿了两个很大的行李。坐出租车时，付了小费还是遭到不公。他们下榻的酒店也出现了半夜三更有人连续敲门的事情。我得知这个事情后，去帮他们讨说法：结果酒店免了他们两天的房费。而走的时候，当地派出加长车送他们，并为出租车管理不严而道歉。

我帮助他们之前，深知这一对知识分子绝对不是无理取闹，爱占便宜的人。如果他们抱怨，一定是对方出了问题。那么我应该帮助他们，让他们得到补偿。

# 第八章　用英语写作人获全胜

## 第一节　少年作家变成双语作家

说来惭愧，过去的八九年中，我因为照顾三个孩子，没有再出书，甚至也没有写东西。但是在美国的那些日子里，我从未停止写作。24岁那年，我的第四本书《从北京到加州》在北京出版后，立即成了畅销书。而且当年我的书里有不少硅谷富豪的故事，还有现代都市时尚女性的故事，对后来做互联网或者成为"美女作家"的那一批人，都有一定影响。我收到很多读者来信。出版社

《从北京到加州》封面

请我回国签售。我在西单图书大厦和海淀图书城以及风入松书店等地签名售书，读者都排起了长龙。

在西单，一个年轻的记者排了 4 个小时队，为了当第一。他找到我说，从我 13 岁发表了第一篇文章开始，他就是我的忠实读者。过了几年，我出了英文书，他写信问我为什么这么多年都没在国内文坛露面儿，甚至都没给我的中国读者们一个交代，他说这几年国内的出版业都快成了制造名人的天下了。

"为什么要花 10 年的工夫来写一部英文小说呢？你本来可以用你的母语为国内的读者写出更多作品，剩下的工作交给翻译去做好了。现在，中国是个迅速蹿红的绝好地方，你却把精力放在英文写作上，就好像是给我们国内的读者一个信息：想读懂我更多的作品吗？去学英语吧。"他有些不满。他又为我担心，"中国是墙里开花墙外香，美国是一切以自己文化为中心。而且美国有些肤浅，不一定能理解你。如果你用英文写作，我担心西方人不懂中国，你的文学价值会被严重低估。"

这位敏感的记者说得不无道理。《从北京到加州》出版后，我确实转向了英文写作。2001 年 2 月，我的英文书出版前，我在纽约出席了一场兰登书屋举办的宴会。出版公司向媒体介绍我时称我是"生长在中国却用英文写作的最年轻的主流作家"。有两位分别来自 *USA Today* 和 *Time* 的编辑好奇地询问道："为什么决定用英文来写小说？"

国内和国外的记者都问到了同一个问题。

为什么要用英语？同样的问题，我在 1998 年和《红杜鹃》的作者闵安琪交流写作经验时也问过她。她说："无论用英语还是中文写作，对我来说都是新鲜的。但既然我已经在美国了，自然是英语能带来更多灵感。"对于安琪来说，移居美国本身就是她英文写作生涯的起点。我却不是。因为少女时代日记被当众宣读的耻辱，我拿起了英文字典，试着将我心里那些秘密用英语写下来，让他们谁也看不懂！从此，英语成了我私密的语言，它代表的是我所向往的自由、安全、美丽和浪漫主义。

## 第二节　英语里，我是没有束缚的孩子

1989 年，是我生命中一个转折点。我这个从前的好学生、乖乖女在崔健的音乐中开始叛逆，我有冲动要揭露生活中阴暗的一面。青春期荷尔蒙过于旺盛的分泌使我的写作风格一下子从过去的可爱少女型转到一个表达愤怒与不满的新领域。我开始关注现实的世界中的反主流文化、无耻、缺乏逻辑和黑暗（counterculture, shame, illogic and darkness）。我心中产生了一个另类的反面角色，她就是莉莉，那个有着凉凉的目光的女人。那个所谓的坏女人。

我这本书的大意是这样的：莉莉是一个长相漂亮、身

世悲惨、外冷内热的女孩。莉莉 12 岁的时候跟父母一起被下放到偏远农村去"接受再教育"，被村支书强暴，她软弱的父母甚至不能够保护自己的女儿。她一个人跑回北京，一无所有，整天和一帮街上的小流氓混在一起。后来，在一次去内蒙的文化旅行期间，她认识了一个美国记者罗伊（Roy Goldstein）。罗伊引导莉莉"seeing China through his eyes（通过他的眼睛看中国）"，还带着她去了解发生在中国土地上的巨大变化，帮助她超越原来的自己，抛弃掉自暴自弃和冷漠的性格。在莉莉的旅途中，她逐渐了解自己的国家。从赤贫的农民、城市中的职业女性、先锋派艺术家、"职业"乞丐以及商界新贵，到大学生、佛教徒等，她的视野展开了，她的人生也从此发生了巨大的变化。

这是一本关于理想主义和命运的书，书中的故事发生在一个人们在情感上、心理上都十分骚乱的年代，整个社会都是这样动荡。这也是一本关于青春期的书，不仅仅是一个女孩的，也是一个国家的。总之，《莉莉》写的是一帮小流氓、坏女孩，但他们的内心里有非常高贵的东西。

但我却无法用中文来刻画我的这个坏女人。说起来也挺有趣：一个词汇将如何被理解，与它的文化背景息息相关，所以有一些概念用中文写出来总显得和当时的教育格格不入。比如"privacy"这个词，隐私，在中国人看来就是指见不得人的事儿，多少有些不光彩。

"individualism"，个人主义，就更了不得了，自私自利嘛。再比如说，"ambition"，直译过来就是野心，不折不扣的贬义词。

我的莉莉是一个叛逆的女孩。暴力、性、背叛、猜疑、自暴自弃、不知廉耻和玩世不恭（violence，sex，betrayal，distrust，self-loathing，shamelessness and cynicism）是她全部的生活内容。她的性格与中国人的中庸廉耻（sobriety and decorum）的传统观念相悖甚远，尤其是在90年代早期的时候。此外，当我试图用中文描述这一切的时候，总感觉被从前的读者对我的夸赞和期望所禁锢，不得解脱。我想在英语里做一个没有束缚的孩子。

怎样才能为自我意识找到一条前进的出路？怎样才能让人们听到莉莉真实的声音？这次不是我选择了英语，而是英语选择了我。而只有它才能让我重新拥有创作的自由，我可以尽情地去写，不必考虑文化的沉重，不必自省，不必担心禁忌。还有一个很现实的原因就是，我认为如果能坚持练习英文写作的话，应该对我当时在伯克利修的英语 1A 和 1B 课程有好处。从我最初抱着一本字典一点点地写，到现在英语和中文都可以运用自如，《莉莉》这 10 年的经历是功不可没的。

在这全新的语言环境里，没有我那些老读者过高的期望值，也没有负担。26 个英文字母使我又变成一个小孩子，稚拙、大胆、本真、天不怕地不怕。我可以亵渎、质疑，甚至打破一切来自英文和中文的束缚。莉莉是我青春期的叛逆宣言。用英文写她的故事，的确是我写作生涯中的一个里程碑。

2000 年，著名女作家毕淑敏女士在美国华盛顿的杜邦广场与我散步。那个秋天，树叶发红发紫，华盛顿色彩斑驳。她，我的一个前辈，更是一个难得的知己，对我说："能够在美国当一个英文作家是你的幸运。你可以自由地旅行，自由地创造。所以，你一定不要放弃写作。"毕淑敏的话给了我坚持下去的力量。

## 第三节 爱上街头式的英语

对 idiomatic 用法的研究对我以后的写作有了很大的帮助。我写第一部英文小说的时候，我的主人公是个北京街头的小混混，所以我就把她说话的口气弄得比较痞。比如"同居"我用的是 shack up 而不是 cohabit，"听到风声"我用的是 get wind of it 而不是 hear，"哥们儿"我用的是 buddies 而不是 friends，"聊天"我用的不是 chat 而是"侃大山"shoot the breeze，"有钱人"我用的不是 a rich man 而是跟"大款"意思一样的 fat cat。当然，"爱给女人花钱的大款"就成了 money bag。"揍你一顿"，我用的不是 beat，而是"修理一顿"fix。"重要的人"，我用了两个词，当"贵宾"时是 VIP，当"大腕"时是 big shot。"浪费生命"，我没有用 waste time 而是 goof off（"闲混着"）。"我累了"，我没用 I'm tired，而是 I'm beat。

这样说话，这个北京小混混儿的口气就都活灵活现出来了。书出了以后，一个叫作 Cynthia Grenier 的美国女评论家在 *Worldnet Daily* 上面发表文章评价我的英文：

Annie Wang has just finished her first novel in English... She was 23 when she graduated from the University of California, Berkley. Her photograph makes her look most fetching with spiky, gelled hair and a pert expression on her face. Right from the second paragraph of her book, "Lili" (Pantheon Book), you see Ms. Wang has gotten a good grasp of colloquial English：

"Before my buddies and I can get wind of it, we are busted at Chou-Chou's. Chou-Chou is the son of two diplomats who work in Sydney；their house has become our hangout."

（安妮的第一部用英文写作的小说完成于 23 岁，正是她从加州大学伯克利分校毕业那年。照片上的她留短发、根根直立，一脸精怪的表情，看起来十分动人。从安妮的《莉莉》（万神殿出版社）一书第二段开始，便可见她将英语口语掌握得相当纯熟："我和哥儿几个还没听到风声，就猝不及防地从丑丑家被抓进了局子。丑丑的爹妈是外交官，常年驻悉尼的。日子久了他家就成了我们的窝点。")

其实，说起 grasp 英语口语，我觉得还是很难的。记得刚开始学写英语小说，也就是 10 多年前，我特地把监狱翻成了 the big house，还以为跟中文的"进局子"差不多呢。结果一个好心的美国朋友，在《华盛顿邮报》做记者、斯坦福大学毕业的迈克告诉我说，在美国，the big house 是 50 年代的词了，现在没人用了。后来我想起这个迈克朋友在中国学中文的时候，有一次很兴奋地说"盖了帽了！"我当时心想：都什么年头啦，还用这过时的北京话。看来，我把监狱说成 the big house，跟他犯的是一个毛病：想学时髦，但结果有点东施效颦，学得不伦不类。

在以后的日子里，我非常注意自己学到的英语是不是地道的没过时的英语。


## 第四节　用非母语写作的挫败感

用英文写作能够带给以中文为母语的作家前所未有的创作自由。但是，语言的转换并非易事。正如写《等待》的作者，美国国家图书奖得主哈金所说：我在为谁而写？在写《莉莉》的过程中，我自己也经历了相似的挫败。文中的角色都是中国人，他们说的都是中国话，而我却必须把他们的对话翻译成英文写出来。这是我所面临的一个巨大挑战。莉莉和她的狐朋狗友们说着痞气十足的北京俚语，而罗伊，那个生来就说英语的美国记者，从他嘴里出来的中国话就舒服得多。但是，这本书是用英文在写，所以书中是莉莉以及她的一帮中国朋友说着类似buddies（哥们儿）、fat cat（大款）、busted（抓个正着）这种地道的口语化英语，而不是罗伊，这让美国人很疑惑。"你们中国人说英语应该很正式，有时还有语法错误。"他们这样提出。

"如果我这样写，就没有北京人说话的那种鲜活感了，就都成了移民腔了。"

"可是你让中国人说地道的英语，美国人不舒服。"我的编辑说。我一直也没能为这种两难局面找到一个好的解决办法。只能希求我的读者可以聪明地领悟其中微妙的差异。可是，并不是所有的英文读者都了解中国。尽管我是在用英文写作，却希望在人物对话和章法上还保留北京土话的幽默。这特别恼人。

我想也许那个中国记者说的是对的。我用英语写中国就是对牛弹琴。纳博科夫用英语第二语言写成了《洛丽塔》，可是同样的巨匠米兰·昆德拉试图从捷克语转向法语却不成功。美国人只想看到移民写的中国。像谭恩美、汤婷婷的笔下，中国人都说着蹩脚英语，去餐馆不给小费，都是开洗衣店、餐馆的。

写书让我曾经非常消沉。在最糟糕的时候，我的精神都快崩溃了。脾气特别坏，骂人，说话脏字连篇，动不动跟人吵架，跟我们家里人发脾气，和所有的亲戚朋友发脾气，也经常恨自己写小说写得有点走火入魔了。

那时，互联网在美国硅谷如火如荼。我从认识 Autodesk 董事到采访杨致远，到认识 Modem 的发明者。我要是不写作，我一定会去互联网公司赚钱。但是文学有时也就是需要一定的骨气与孤独吧。能对诱惑说不，能被痛苦吞噬又重活一遍。这是文人的竹兰精神。

## 第五节  70 年代生人：理想主义从未泯灭

我在写《莉莉》的过程中，深刻地意识到我们这代70 年代出生的人和上几代人的区别。他们在性格形成的青少年时期经历过"大跃进"和"文化大革命"的动荡，而我们赶上了一个和平、开放、物质丰富的年代，更加强调自我、追求自由。我们接受的是数理化史地外的系统教育；对 Michael Jackson 的歌熟悉程度超过革命歌曲；我们的偶像是 007 和约翰·列侬，与五六十年代出生的那代人相比，我们没有他们的痛苦，没有他们的创伤，比他们幸运、安逸、也比他们缺乏责任感。

有时，写作写得很悲伤，我问自己，何必为这样一个虚拟世界痛苦？何必沉浸在历史的伤情中徒生悲凉？何必窒息于人类、民族的悲怆却不得解脱？放弃吧，不要再写什么小说了，干脆彻底做一个享乐主义者，谁让我是

70 年代生人呢！于是，有一次，我真的决定放弃写作。

我开车在高速公路上疯跑了两个小时，去了加州纳帕附近的卡拉斯都噶度假。山脚下的 Resort，我把自己的身体裹在泥巴里，脸上涂着厚厚一层火山灰的面膜。空气中弥漫着印度香的神秘气息，抒情音乐在耳畔恍若行云流水。我迷醉于美国小姐温柔的瑞典式按摩，品味着香醇的红酒，告诉自己，相比这样直接和舒适的享受，写作简直就是一种带血的尖叫。我对自己说，不要笑的时候眼里渗出苦涩的泪水，不要充满沉重与屈辱的记忆，不要肝肠欲裂的爱与哀愁，不要冲动的民族主义和受伤后的疼痛感，不要焦灼的等待，更不要欲罢不能的激情。不要背负。不要沉溺在历史的沉重里。

如果故事一直这样发展下去，《莉莉》可能就中途夭折了。然而，是天意吧，英语正在一点点地深入我的内心，并滋生出另一种全新的思维方式，时空和文化的交错，以及我所受的西方教育对我头脑中旧的价值体系形成了强大的冲击，让我不得不重新定义、重新思索、重新审视一些最基本的世界观。什么是东方？什么是家？宗教的意义是什么？信仰是什么？东西方文化在我心中剧烈碰撞，使我无法逃避，我必须把《莉莉》完成，尽管要经受10 年的磨砺。

美国的宗教崇信上帝的唯我独尊，这是西方文化的根基。因为对于宗教的了解，我对 revelation、apocalypse（天启）这样的词汇有了感觉。

在我的另一部发表在 USA Today.com 的英文作品 *The Proper Daughter* 中，便用到了 apocalypse 这个宗教词汇，写一个中国女孩 Rene 在美国的土地上如何从一个用功念书的"好孩子"蜕变成一个叛逆的女子，她厌烦了上学，厌烦了考试，用了一年的时间去四处游荡，寻找心灵的归宿，我这样写的：to be a homeless wanderer，journeying toward her American apocalypse。

## 第六节 英语小说成了美国大学教材

中学时，我的散文被人民教育出版社选入课本，后来我自己要学自己写的东西。后来，《莉莉》出版后，在美国不少大学里被当作英文系的教材。我曾去过弗吉尼亚州的一所大学演讲。那里的学生都是白人，对中国了解不多。《莉莉》对他们来说无异于一个窥望中国的窗口。我看见他们把这本书翻得很旧，字里行间还做着圈圈点点的记号。他们向我提问和发表意见时，有一个同学朗诵下面这段给我听，他几乎能背下来：

Beijing's most beautiful time is before sunset. Morning is too chilly. Noon is too bright. Only before sunset, it is soft and beautiful. The city turns golden. It becomes an old imperial city, the city in the novels of the Manchu author, Lao She, with city walls, arches, rickshaws, teahouses, street performers, hotfood stands, straight and wide streets and antique stores. (北京一天中最美的时光就在黄昏。清晨尚有寒气，正午又太晃眼，唯有落日前短暂的时光，温和柔媚，整个城市都镀上了薄薄一层金，霎时一座古老的皇城在眼前重现，正如满族作家老舍所写，城墙、拱门、黄包车、茶馆、街头卖艺的、煎饼摊儿、笔直宽绰的街，还有古玩店铺。)

Roy and I often take a leisurely drive to Tiananmen, the Gate of Heavenly Peace after dinner. Behind Tiananmen is the Forbidden City, the palace of ancient emperors. The outskirts of the palace is old and wide, surrounded by tall ancient brick walls and a peaceful moat, with a strong imperial spirit. Under the setting sun, dragonflies glide low above the surface of the moat, sparrows fly high under the eaves of tower gates, thin date trees grow between the cracks of old bricks, flowers blossom against the shadows of gray city walls. (我和罗伊经常在晚饭后悠闲地开车去天安门转悠。天安门后面就是紫禁城，古代帝王的宫殿。周围一带古老开阔，年代久远的红色高墙、静静流淌的护城河，无不承载着君主的盛威。斜阳下，只见蜻蜓从水面一掠而过，麻雀则飞得高高的，几乎擦到城

楼上的飞檐。细瘦的枣树倔强地从地砖缝里钻出来，各色花儿在灰色城墙的阴影下绽放。）

我听他忘情念我的东西，真的好感动。他告诉我，"Under the setting sun, dragonflies glide low above the surface of themoat, sparrows fly high under the eaves of tower gates."这样的句子淡淡地衬出一种自然的和谐，low 后面接 above，high 后面接 under，非常有意思。我告诉他，我是受了中国对联的影响。他说，"thin date trees grow between the cracks of old bricks, flowers blossom against the shadows of gray city walls"则让他们感受到生命的有（树与花）与无（砖缝与阴影）、色彩的热与冷之间的对抗。另一个学生说他喜欢"Bathed in the setting sun, we stroll, hand in hand, like a pair of lost school kids. Only our shadows follow us, loyal, speechless."（沐浴在落日的余晖中，我们漫无目的地游荡，手牵着手，像两个迷路的小孩子。只有长长的影子忠实地拖在身后，一言不发。）

古都黄昏的静谧意蕴让他们身临其境。他们问我，"影子无声地忠实地跟着，你是怎么想象出来这样的词句的? 太美了。"

当他们读到"When most people my age are advancing towards their goals and futures, I get lost on the way home. Where is home?!"（当我的同龄人忙不迭地奔自己

的前程时，我却在回家的路上，丢了。哪里是家呢?!）这句话时，告诉我他们能够感觉到莉莉迷茫找不到家，找不到归属，看不到希望。我想起中学的语文课上，我把那种不大能理解的句子一概模糊地归为"象征的写作手法"，而今，这帮美国孩子一下子就把我的"象征的写作手法"悟透了。

英语，它的情欲与性感带着西方的热烈。但我用英语将内敛含蓄的东方意境写出，我真的没想到那些脸上长着可爱的小雀斑的美国孩子那么懂我的作品。

在英语写作的过程中，我发现最难的就是英语中存在很多 nuance：词与词之间的细微差别，感觉完全就是两样。所以，除了我的美国学生读者的反馈，我也很关注其他英语读者对我的英文的评价。我收集了对我英文评价的一些主要报刊。

英国《泰晤士报》说对于一部首次用第二语言写成的小说，《莉莉》取得了了不起的成就。"莉莉的自暴自弃所衍生出的蛮横和暴躁却呈现出一种美丽如画的意象"。他们说这部佳作背后蕴含的努力无疑充满强大的智慧。

《太平洋太阳报》说我的文字细腻而尖锐。"《莉莉》是一部现实主义作品，因而读者很容易与莉莉产生共鸣。尽管其写作手法直白，却蕴含着许多美好的散文诗般的语言。这也是一部关于自我发现的毫不张扬的小说，任何一个曾经探求过'我是谁'的人都会为之心弦一动……以这样一部作品为铺垫，作者未来在西方的写作之路将充满光明。"

在 Frederisksburg.com 上，一位英语系教授的文章说：《莉莉》一书有着诗人般的敏感，使得其行文纯美芬芳。作者是一个善用比喻的天才。这部小说不仅刻画出一段历史、一种文化，还透过文字塑造了一个思想深刻、充满力量又不乏诗情的年轻女人形象。

当然，我也很清楚，我的作品知识分子气质很浓。大部分的美国人仍是打棒球，喝啤酒，看带有赛车的动作片，吃爆米花，我的作品他们不一定有兴趣，但我也泰然处之。走大众路线完全是另外的路数。


## 第七节　英语对外国人的包容性

说好英语，也许还不算太难。要不怎么美国无家可归的人都可以说一口流利完美的英语呢？但是用英语写作，真的就完全是另外一回事情了。就跟外国人学中文一样，也许学得跟大山差不多，就很满意了，总不会要在写作上挑战王朔吧。

看到自己的英文写作在主流英语世界得到承认，我发现这 10 年的呕心沥血真的很值得。

我在美国的好友严歌苓说，我从中文到英文的转变过程比她自己的要顺利得多。"我们这代人和你们这些生在 70 年代的孩子不同，你们非常小的时候就开始学英文，而我的青春全荒废在'文化大革命'上。我重拾英语的时候年纪已经比较大了，的确是一件憾事。"

可是严歌苓是非常有毅力的，这些年勤于笔耕，就是有了孩子也没有阻挡她前进的脚步。而我，有时会为了"智慧的痛苦"，而逃避写作。这是后话。

且说初试第二语言写作时，挫败是难免的，但是成就感也很大。因为你发现，其实，语言的魅力，不在于其完美，而在于其个性。用外语写作随后的经历会让人感到创造的激情、探求的新奇以及畅快的乐趣。我发现一种新的语言可以帮助人们筑造起一个新的、狂欢的酒神王国。

我刚到美国的时候就爱上了两本书：纳博科夫的《洛丽塔》和约瑟夫·康拉德的《黑暗之心》。后来才知道英语并不是我这两位偶像作家的母语。难怪哈金说，英语对外国作家的接纳与包含早已不是一天两天的了。

一次接受人民网网友的采访时，一位读者问我是否还会继续用中文写作。当然，正如我既吃西式汉堡也吃米饭，既听激烈的摇滚也听悠远的中国音乐。我的中文和英语共存。中文是我的母语，我用它骂人，用它和我的哥们儿姐们儿侃大山。它溶于我的血液。我喜欢那些巷语村言天然去雕饰的感觉。而用英文写作的我，则有一个自由之魂。

## 第八节 与兰登书屋签约前后

写《莉莉》花了 10 年的工夫，找经纪人又花了 3 年的时间。这期间，我居住的硅谷正赶上缔造神话的时候：我曾申请又放弃的雅虎公司的股票从 36 美金一股，发疯地涨到了 300 美金一股。周围猛增的科技富豪随便就可以碰到。而我，既然选择了文学，拒绝当 nerd，那么，对于一夜暴富的事情，也就泰然处之。

美国朋友自告奋勇帮我找经纪人。好心的朋友一定认为我为文学献身，精神可钦可佩。可是科技富豪跟纽约的出版圈完全是不相干的。有朋友说认识畅销书作家谭恩美的小叔子；有的说认识《旧金山纪事报》写书评的，要约这些人吃饭，看能不能帮我的忙。我当时就想，如果我的作品是好东西，我干吗要找关系呢？不如直接寄给纽约的经纪人。

我把我的手稿复印了 20 份，寄给了纽约的几个大经纪人。一开始，我很快收到了回信和电话，他们都看上我的背景，说出版界应该对我非常感兴趣。他们希望我把《莉莉》定位为半自传体小说，因为这样可以宣传我本人。他们说，"其实最后，大家感兴趣的是你。"可是，我争辩，我这是文学创作，主角莉莉不是我本人！"对不起，那么我们没有办法出。因为大多数美国人对中国的小说没有兴趣。他们对来自中国的自传感兴趣。"他们就这样拒绝了我，一切都是向 market 看齐的。

我还就认死理，不断寻找。后来终于找到了一个英国牛津大学毕业的经纪人。他看了《莉莉》书稿后非常激动。他说他一直在寻找能用英文写出大作品的中国人。他给我发了很长的一个邮件，在信尾却来了一句，他很少给人写长信，认为我是特殊的一个。我当时很奇怪，他为什么不会给人写长信？后来听搞出版的人说，他很著名，排队找他的中国作家很多。但他很挑剔，也不大好说话。

我收到经纪人的邮件时，已经到了北京，为《华盛顿邮报》打工。他专程飞到北京来见我。我让《邮报》的司机开着那辆四轮驱动的红色切诺基接他到饭店。我们就书稿谈了三天三夜，然后他飞走了。临走的时候，告诉我，有一位纽约出版界的重量级人物正在利用圣诞节看我的书。美国人是很重视圣诞节的，既然这位著名的大人物连节日也不肯放假，或许我这本书能出，我暗自寻思。

果然，这位编辑不久后给我发了一封邮件，祝贺我"用第二语言写出了一部非常优秀、非常成功而感人的小说"。第二年年初，刚过完圣诞和新年，出版社告诉我准备在我交第二稿时先付给我一笔定金以表诚意，接下来还有两笔定金分别是在与我签约之时和作品出版之后付清，以后就是以版税支付。

不久，我被请到纽约，和出版商、经销商见面，被安排在时代广场旁边的一家时尚的饭店里。

第二天，是去位于花园道（Park Avenue）的兰登书屋和责任编辑吃饭。我的责任编辑自己有一个大办公室，面对外面的高楼大厦，风景这边独好。看着其他员工一个萝卜一个坑地坐在隔板间里，可他拥有自己的办公室，还有秘书，难道我的责编是个官儿？

后来他自我介绍说他就是兰登书屋旗下万神殿出版社的总编辑。进餐时，他告诉我，著名作家哈金的前四本书都是在一些名不见经传的小出版社出版的，直到第五本书《等待》，才有幸荣登"万神殿"，由此一举成名，获得了美国国家图书奖。杜拉斯那部令无数女人倾心的《情人》，还有著名的《日瓦格医生》，皆是由万神殿出版的。他还鼓励我说："既然你的《莉莉》能被万神殿相中，就说明是一部高水准的文学作品，你才20多岁，英语写作前途无量。"后来，我才知道，万神殿出版社相当于中国的人民文学出版社，它选择出版的作品重在实力，和那些商业作品不可相提并论。

我的编辑也承认，美国纽约的出版界有点像洛杉矶的好莱坞，玩的都是大制作，花的都是大钱，主要决定权都集中在少数几个大公司的总编手里。全纽约大出版公司的总编辑只有二十几位，被人们尊称为"出版家"。而我在美国出版的第一部书就莫名其妙撞进了万神殿，还是由这位颇有来头的总编做我的责编，运气真不错呢。

不久后，兰登书屋的万神殿出版社在《纽约时报》上做了整版广告，推出五名"世界妇女作家"。其中四位分别是洛杉矶时报图书奖和犹太图书奖的得主、布克图书奖的候选人，她们来自德国、美国、英国和伊朗。还有一个人就是我，算是唯一的东亚人、黄皮肤。

《莉莉》出版前三个月，出版社在曼哈顿的富人区upper eastside 为我们这些世界妇女作家举行了盛大的鸡尾酒会。为我们配了一部黑色林肯专车，配有司机（driver）和陪同人员（escort）。出席来宾有纽约著名的出版家、万神殿出版社社长、兰登书屋各路经销商、编辑，连同广告和公关人员以及《时代》周刊（*Time*）、《纽约时报》（*New York Times*）等 40 多家重量级媒体。

这是一个预热阶段。出版社公关部主任告诉我，"这样的盛大活动不经常搞，每一两年有这么一次，被选上的书都是重点推的书。"


## 第九节　美国巡回推广的明星待遇

终于，《莉莉》出版了，而且是一口气出了好几版。有卖到南非、印度、香港等地的"出口版"；有版税比较高、对树立作者文坛地位起着关键作用的"精装版"；还有可以摆在超市货架上出售的"超市袖珍版（mass market paperback）"，让家庭主妇也顺便接受一下东方文化的熏陶。

《莉莉》出版后，美国评论界反响很大。"这本书对于美国读者来说很特别。"一个评论家说，"它为我们带来原汁原味的亚洲文化，而没有以往那些翻译作品中难免的沉闷气息。"

另一个评论家说《莉莉》是"一部探索命运的迷人的小说，寻求那股将微渺的个体在社会舞台上引向无数未知的力量"。

随后呢，我就踏上了将近一个月的新书发布之旅（book tour），去各个城市做宣传，华盛顿、纽约、西雅图、波特兰、旧金山、洛杉矶等等。西雅图因为天气多雨，大家喜欢待在家里看书，而且这一带爱买书的知识分子居多。波特兰和西雅图很类似，这里有着占整整一条街、有三层楼高的著名的 Powell 书店。这两站虽然都不算是大都市，但都是出版社比较看重的地方。我的任务是：演讲、签名售书，接受各地媒体、报刊见面。一路上照旧是五星级待遇，酒店套房、专车、司机、陪同。要自我推销，要用英文告诉别人你的书里写了什么，有什么意思，如何值得一读。如今的出版商决定是否大力推荐一部作品，不只是看作品本身，还要看看写字的那个人，会不会表达，有没有气质和号召力。

我在华盛顿做新书发布会的时候，去了知识分子云集的乔治城一家叫作 Barns and Noble 的连锁书店。我一直特别喜欢乔治城，这里年轻人多，酒吧多，跳舞的地方也多。当我到达书店时，书店老板前来迎接。聊天中，他告诉我自己以前在美国国会工作。事后我对我的司机讲，你知道吗，这个朋友以前在国会工作！司机这时候平静地说了一句：那有什么，我原来也在国会工作。后来我发现，上前跟我搭话的读者，有的在国防部，有的在司法部，有的在白宫工作，好不热闹。

我当时下榻在水门公寓旁边的一家欧洲式饭店。在饭店里，出版社举行了一场新书鸡尾酒会。来了很多客人，认识的不认识的，都是来为我祝贺的。空气中飘溢着鱼子酱和鹅肝的香气。有一位先生走上前来请我为他签名，对我的作品称赞有加。当我们交换名片时，我方才知道他是《华盛顿邮报》的一个重要人物，而我那个时候只是《华盛顿邮报》北京站一个打工的。他是我的老板的老板的老板，用中国话说就是"曾祖父级别的老板"。不是这趟 Book Tour，他这辈子也不知道我这个下属。不过，我没有提起自己在《华盛顿邮报》工作的事情，就让他永远记住我是个为他签过名的作家吧。

还有另一位请我签名的先生，买了两本书，要一本给自己，一本给他妻子。他告诉我他的妻子也想写书，很崇拜我。他问我最大的理想是什么，我告诉他，我想当驻华首席记者。我有一个朋友在《时代》周刊做驻京首席记者，做了 10 年，现在又在 CNN 做北京首席记者，我最羡慕的就是他了。这时候，这位先生笑眯眯地对我说：你知道吗？我刚刚培训过你这位朋友，我的工作就是培训驻外的电视记者。后来看过他的名片，我才晓得眼前这个人竟是 TNC（Television News Center）的老板。

在美国，作家是很受人尊敬的。在英语里，"作家"

与读者——马里兰大学教授和《华盛顿邮报》记者在一起

美国国务院同事和蒋晓真来参加我的新书发布酒会

分两种，一种叫作"author"，还有一种叫作"writer"。"author"指的是作品已出版的作家，而"writer"就是一般"码字儿"的人，不一定有发表的作品。美国朋友告诉我他们认为能在写作方面以及其他富于创造性的工作领域做出成绩特别值得尊敬。作家和律师、医生、工程师不同，不是为赚钱而工作，是为了爱好而工作。他们非常佩服那些因为自己的爱好而成功的人。后来好友严歌苓介绍我认识了一位好莱坞的律师，Alan Davis。他说，"也许作家从收入上讲是中产阶层，但见的世面、所受的尊敬远远高于记者或者投行的人。你一定不要放弃写作。而中国正需要这样的软实力（soft power）。"

离开华盛顿，我又奔赴 Book Tour 的下一站，纽约。头一天都是接受当地媒体采访。第二天，《纽约时报》的副总编邀请我参加他们的一版编前会，然后一起吃饭。我的美国国务院的同事听说我被邀请参加《纽约时报》的编前会，告诉我说，"你不知道这是多么高的一个礼遇。《纽约时报》很少接待外面的人！"我在《纽约时报》大楼里和年轻副总出入的时候，有个不认识的老人走过来对我们说："你们都是年轻有为。能在《纽约时报》这老帮菜聚集的地方看到这样年轻漂亮的面孔，我这一天都开心！"老人走后，副总编告诉我，这位是总编，过几天，他就要去中国拜会你们的国家主席。果真，编前会开始的时候，老人坐在圆桌会议的正中央。

那个下午，我又接到《纽约时报》书评人的邀请到哈佛俱乐部喝茶。我的出版商高兴得跳了起来。后来才知道《纽约时报》的书评人在出版界的地位：所有的出版社都梦想他们的书被《纽约时报》介绍，因为《纽约时报》的介绍就等于销量的保证。而书评人能够主动邀请和我见面，对一个作者来说，实属幸事。我跟书评人见面后的一个月，我自己也成为《时代周刊》亚洲的书评人之一，这是我未曾料到的。

第二天我在纽约以前卫著称的东村做了极受欢迎的朗诵会和读者见面会。晚饭前，在一间时尚酒吧，和朋友及出版社的陪同人员一起 party。我在纽约的朋友都来了：美国国务院的同事们，中国协会的朋友，《商业周刊》的主管，CNN 记者和外交事务委员会的访问学者，白杨的女儿、电影导演蒋晓真（博鳌论坛创办人蒋晓松的妹妹），还有搞金融新闻的彭博社的朋友。大家都为我这个中国女孩能得到美国主流社会的首肯感到高兴。他们在红酒、鸡尾酒和香槟酒的酒香中，为我祝贺。最让我感动的是，尽管出版公司已经邮寄给我的每个朋友一本我的书的精装版，他们还是到书店里自己买来一本请我签名。

在中国，我每次出书，都要用稿费买上 200 本到 300本书送人。在美国，我的一本书就要 24 美金，是我中国出的书的 10 本的价钱。这样送书，对作者无疑是一笔不小的开支。没有想到美国的这家出版社极为大方，让我列了一张长长的单子，把所有想送书的朋友的名字都罗列上，然后由出版社统一寄出。到底是世界最大的出版公司，不一样就是不一样。更让我感动的是，美国的朋友，大概知道作家写作不易，都是自动买我的书，没有一个人张嘴要我送书。有的好朋友一口气买五六本，说拿我的书当圣诞节的礼物送给其他的朋友。他们对版权真的很尊敬。

时隔一年，《莉莉》平装版也面世了。为了做宣传，少不得又像一年前一样四处游历一番，讲演、签售。Book Tour 结束以后，又有另一堆相关的事儿接踵而来。比如被华尔街、FCC（Foreign Correspondent Club）邀请去作讲演，或接受各种采访。《莉莉》后来已被译成多国文字，其中还有一些我自己根本不懂的，比如土耳其语。有的时候朋友打电话说，出国旅游，在某个国家的机场书店里看到我的书了。在印度，《莉莉》上了畅销书排行榜第六位。排我前面的那位是诺贝尔奖得主奈保尔（V. S. Naipaul）。在马来西亚，《莉莉》是畅销榜上的第 10 位。

后来我踏入投资界，有一个居住在欧洲蒙地卡罗和纽约上东区的大律师到北京来见我。本来只是约着在银泰喝个茶，但是当他在网上了解到我是一个作家，一个有名望的思想者，他说，整个晚上我都要奉献给您。然后在银泰北京亮餐厅订了一个 16 人的餐桌，希望我带上家人和朋友一起。他还说，能认识我是他至高无上的荣幸。

那时我深刻感到西方人对知识分子的尊重，绝对不是只以金钱论英雄。

# 第九章　"国际范儿"需要自嘲与自省

说流利的英语是不够的，掌握英语自嘲和自省的精神，才能真正让这个语言为你所用。

## 第一节　在外媒为中国作家摇旗呐喊

因为《莉莉》的成功和我在美国媒体做事的经验，很多美国报纸杂志都邀请我写有关中国问题的文章。一有哪个中国或者亚洲其他国家的作家在美国出书了，他们出版社就寄书给我，希望我写书评。我在美国《时代》周刊为莫言的《师傅越来越幽默》写过书评，还有钱宁的《留学美国》、戴思杰的《巴尔扎克与中国小裁缝》、哈金的《等待》、严歌苓的《扶桑》、虹影的《饥饿的女儿》、王朔的《玩的就是心跳》、《我是你爸爸》等书。这些文章发表以后，世界各地都转载，并且翻译成不同语言。自己能为中国文学走向世界出力，我再一次感到英语写作的意义之大。因为中国文化有时花很多钱雇公关公司都很难进入西方世界，而我这样可以用两种思维模式写作的人，很自然就能将中国文化带到世界。

很多作家在美国如果因为某一部作品蹿红，都希望能够继续干这行，因为除了出版商，接下来还有好莱坞和电视巨头们的邀请，是个可以赚大钱的行业。

我却没有要当职业作家。熊晓鸽的太太，闯入好莱坞的著名电影制片人罗燕认为这也许这是个错误。谁能用英语写小说啊？这么好的机会？这么少的竞争？你又有才华，这不是可惜了吗？

也许从事业角度，罗燕，作为我的好姐姐，有她的苦口婆心的道理。万事开头难，好不容易成了，我怎么不坚持呢？可是从人的经历来讲，我想有更丰富的人生经历。也许跟我出生于新闻世家有关，我一直喜欢做媒体。我在西方媒体做过，后来回国做国际时尚类杂志主编，后来又转入中关村创办社交媒体。至今我一直没有离开媒体。它是我的第一爱。写作是我的第二爱。

这之后，我真的就当记者去了。而且我还离开了美国，去香港了。等再出英文书，是 5 年以后的事情。

## 第二节　这是一个欲望俱乐部：幽英语一默

到了香港，我很快和当地的中文、英文圈层都熟悉了。《南华早报》每周都有我的专栏，名叫《欲望俱乐部》

(*People's Republic of Desire*)。写的都是中国新贵，海归的故事。很快，它成了《南华早报》最受欢迎的专栏之一，我每周都会收到世界各地读者的来信。而南华早报收费网站因为我的专栏，每周多了十多万收费用户。写《莉莉》时的我，还沉浸在 80 年代的苍凉、沉重之中，有一种"用黑色的眼睛在黑暗中寻找光明"的感觉。而面对这个"欲望俱乐部"，我对理想主义的死亡已感到无力回天，怀着自嘲（mocking）和喜剧人生的心态，用英语讲述着中国人的故事，中国人的幽默。

比如说，在第一个专栏里，我管那些海归派（returnee）叫作 fake foreign devil，直译过来就是"假洋鬼子"。这是很有"中国特色"的一种说法。在绝大多数章节的结尾处我都会列出几个流行词语（Popular Phrases），在文章中以汉语拼音的形式出现，外国人可以跟着我的"欲望词典"学中国的时髦词。我提到过"吃喝玩乐（chi he wan le）"这个说法，我说的是 eat，drink，play and laugh。看起来很随便，很轻松，让人想起这个世界的物欲横流和精神的迷失。


## 第三节　用英语解释"红包"和"八字"

有一些 Popular phases 是中国的俗语，或者，年深日久流传下来的称谓，但对于说英文的读者，领会起来可能就不那么容易了。比如"看热闹",粗通中文的老外肯定要纳闷了,热闹怎么看呀?其实说白了就是"享受旺盛的人气"(enjoy the crowd)而已。"红包(hong bao)",单看字面意思也让不知情的人丈二,我的解释则是一个红色信封,通常在里面装上钱,然后在某个有特殊意义的场合作为礼物送给亲朋好友,像香港的 lai see 封一样(a red envelope,normally containing money,used to contain a gift for friends and relatives on special occasions,just like the lai see envelopes in Hong Kong)。这下子就明白多了。"八字(ba zi)",别说老外犯迷糊,中国人也很难说清楚究竟是什么意思,顶多知道和一个人的生日有关。我管它叫"Eight Characters",道教中关于人出生的年月日以及时辰的一种说法(the Taoist reference to the year,month,day and hour of one's birth)。还有"撮一顿"这样的词,have a feast。

## 第四节　所谓美女作家

另一些 Popular Phrases 是随着中国经济文化的发展和生活方式的改变,在社会上新近兴起来的概念。和那些俗语不同,它的字面意思并不难理解,但是文字背后还包含着深一层的含义。比如电视连续剧《还珠格格(huan zhu ge ge)》,我把它翻译成"My Fair Princess"。这个典故源

一家出版社给拍的"美女照"

于奥黛丽·赫本主演的美国影片《窈窕淑女》(*My Fair Lady*),二者讲的都是"麻雀变凤凰"的故事。还有"小蜜"(xiao mi)——可以是 little honey(小情人),也可以是"小秘密"("little secret", slang for mistress),在中英文之间存在一种不可言说的巧妙的契合感。"吃了吗?(Chi le ma?)"是老北京最常用的一句问候语(Have you eaten yet? Traditional Chinese greeting, equivalent to How are you?),而见面就问"离了吗? (Li le ma?)"则是一种有些无奈的新的社会现象(Have you divorced yet? A new way of "greeting" as the divorce rate in China skyrockets.)。

跟我同一时代的还有一类码字儿的女人被称作"美女作家(mei nü zuo jia)",一群长相还不错、喜欢把自己的艺术照片加在其作品封面上的女作家。(A group of good looking female authors who like to include flattering photos of themselves on the covers of their books.)

很不幸的是，国外把我也当作美女作家了。我总觉得有点庸俗。但是我的《从北京到加州》一书，封面确实是我的大头像，从一定角度说，它开启了很多"美女作家"放玉照的先河。

我的专栏最后汇成了一部小说，在香港叫作《欲望俱乐部》。在北京，我起了个名字叫作《俗不可耐》。除了几个关键人物妞妞、贝贝、璐璐和CC以外，几乎每一章的故事都围绕一个新的人物展开。有的是交际花（social butterfly），有的是家庭妇女（housewife），有的是老外的中文教师（Chinese tutor），有的是小报的记者（reporter），有的是模特（model）……

我在写作中成长，在写作中学会面对一个真实的自己和一个真实的世界，在写作中用文字治疗自己的伤心。而用英文写作，已经成为我的第二自然，它的宽容，使我原本仓皇的心中有了游刃于两种时空的余地；它的性感，使一切的含义，经过它来表达，都变得喜恶分明，哪怕语气很平淡，也没有过多修辞。经历了童年时的美梦与失落，少年时的激情与痛苦，简约并深刻正是如今的我理想中的风格。

《欲望俱乐部》总体上是一种反讽的格调。无论中文还是英文，我希望借幽默的语言将这种格调表达出来。但是幽默这东西不像一般语义那么容易在两种语言中间转化，它需要大的语境作背景。所以我在写作过程中，必须充分考虑如何让两个版本风格统一，差异还得尽量小。最要拿捏准的是英语的节奏感（timing），让它们的长短、语气都恰到好处。这一点读者朋友们从中文的角度肯定有体会，同样一句话，也许换个方式说，砍几个字儿，或者倒装一下，效果就是不一样。有的读者看过英文版《欲望俱乐部》后，告诉我感觉很透明，没什么长句子，也没有太生僻的词儿，和看中文的感觉几乎一样。

小说里不是写到北京人说自己一口"儿化"带着美音吗？那我的至高境界莫过于让人从满篇的英文里读出京片子味儿来。幽默和反讽的效果一下子就出来了。

## 第五节 在香港，说普通话还是说英语？

我在 2001 年到 2003 年居住在香港时，香港人和内地人的隔膜还没有那么大。但香港人对上海的发展感到非常忧心。我被《南华早报》邀请作讲演，当时曾荫权跟我一个桌子，我倒数第二讲演，他最后总结。前面很多人讲的都是内地起来了，我们的机会就少了。我讲的却是中国内地崛起的新贵和年轻中产阶级。这真是两个对立的立场。

2004 年我搬到深圳，只是偶尔过境香港。2014 年我从北京出差去几天，发现香港一些地方的服务越来越糟，而且有些人对说普通话的人不是歧视了，而是明显的敌意和刁难。不管在高档的 HSBC 汇丰银行，在世界最棒的香港机场，还是随便一个中环餐馆，体验都不好。只有说英文而且英文比他们说得好的时候，他们态度才会有所缓和。一个台湾朋友也这样说，"我跟他们说国语问路，他们说你自己找。后来我用英文说，才好一点点。最后我问路索性就问外国长相的。"

尽管如此，我在香港能说普通话，还是先说普通话。我虽然英文说得很流利，虽然知道这样会减少一些敌意，但是当可以说普通话时，我一定说普通话。都是同胞，内地人到香港应该得到尊重。这是我的立场。

# 第十章　中美之间的爱与矛盾

## 第一节　不能忘了母语

学一门外语，学到了一定水平，是不是自己的母语就会下降？有人这样问我。

英文里说，You can't have it all！这个世界是公平的。一种语言上升，一种下降，正好脑子达到一种平衡点（equilibrium），没有什么可害怕的。恢复也很容易，一种记忆的回归过程而已。每次从国外回到中国，头一星期，我父母和姐姐发现我反应比较迟钝，用词也比较生硬，总爱说"我觉得"、"我想"或者加上些没有必要的副词，比如也许、或者等。但是第二个星期，我已经满口北京胡同话了。而且对新兴词汇特别敏感。甚至教给他们什么喜大普奔，什么高大上，什么屌丝。

有人说，学英语应该忘掉汉语。有了肉吃，就不需要吃蔬菜了吗？我不同意这种看法。学一门外语，应是多一种选择。我觉得对成人来说，自己的母语基础其实对学外语很有帮助。因为它会使你对语言整个比较敏感。

去美国以前，我20岁，我的中文底子已经有了基础：从小父母让我熟背唐诗宋词，我也已经出版了好几本书。上初中的时候，正是精英文化盛行的年代，我经常去听一群60年代或更早的人谈论"中国往何处走"之类的话题。我看了一些书，论"异化"问题、"自卑与超越"等等。我去听音乐会，看最早的话剧《狗儿爷涅槃》、《阳台》，看西方艺术展，裸体艺术展，还有小西天的内部电影。受到80年代北京知识界理想主义的影响，我从小就特别关注社会、哲学和政治问题。世界各地、上下五千年、老子到耶稣，都是我思考的内容。

到了美国后，头几年时间都花在学开车，学电脑，学金融，学生存和学英语里了。学英语学得梦里都是在说英语，用英语骂人和吵架。虽然中文也看，但海外中文都是台湾味和香港味，看多了，自己都不会说话了。要吸收鲜活的北京话和北京文化，我要不断回国，才能慢慢拾回来。那时在这方面很羡慕国内的作家们，出门就有小报看，坐在出租车里，甚至跟人拌嘴时就可以听地道的北京话，实在是很好的写作环境。

我不知道自己的海归潜意识跟喜欢北京口语有没有关系。

## 第二节　海归后的反差与文化冲击

伯克利加州大学特别适合我，它以前是全美最疯狂的学校。60 年代的嬉皮士运动就是从伯克利起源的。我在的时候，学校最有名的事件是一个人光了身子上了两天课，在全美都很轰动。我认识的同学背景不同，这个是王子，那个是部落酋长的儿子，还有的父辈七天七夜越过墨美边界，在沙漠里很多天没吃东西，最后逃到美国，让孩子在好学校里受教育。伯克利的学生有各式各样的有趣经历。我在中美文化、文学与现实、狂热与理性、前卫与传统、纷繁与宁静、另类与主流中做大转弯，经历反差很大的一种生活方式。在这个过程中，我对中英文之间、母语与外语之间的关系有了更深的了解。同时，在学习心理学、商业管理、美国政治、媒体、现代舞、网球、传说、人类学、少数民族学，还有地质学等各种学科中，我的词汇量越来越大。

## 第三节　欣赏个性英语

"学好英语"，到底学到什么样的程度算是"好"呢？在国内，大家对发音特别看重。我觉得，在美国，好的英语并不一定是最正确的英语，而是有个性的英语。比如，在中国，中央电视台的播音员说话可能更标准，但是马云的讲演会更有煽动力，内容也更吸引人。

我在伯克利加州大学念书的时候，校长是个中国人，叫田长霖。伯克利加大是一所久负盛名的学校，有很多资深教授、诺贝尔奖获得者。很多人以为，田长霖作为这样一所大学的掌门人，除了渊博的学识和深厚的底蕴，英语也一定说得无懈可击，和美国人一样地道。而事实上，他的英语却带着浓重的口音，如果单从发音的角度来讲甚至可以用"糟糕"来形容。然而没有人真正在乎这一点，大家都能听懂他在说什么，并从中领会他的魅力。他的讲话总是能博得场场掌声。

再说美国国家图书奖获得者哈金，英语不是他的母语。听他朗诵，你会发现他的发音也颇不正宗，但言语间却透着幽默，措辞非常生动，美国人给了他一串串的荣誉。美国的几个文学大奖，从海明威奖到福克纳奖都让他得遍了。

再说些大家熟悉的例子，周润发、成龙、李连杰，这些打入好莱坞的中国影星，他们的英语几乎一听就知道是中国人说的，尤其成龙的口音特别重。但这恰恰是中国人的标志，是好莱坞制片人所偏爱的。吴彦祖，这个在美国长大的幸运儿，进军好莱坞的道路却不那么平坦，他自己在一篇采访中承认都是他那"地道"的英语惹的祸。还有我14岁就采访过的英俊的混血大哥费翔。他曾经进军过百老汇，在《西贡小姐》里演过美国大兵。他的英文当然是流利的。但是我在纽约百老汇看《西贡小姐》的时候，整个场上最出风头、博得掌声最多的是华人王洛勇。他既没有费翔的英俊，也没有他的地道的美式发音，但是王洛勇的能量，他的歌声，他的表演，他的并不完美的英语征服了所有的观众。

## 第四节　过度模仿就成了做作

看来，学语言绝不可以抹杀了个性。现在国内很多电视英语竞赛，演讲的孩子们说着中国的故事，模仿西方人的口音、动作，简直惟妙惟肖。迟疑的时候张大口型说 um，惊讶的时候摊开双手耸肩撇嘴，一口一个 well，well。乍听起来和老外没有任何区别。再一听内容，都是喊口号啊，或者感叹，缺乏实质内容（substance）。这使我想到，自己刚到美国，犯了同样的错误。我也是受中国教育的影响，追求完美的美语，拼命模仿美国人，连美国人的坏习惯都学来了，动辄 you know，或者 oh my god，回想起来也是一段误区。

在美国，有很多中国小孩儿忽略母语，甚至刻意地抛弃母语，认为只要说纯正的英文就足够了。我认识一个 12 岁便从中国来到美国的女孩儿，她觉得美国很富裕，做中国人很耻辱，于是声称自己不是中国人，不会说中国话，以此显示她跟后来那些中国留学生不一样。英文中所有用来骂人的句子她都会说，她对着中国人用英文大喊：滚回中国去！然而她在大学课堂上用英文写的文章，语法错误非常多，美国老师说她在写作中用的都是些"中学生水平"的词汇。词汇量很小，而且都是陈词滥调，更谈不上丝毫文采。荒废了母语，一味地美国化，最后英语也没见多么过人，这真的是个很失败的例子。

语言是表达，永远是内容为王。


## 第五节　洋泾浜英文


忽略母语和歧视母语对学习外语不一定有帮助。语言的交锋是一种智慧的交锋、概念的交锋。母语赋予你悟性，让你学会思索和领会语言本身。我在2001年，把家从加州搬到了香港。我发现香港这样的国际化都市，英语虽然是官方语言之一，香港人的发音却极不标准。后来我还接触了不少新加坡人，他们上的都是英语学校，情况却和香港相差无几。有的甚至会说好几国语言，其实哪种也不精通。

有一次，我在香港的外国记者俱乐部（FCC）讲演，其间有人提问香港人的英语问题。我说，香港人说话的句式是中文的，夹带着个别词汇是英文的，而发音又是广东味儿的。坐公共汽车说成"搭八喜啦"，Okay说成"Okay啦"。我在北京长大，说话带着地道的京味儿。在美国求学、生活的几年中，学的是正宗美国英语。唯独后来到了香港，身边人说话统统的中英文混合，让我两种话都说不顺溜儿，粤语也没太大长进。当时我的这番话让很多在港的外国人都会心大笑，他们都有同感，但是有个在座的老香港听众挺不高兴。不过事实就是这样。

现在外企语言非常流行。"记者那边的 confirmation 怎么样了？""我在 ×× 酒店的 reception 等你。""要不要再给老板一个 reminder？""是你负责媒体的 follow up 吗？我想了解一下新闻稿的 coverage 情况。""这件事情由你来 take care"等。很多人因为在外企环境的时间很长，用英语术语的频率比较高，所以一时间想不起来某些词的中文是什么，比如 logo、reception、banner。这点，我倒觉得可以理解。

但如果初来乍到者把这种"中西合璧"当作一种时尚来效仿，对学英语没有太大好处。为什么呢？

每一种语言都代表一种思维，说英语应该用英语思维，说中文则用中文思维，两者不要混在一起。如果只知道把一句中国话里的某些动词或名词换成英语，而句子本身还是中文句式、中文思维，久而久之，养成习惯了，你说英文的时候，用的还是中文思维，这是很危险的。翻译不是翻译个别词汇，而是思维的翻译，这样做没有帮助。

## 第六节 语言思维不同：感性与灵性

简单说，中文是感性的语言，英语是理性的语言。以前在中国，我不愿看西方小说，总觉得翻译的东西看了很别扭。我想，可能是我没有看到好的翻译作品的原因。到了西方，看了很多外国小说原文。纳博科夫和塞林格是我的最爱。亨利·米勒、爱伦·金斯堡、约瑟夫·康拉德、沃尔夫的作品也都喜欢。在大量阅读西方原文撰著并以一种距离感站出来感觉自己的母语时，我觉得中国意象式的天马行空的思维方式与西方逻辑缜密的思维方式有很大的不同。中国文化喜欢只可意会不可言传，写作常常点到为止，让人自己品味，有点像国画，讲究的都是意境和气势；而西方讲究理性与严谨，结构的逻辑化，前后的衔接，特别科学。中国时的我喜欢热烈、绝望、残酷的美，大气势、色彩强烈的艺术品，如高更的画、日本的浮世绘。我的文字以前装饰性强，有点日本音乐的味道。在西方的我关注逻辑、心理分析和人性的本质。有人评价我的作品，说"理性和热烈"，听起来这两个词矛盾，但很精确。我可能就是个矛盾结合体，因为天蝎星座有这样的矛盾特质。英语和汉语对我们的思维来说实际上是一种阴阳互补，让我们变得更复杂，也更完整。

## 第七节 如何达到双语思维

人完全可以双语甚至多语言思维。双语的使用不知不觉使我慢慢改变了思维方式：从一种语音思维变成了一种概念思维。比如有时看电视，有英语频道也有中文频道，但是我常常只记着电视内容，忘了是什么语言的节目。我在海外用中文创作时，似乎变得更倾向于用文字来体现本质并试图缩短它们之间的距离。在用英语写作后，看林语堂的中文，就特别喜欢他如 IKEA 家具一样简约的风格。

语言对创作的影响远没有生活本身来得猛烈。当充满渴望的青年人，离开了自己熟悉的母体文化，投入一个新鲜蓬勃的文化里，就可能会迫不及待地尝试新的东西，经历新的东西，这当然就叫学习。我自身是经历了先将自己一头扎入全新的文化中，让其浸泡到有些烦了，再慢慢往母体文化回归的过程。

## 第八节 中西文化的碰撞

在美国的翻译工作要求我接触很多人，去很多地方。有时跟国会议员见面，有时跟州长握手。有时这个月到波士顿看鲸鱼，那个月到黄石公园寻鹿，上个月到监狱里跟犯人对话，下个月去哈佛费正清研究所和美国五角大楼听美国专家谈论台海局势，再下个月要和精神病学家拜访精神病院。

这个工作让我有机会对美国有多层次的了解，这种游历式的工作和生活方式使我的视角不断发生变化，这无疑也在影响我的思维。我的思维变得立体，就像音乐从一种单音变成了和弦。在海外看中国会有一种很冷静的感觉，对中国的浮躁、变化以及光荣与梦想都感觉敏锐。可谓旁观者清。比如说，有新一代年轻作家愿意用很多言语津津乐道长篇累牍地写一个名牌皮包、一部豪华车，或者女生与西方男子睡觉的经历，经常还用错误百出的英文表现自己的国际化，其实是一种暴发户心态。相比我非常推崇上代作家那种深厚和气势，像莫言、严歌苓、毕淑敏、孙甘露、曹文轩。我认为他们不跟潮流，有自己的风格，是一种时髦，大气。

翻译工作要求我在很短的时间内完成中英语言的切换。这种切换不是中文夹杂些英文词的切换，是像两部电脑一样，一个装的是英文视窗，一个装的是中文视窗。两者都可以用，都可以写作，上网，做同样的事情，但英文视窗和中文视窗并不兼容。在这样的往返中，我常常禁不住要感叹中国文明的厚重与深度，美国文明的驳杂和广度。我发现东方文明的浪漫与西方文明的科学都同样性感，我甚而能强烈地感到他们交合时的激情。

不同的文化难免存在对立面，东方文明与西方文明之间，黄河文明与海洋文明之间，还有经济上与政治体制上的不同等等。而我，有时在同样一件事上，脑袋里会先冒出美国方面的价值体系，过了一会儿又冒出中国方面的价值体系，然后两个就开始打架了。比如说，中国文化里讲究亲情，人与人彼此依赖和帮助，但是，在西方文化特别是心理学范畴，过分依赖叫作 codependence，是一种不健康的表现。西方世界所彰显的是自我与独立，即使它们有时是冷酷和孤独的。大家所不能忍受的就是失去自由选择之权利。这种碰撞或者矛盾有时可以说是痛苦的，但又会带给我很多灵感。

## 第九节　中国大一统与欧洲多元化：个性与共性

有时，我拿中国的大一统与欧洲的多元化比较。是东方式的壮阔与契合，还是西方式的独立与个性化？我在世界格局、历史意象以及江湖情节中，寻找中国的位置。

说中文时的我，听着箜篌，沉醉在《广陵散》那种"风萧萧兮易水寒，壮士一去不复还"的忠孝意境中，对那些风化了的历史，远古的战争，霸王别姬的伤情，荆轲刺秦的惨烈，陷入不能自拔的怀想。

说英文时的我，听着迷幻摇滚，看美剧，喜欢狂热而亢奋的聚会，读心理学书籍。

两种语言似乎是两个世界。我在《哈佛情人》一书中写道：

我爱中国的义气

我爱中国人把气节看得高于生命

我爱士可杀不可辱

我爱这个曾经浪漫而骄傲的民族

我爱美国的正气

我爱美国人把生命看得高于一切

我爱上帝保佑式的信仰

我爱这个年轻而务实的民族

## 第十节　北京人的鲜活母语是我的财富

前几章我说过，我是一个偶像打碎者，希望自由地创作，而不想活在别人的期望值里。用英文创作就是想给自己一个全新来过的机会。我想挖掘不同的民族之间共同的东西。在用英文写作后，我又用中文写了两本书，一本叫作《哈佛情人》，一本叫作《俗不可耐》（港版以《欲望俱乐部》之名出版）。

我是做一种尝试，把不准大家会如何反映。结果出乎我的意料：上海读者能接受我文字里的北京土语，北京的朋友也觉得就跟他们说话一样过瘾。最逗的是一个美国的汉学家，在中国待了18年，喜欢翻译中文作品，说看我的文字特别快，比看任何其他中国作家的作品都快，因为流畅得近乎透明。还有在纽约，我见到了一个读者，是个美国律师。他用我的《俗不可耐》一书来学中文，说这是他的中国女朋友推荐的，在纽约唐人街给他买的。他告诉我，《俗不可耐》是最好的一本学汉语的教材。因为思维非常国际化，用词非常欢快。当然，有一句，他一直不懂，"智慧的登峰造极就是喝醉而止于沦落。"但这是泰戈尔说的，不是我说的。

从语言角度讲，我的英文其实也帮助了我的中文，让它跳出了一种固定的上下文（context），变得更加通用（universal）。

我觉得，最重要的是英文思维的自省精神给我的影响。在《哈佛情人》与《俗不可耐》中，我摆脱了单纯的讲故事的传统中文写作方式，而用一种冷眼审视我笔下的人物。这是一个语言对另一个语言的革命。

# 第十一章　灵修：迷幻的夏日

语言是思维方式的载体。因此，我们在学习一种语言的时候，也在学习一种思维方式。比如说，英语是字母排列的，记拼写时常常是根据发音。因此可以说英语是一种声音的语言。而汉语，每一个字是一幅图画，记住一个字怎么写常跟该字的结构有关。因此可以说汉语是一种图像的文字。比如说，西方人读我的英文书，常常告诉我，文字里都是意象 image，如电影一样。我想，这跟汉语是我的母语有关。

在学习英语的时候，不知不觉，我也学了西方的思维方式，英语的词汇扩大了我的视野，甚至改变了我的生活方式。

## 第一节　潜意识词汇

在对西方心理学一无所知的情况下，潜意识是个新词。但是如果系统学习了荣格、弗洛伊德等，你会发现西方心理学对整个西方文化影响很深，从希区柯克的电影、达利的绘画到迷幻摇滚、平克·弗洛伊德等。

我对潜意识与催眠有一种情有独钟的感觉。但是在中文语境中，我对那个梦游的世界了解得太少，有关的词汇很少。到了西方，我一下子像发现了宝物一样去拥抱这样的词汇：psychedelic，hypotonic，state of mind，surreal，utopia，kaleidoscopic... 它们代表着我一直无法表达的那种心情、概念以及情感。

语言啊，到了最后，不是死记硬背，而是一种潜移默化、荣辱与共。

## 第二节　一场灵修之旅

1997 年之夏在美国内华达的沙漠，我展开了一场潜意识之旅。我把它看作一次灵修（retreat）。在这场旅行中，我对 body，mind，spirit，soul 等字眼的区别有了前所未有的深刻的了解。那么多年过去了，我早已海归。在中国的日子大家都是非常现实的，我特别怀念那次灵修。我也怀念在美国大家谈很多形而上（meta-physics）的东西，对哲学、灵魂都有很多的思考。国内，大家对现世的可以触摸的东西比如工资、幼儿园、房子、关系花更多精力。而我也在各式各样的饭局、无意义的社交中度过了很多肤浅但不孤独的日子。中国式的生活可以没有信仰，没有思考，但不能没有朋友和圈子。我曾在一本说里写道：

在中国，拒绝沉重。我从北京去了加州。从加州到了香港，又从香港来了深圳。生命是一种生活在别处的体验。在东西文化间穿梭，不免经常从外往里看一切。

这是个无法诉说的狂热而没有逻辑的多变时代。

多变。

浮躁。

实用。

欲望奔流。

厚脸皮。

坠落。

笑贫不笑娼。

同时又充满光荣与梦想。

中国，那个曾经儒雅而高贵的唐文化，如今，一切赤裸裸地没有了隐藏。

有些应接不暇，有些困惑迷茫，也有些懒散和无所适从。

我们不经意的时候，丢掉了自己的方向。

也许历史的沉重让我们这个古老民族的子孙有些喘不过气来。

太多的信息，太多的物质，太多的欲望，太多的反差，太多的价值体系的抵触，我们现代人已经应接不暇。已经应接不暇。这个世界太多的东西不让我们明白,如一部科幻小说。

家,需要重新定义。

我们需要的是出路。

我对自己说,丢弃认同吧,归属吧,它从来没有那么重要。

比起上辈人的苦难,我们的幸福和富足这样不期而至。如果不知该如何适应,那么请接纳我的建议:

真的,一点轻浮,一点庸俗,一点装傻充愣,一点香港式的物质主义,一点难得糊涂与无所谓,没有什么。要放松,才能在混沌中找到出路。个人的,国家的。

14岁的时候,爱上了泰戈尔的诗句:"智慧的登峰造极就是喝醉而止于沦落。"

没有长进,这么多年,还是这句真理。

曾经太沉重了一段时间,为了形而上以及国家的出路。以为自己是谁?我后来明白了,是自己傻。如今喝醉了,所以想沦落了。不想再做一个严肃的顽固的傻乎乎的知识分子,给我一次轻松的机会。你不给,我自己给自己这么个机会。行吗?

所以请你原谅,我在嬉笑怒骂的文字里的轻浮世界。我想要点轻松和好玩还有不疼不痒的无聊。

告诉我,你真的不害怕沉重?中国真的不怕太多的沉重？

我现在拒绝沉重。

我们还年轻。我们需要快乐和爱情。因为我们现代人孤独。我们需要好玩。

相比美国生活，存在感和自我感觉良好是中国人非常重要的议题。

可是什么是幸福呢？What is happiness？这是我在美国经常思考的问题。美国，你想孤独地思考，马上就可以做到。很多在美国衣食无忧的人常常抱怨美国太过平淡。Boring 是大家都爱用的一个词。当所有的疯狂在工业社会时代都已经历，当所有一切都已见怪不怪，后工业社会的青年一代，发明着各种新的人为的刺激方式来感受他们过剩的生命力。从爬墙、跳崖，到非洲去做义工，大家需要一种极端来摆脱现代人的孤独，去寻找所谓的意义。

当然，boring 和孤独（loneliness）又让人深刻地思考和爆发。很多美国知识分子宁愿孤独地读书，而不愿意和所谓乌合之众混生混死。孤独是把双刃剑，成就了很多西方的创造。

回到多年前的美国之夏，没有了漫长的暑期和开车横穿美国的浪漫，我在充满几何形体与冰冷线条的资本主义里做了无可救药的中产。

我的第一个工作是在一家英文出版公司任职，我的职务是国际部副主任。每天午饭的时候，我和我的画家同事与诗人同事，一边抽烟，一边臆想我们早九晚五的生活之外的蓝天下存在的那些疯狂。我们被狂想所折磨着。燃烧的火，奥林匹克山上燃烧的圣火，是我脑海里反复出现的意象。

美丽是怎样被焚烧后化为永恒的？永恒：eternity，一个抽象却那么美好的词汇。"必须以激进的方式来向夏天告别。"我们得出这样的结论。

"Burning Man."

我们不约而同地说。


## 第三节　远古的梦想

一个叫哈威的人在旧金山市海滩上点燃了一个木人，作别昔日的恋情。从此，每年的九月，一群热爱艺术的波西米亚人（bohemians），都驱车来到美国内华达州叫作黑石的浩瀚大沙漠里，建筑一座稍纵即逝的超现实的城市——"燃烧之城"。

艺术家们在这一片空无中，建造酒吧、俱乐部、联邦、画廊、街道；在这自由的城市中狂欢宣泄；在荒凉贫瘠、寸草不生的沙漠中，表现人类创造力的繁盛。然后，在一个皓月当空的秋夜，一个巨大的充满象征意义的木制人体将在非洲鼓点的节奏中点燃，化为灰烬。所有寿命短暂的艺术品，都将随之化为灰烬。然后人们回到各自现实的家园。这所城市便在一周之内消失，还原为空无。

"美丽的都该是稍纵即逝的。"哈威说。

是的，transient 在这里是最恰当的形容词。我想还有一个词就是 rite，一种仪式，向夏天告别的仪式。

就是这样，我穿了件蜡染的背心，带上了 Jerry Garcia 的磁带，两本 Henry Miller 的书，向黑石出发了。我的小卡车里装了冰块、食品、两加仑水、帐篷、汽油、铁锹、应急灯、山地车、地图及一切用来在高达 100 度的荒漠里生存的东西。

## 第四节　沙漠上的乌托邦

沙漠真的是一无所有。英文是 bleak。

一望无际的焦灼的土地，一个亿万年前消失的古海，一个超现实的幻影，一个海市蜃楼——艺术家的乌托邦。

在夕阳的照耀下，远处的山峦被染成了紫色。几英里长的大大小小的帐篷和星星点点的灯火，很像是一个游牧民族的聚居区。刚建造的城里，有罗马式的大道与街灯，有中央广场，有上演着歌剧、话剧的戏院，还有报纸、电台、马戏团、Disco 俱乐部和 24 小时的咖啡馆。居民，不管住在帐篷里、汽车里，穿衣服，还是裸体，都微笑着向我问好。很快，这个繁华的城市将消失得无影无踪。

在"燃烧之城"，骑车到处逛逛

　　选择了一块安静的地方，我开始安营扎寨。我的邻居来自日本、巴西、阿根廷、德国，甚至南非。他们像认识了我很久一样地招呼我，我们彼此飞吻着。一切安顿好，我便迫不及待地骑上山地车，四处招摇去了。

　　一个自动的咖啡桌走来走去。它会自动在你面前停下，这时你会听到桌上的电话铃响起，你抓起听筒，就会有人和你讲话。

　　梳着鸡冠头的朋克青年在沙漠的热气中挺胸抬头地站着，他的脸被漆成了青铜色。

　　一个人驾驶着机动脚踏车，车上有一对鸟的翅膀在一上一下地飞着。

一个穿着渔网的女人，被一辆小狮子狗拉的小拖车拉着，走来走去。

一个男扮女装的人穿着一件日本和服，手里摇着藏式铃铛。

一位印度女子在篝火前一边舞蹈，一边拨去身上的衣服。她的影子印在幕布上，如皮影。

一对新人，穿着新婚的衣服，骑着双层自行车，后面一群骑车跟着他们的是婚礼上的客人。

一个骑着自行车的小丑，他的车子尾部不断地燃放着烟花。他管这个叫"放屁"。

一个儿童在风中摇风铃，汽车牌子、废铁、水管、破布做成的风铃在晚风中传送着清脆的声音。

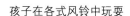

孩子在各式风铃中玩耍

两个穿着上空装的金发女子将火一吸一吐，主持着这里的疯狂。

每隔 100 英尺都会有意想不到的东西。所有的行动都是即兴的（spontaneous）、无名的（anonymous），稍纵即逝（fleeting）。人们所要的只是一种现时现地的快乐和存在。这就是史前湖床上升起的燃烧之城。

当太阳消失在山后，头上缠着布、身上穿着古罗马大白袍子的人们用竹竿挑起一只只油灯，高高地悬挂在大道两旁的灯柱上，一排排街灯通向远处的神龛，那个 40 英尺高的木制巨人，这座城市的君王。天上，星星不可思议地闪烁着。鼓声响起来了。人们脱光了衣服，围着萤火旋转，在涂满色彩的迷幻车上狂舞。每一个人都被自由和奔放灼烧着。自我放逐，对机械文明的质疑，梦游的世界。完全的无政府状态。这是一种什么样的力量？

鼓声是在清晨六点左右停止的。整个夜里，我的梦里都是那鼓声的节奏和印度香的味道，从每一个方向传来。我梦见了达利，那个超现实主义的旗手。

**蓝天下的艺术品**

第二天清早，我站在我的卡车上眺望。一切都归于安详和宁静，疯狂的人儿宣泄之后还在睡梦之中。群山环绕着一个冰冻的海洋。

我看到一个人在远远的一片空地里坐着，冥想。他附近 50 米处，有一个人在站着小解，清晨的第一次。他似乎是很专注地把他身上的液体撒下来，一种行为艺术（performance art）。清晨的阳光把他的液体照得透亮。在那一瞬间，我想起了在华盛顿国家美术馆看到的一块占据了整个一面墙的空间花布。那时我不明白为什么一块花布要占据一墙的空间，现在终于明白了——背景的重要性。

两个静止的人在一片空地与蓝天的衬映下，就变成了一幅艺术品。这一望无际的什么都没有的沙漠就像一张空白的画布。这里没有规矩，几个道具，就可以得到幻觉。

我骑上车子去看艺术品。那些立在空荡荡的蓝天下的大型艺术作品。

五十多辆分解成各种形状的自行车，被绑在一棵棵木桩上，如受难者，那个修车的人尽情做着一个独裁者。

"门之门"，是一个用千百扇旧金山老式的门组成的建筑群，破碎的几何图形建议着新真实的入场。

还有用动物骨头做的塔，跪向蓝天的大铁人，西部牛仔的大靴子，女人生殖器官形状的大门，树叶都是奖券做成的摇钱树，巫女的马车，热带雨林森林里的被蕨类植物所环绕的洞穴。无尽的沙漠与群集的画作让人目不暇接。

中午，天变得炎热而干旱，在无情的烤晒下，我开始不断地喝水。

人们的活动也变得抒情起来。

几个大人们像孩子一样在一张跳床上光着脚跳来跳去，脸上是近似白痴式的笑容。一群浑身涂了亮彩的人在

被肢解的自行车

"门之门"，旧金山老式门组成的建筑群

动物骨头都可以成为艺术品

聚集的人群

一片空地前打高尔夫球。他们的身体在阳光下发着透明的光泽。

　　一群男女在一个泥塘里洗澡，消暑。他们浑身是泥巴，好几个人在冲我叫："下来，和我们一起洗个泥巴澡（mudbath），你的皮肤会很舒服。"他们的样子使我再一次感到，人类渴望把自己弄脏的欲望一直存在着，从我们儿童时代玩泥巴时就开始了。

　　几个站着的裸体人给几个躺着的裸体人按摩，另一些裸体人用他们的身体造型。几个人在舔着夹有巧克力汁的巨大的冰日晷。这日晷里面冻着各式各样的钟表。很难想象，这样一个巨大的冰雕是怎样搬运到这烈日炎炎的沙漠中间的。

　　一个车夫拉着一个由鲜花做成的花车。车上是穿着维多利亚式衣服的女人，在不停地扇着中国扇子。我认出车夫的面孔，那个在 Henry Miller 曾居住的 Big Surr 卖艺的乞丐，我每次在海滩上路过他时，都会丢一块美金的。他，一个晒干的后现代之路上的战士。

　　有一对老人在下一盘硕大的象棋。他们面对而坐，中间是一个可以盖一间房子那么大的地方，上面铺着棋盘，所有的棋子都是金属制的抽象雕塑，有舞蹈的少女，有埃及的士兵和大臣。

　　三个少女在懒洋洋地荡秋千。她们的男友在轻轻推着她们。在这荒凉的地方，人们成为一种全新，你可以变成一个异性，甚至变成全新的动物、植物，你可以改变时

空，观念。一个没有时空的地方。大家化作无名氏，有
勇气去做任何事，向任何禁忌挑战。晚风开始吹拂的时
候，中央广场的鸡尾酒会开始了。白手套，香槟与马蹄尼
（martini）。"Have a good time."每一个人都这么说。

**燃烧的木人**

九点的时候，成千上万的人向巨人靠拢，坐在四周
的草垛上。

九点半，巨人，连带这里的一切都将燃烧成灰烬。

这个木人，这个临时自治区的主宰，在夜里发光。
他是一种决然挥霍的过剩的生命力，他面无表情地注视着
这里所发生的一切。他的骨架是用紫色霓虹灯做的。肋骨
是闪烁的绿色。像一个人将要被处死，他张开双臂，迎接
着生死的仪式。

"烧掉他！他妈的！"大家发出撒旦式的叫喊，喝烈
酒，烧毁小型的木制婴儿。一个男子赤身站在移动的十字
架上，模仿耶稣当年受难的样子，他的四肢都涂上了血。

我在那时，想起了《圣经》上的那个词汇 revelation：
天启。我突然懂得了它的宗教与非宗教的意义。

九点半，一声爆炸声，巨人开始着了起来。一开始
是他的左腿、右手，然后是左手。他的头部开了花，最
后他终于倒下了。然后四周的木鸭，风车，特洛伊木马，
所有的东西都着了起来，在我们眼前栩栩如生地倒塌，
毁灭。

　　大家在催眠式的鼓声中吟唱，号叫，簇拥着，扭动着，又回到了人类的儿童时代，最原始的社会。罗马神话里的那个酒神以及酒神世界出现了，Bacchus，Bacchanalian，orgiastic，那些新的词汇，新的概念，新的感觉，在我心里交织，启开一扇窗，有灵性的光穿透进来。

　　我几乎要落泪。我不能解释。人们有时不能确切地讲出为什么要这样做。我们只知道用这种激进的方式迎接世纪末。不要泪水，只要燃烧。让美丽化为灰烬，彻底化为记忆的灰烬。在这里建筑的，只是一个虚拟世界，一个属于潜意识的世界。文化、语言和种族不同，我们却一起上演了一出关于逃亡的故事。

# 第十二章　在外媒争做主流记者

　　前面写的是英语对我写作和灵魂的帮助以及做了国务院翻译的日子。我说了，虽然我在美国大出版公司出书成为华裔作家，却做了让好友罗燕认为是错误的做法，放弃文学，做了新闻。毕竟我是学新闻的，从小我就崇拜法拉奇，希望能做个国际记者，传播中国的声音。可是一切并不是我想象的那么简单。新闻是个意识形态很强的职业。中美因为制度不同，看问题角度不同，作为华人在美国做新闻，常常是吃力不讨好。不过我还是有机会回到中国，在《华盛顿邮报》和《财富》这样世界一流的媒体工作过一段时间。

## 第一节　《华盛顿邮报》的召唤

　　我在美国加州大学伯克利分校读书时，《华盛顿邮报》驻北京记者、我的朋友 Mike Laris 回到加州探亲，想与我在旧金山一见。Mike 出生于新闻世家，家里在南加州有一个报业集团。他毕业于斯坦福大学，以前是 *Stanford Daily*（斯坦福校报）的主编。他长得很英俊，待人热情，学习中文很努力，在中国是人见人爱。而他从国内带来很多家乡的消息，我急不可耐想听他分享。

我们约在旧金山一家有名的冰淇淋店见面。他谈起话来眉飞色舞，我感觉到他浑身散发着一种能量，来自中国的能量，那是被中国的变化、经济的腾飞所感染的。Mike 的描述让我非常怀念自己成长的家乡。他告诉我去看了我的家人，说我的妈妈是一位伟大的女人，在她的世界里只有爱别人。他还说去了中戏的实验小剧场看了几场好看的前卫戏，又提到了国贸、中关村，这些我极其熟悉的地方。

现在我在我国贸家里写这段，看着外面花园的树，远处的街灯，真的觉得很有禅意，在这世界转了一大圈，我又回到了北京朝阳区。

且说我和 Mike 走在旧金山夜色的渔人码头，他看不到我的激动，只能听到我窒息般的沉默。当时的我是什么样子？我曾在当晚日记里这样写道："我看不到中国、家人、朋友、同学，我也听不到中国。我看到的只是山后还是山的落基山脉以及与我一样易感伤的太平洋，美国断裂了我的中国故事和我的少年时代。"

后来我们开始谈美国。他问我美国最近上演了什么新电影，政坛发生了什么新鲜事。我像一个专家般地为他作解答，感觉自己如此美国化了，对美国津津乐道，可他的到来却让我产生了强烈的思乡感，我们各自沉浸在对故乡的怀念之中。

最后他告诉我《华盛顿邮报》北京需要人。他说，"不是社长的位子，是研究员，知道对你来说是大才小用，但这样，你就可以回中国，能够做新闻，而这也是跟中国接上地气的好机会。"

然后，Mike 介绍我认识了潘文（John Pomfret），他当时是《华盛顿邮报》驻北京的首席记者。和 Mike Laris 一样是个很帅的小伙子，也是从斯坦福毕业的，同样出身于新闻世家。他的父亲以前是《纽约时报》驻白宫的记者，后来成为《纽约时报》的高层管理者。潘文在斯坦福获得了学士和硕士学位，曾到南京大学留学，还在北京语言学院学了一学期的中文。大学毕业后担任美联社驻中国、中国香港、越南、印度、阿富汗、南斯拉夫记者，期间采访了海湾战争，在沙特阿拉伯、伊拉克、伊朗和科威特做战地记者。担任《华盛顿邮报》驻巴尔干半岛首席战地记者。后来担任《华盛顿邮报》北京分社社长和首席记者。潘文非常优秀且特别有个性，是那种在人群中永远惹人注目的主角型人。

虽然我非常想念家乡，可是我的父母希望我能在美国多锻炼一段时间，所以大学毕业后，我在美国国务院做了几年翻译，直到 2000 年的时候我才回到北京。而潘文也一直为我保留着《华盛顿邮报》的机会。他文章写得极好，对中国的理解特深刻。比如，要采访总理，他就知道要通过我找到《人民日报》外事办来帮忙。他在整个外国记者圈子里是非常有名的，崇拜者也很多。

我在新闻圈子很幸运，遇到的都是世界最出色的记者，他们让我提高很快。在中学时，结识了两次普利策奖获得者，《纽约时报》的 Nick Kristof。他为我赴美留学写了推荐信。另一个是 John Pomfret。还有一个是张大卫。

和高手们在一起，我发现英文报道和中文报道不一样：1. 英文报道喜欢从一个场景、一个普通人的故事开始。而中文的报道经常是从大环境和政策开始讲起。2. 英文媒体对事实追查非常严谨。你写了文章，一定有专门的部门核实。3. 英文媒体强调中性，两边的声音都要听到，而不是一边倒的报道。4. 对于抄袭其他媒体是零容忍。

## 第二节　从《华盛顿邮报》到《财富》杂志

在《华盛顿邮报》，我除了和潘文一起工作，还要和《华盛顿邮报》驻上海社长 Clay 打很多交道。Clay 大学和硕士都是在哈佛大学读的，能说流利的日语，曾是《华盛顿邮报》驻白宫的首席经济记者，是一个经济学家，后来当了富布莱特的学者。他和潘文对新闻的关注点完全不同。潘文对政治、社会问题非常感兴趣，而 Clay 则主要从事经济报道。潘文比较关注中国北部，我跟着他在北京、大西北做采访，采访的议题以宗教以及政治为主，我跟着他调查过赖昌星的案子；Clay 则主要关注中国南部，我跟着他跑遍上海、深圳、广州、香港等经济发达城市。

在西方，想赚钱的人会去学医、法律、会计和工程，学艺术、新闻、中文和按照自己爱好发展，通常是有钱人家做的事情。潘文和 Clay 都是富家子弟，因为他们都来到亚洲寻找自我的生活意义。

驻外记者（foreign correspondent）是每个记者都向往的职位，因为驻外记者待遇高、地位也高。如果能被派驻北京、巴黎或莫斯科，这在记者圈里是一种成功与地位的象征。外国记者俱乐部是一个非常有档次的俱乐部。香港的外国记者俱乐部坐落在半山上，主体建筑是位于都市中心的几幢残留些许殖民色彩的设计独特的冰屋，无论在社交地位还是地理位置，FCC 都是一流。它的 Main Bar 因其怀旧的氛围成为香港最受推崇的聚会场所，地下是新潮人物品尝鸡尾酒、西班牙特色小吃以及感受生动的现场音乐之最佳去处。

俱乐部的成员来自广阔生活空间的各个领域，揽括了许多香港最知名和最有影响的记者、摄影师、广播人员以及电台工作者等，除了外国记者，会员还有律师、银行家等等。俱乐部还被冠以"演讲者之讲坛"的美称，因为当来自商界、政坛、娱乐圈的国际知名人物到访香港时，无论是直接或经由媒体间接报道，多数人都以出席 FCC 演讲者餐会作为接近其忠实拥护者的最佳途径。我当年在美国出书，在香港，第一场讲演就是在 FCC，每个会员交 500 块钱，跟我一起午餐会。

让我吃惊的是，潘文对中国的了解简直比中国人还多。而 Clay，别看当时中文说得一般，但非常有远见。那时，中国互联网刚刚兴起。记得我们去采访 Clay 最早看上的两个中国网站，一个是梁建章的携程网，一个是邵一波的 Ebay.net，易趣。这两个公司在采访结束后不久，携程网在美国上市了。易趣网被美国的 eBay 电子港湾买下了，邵一波的身价达到 1 亿 5000 万美金。此外，我们还去了广西北海乡下采访一个养鹅的人。当时我不理解为什么要去广西采访这个人，但很快这个养鹅场成了亚洲最大的鹅肝出口生产基地，养鹅场的老板也变成了一个神话。

后来潘文与一个云南姑娘结婚了，婚后他们一起回美国洛杉矶工作去了。而 Clay 则去《财富》杂志当上了亚洲版的编辑，我跟他一起去了《财富》。

## 第三节　让世界关注中国

英文有句话叫作，right time, right person. 时间对了，人对了。我担任《财富》的亚洲撰稿人是一段非常棒的经历。这个工作让我有机会参加财富全球论坛，和世界级的总裁经济学家面对面谈话，也让我有机会走访中国各地，从石油、能源到互联网。而我为中国公司走出去与让世界更加关注中国作出了贡献。在《财富》学到的财经知识对我日后从商也有很多帮助。2004年由于我的推荐，TCL的李东生，成为第一个成为财富亚洲经济午度人物的中国企业家。我作为主笔之一的《财富》中国专刊在全球销售了150万册，是《财富》杂志70年来第一次专门报道一个国家。由此也掀起了海外媒体的中国热，紧跟着，《时代》周刊、《新闻周刊》、《经济学家》等西方主流媒体都争先恐后推出了中国专刊，CNN在财富论坛时，为期9天全面报道中国，让中国成为世界的焦点。

说起李东生先生，当年他面对外媒还是有些拘谨。谈起高尔夫还不怎么热衷。他是个工作狂，但公关艺术还算一般。当时TCL的公关部门是爱德曼公关公司，我们的采访是由该公司广州办事处的一位小姐负责的。她或许缺乏与国外媒体合作的经验，告诉我们应该怎么去写，不能怎样写。而Clay很反对这种对新闻的控制，认为对媒体不应该这样做，因为媒体自己有自己的意识，知道应该怎么写。

另一同事Robert和爱德曼国际公关公司的总裁理查德·爱德曼的私交非常好，这时直接找到爱德曼先生，希望他能调节合作中的分歧。后来，我们顺利地采访到了李东生，他也在2004年2月16日顺利地成为亚洲第一个当选《财富》2003年亚洲年度经济人物的中国人、第一个获得此奖项的华人企业家。《财富》还特意为他在香港举办了一个宴会，我坐在李东生旁边，Clay当主持人，我是翻译。如今，在他的太太、做公关的魏雪的影响下，李东生对媒体收放自如，甚至好莱坞的中国大戏院也改名叫TCL中国大戏院了。

我在美国为美国媒体报道中国的时候，发现非常难。因为那时美国媒体对外国新闻不关注，有的时候，一个月只能发表一篇跟亚洲有关的文章，而且以批判中国人权的文章居多。而我小时候的朋友，像白岩松、许戈辉、那威、董嘉耀、曾子墨，都在国内媒体出了名。1988年，白岩松是广播报的记者，我是广播电台的小主持，他经常刊登我主持的节目。许戈辉、那威是我们学通社的副社长，我后来当上了社长。董嘉耀是中学生记者聚集广西百色夏令营时结下的友谊。曾子墨是人大好友。

有人就劝我："在美国，你写一篇关于中国的文章，如此难登，即便登了，国内人也很难看到，可你的朋友在国内发展，天天都能在电视上见到，在国内媒体做个主持人更好，更容易出名！"

确实，我读初中时就开始为《北京青年报》写专栏，上大学曾在中央电视台的《东方时空》栏目实习，自己的家人、朋友都与中国媒体有很深的渊源，已算是近水楼台。然而，输入西方文化很容易，但要让世界听到中国的声音，做文化输出就很难。我感到西方媒体的"公正"，却又感到西方媒体对中国不够重视，所以，我明明知道向世界说"中国"要比向中国介绍"世界"难得多，而自己作为一个境外记者，在中国会有诸多限制，我还是没有犹豫：我有幸迈出国门，了解美国社会，精通英文写作，这并不是国内主持人都能经历和具备的条件。而这种优势对报道真实的中国是有很大帮助的。我在中学的时候，写过一篇文章，我的梦想是让世界听到中国的声音。也许，这是我的使命。我判断一件事不从名利，而从意义。

而我来《财富》，正是一个精彩的时候。这一段辉煌的日子就是时间对了，人对了。

在我看来，美国对中国的感情非常复杂。我认识的美国知识分子中，有人写过中国威胁论，而且这种中国威胁论也很有市场，因为很多美国人在意识形态上非常恐惧共产主义，但大部分人对中国人非常友好喜欢。而且，从记者和作家的眼光，我感觉西方已经开始了中国热，在媒体方面，在投资方面，在经济合作，在出版、文化娱乐甚至体育界都能感到。中国热是正在巨变当中的中国经济，尤其是亚洲经济在21世纪的影响日益强大的反映。经济强大了，大家对你的关注自然就多了，毕竟牵扯到了利益。

在与西方商界打交道中，我发现绝大部分的美国和欧洲企业认识到，无论在哪个发展战略中，无论是作为加工工厂还是消费市场，中国的角色永远是重要的。随着时间的流逝，其重要性只会越来越突出，而非减弱。或许中国受关注的时期会缩短，那种中国狂热会渐渐消退，因为西方对印度日益增长的兴趣正逐渐地瓜分着对中国的注意力。可即使如此，西方对中国的关注在未来10年不会少！

至于在个人情感方面，因为中美在二战中成为盟友，喜欢中国的美国人很多。有位在日本生活 12 年，并在野村证券任职过，讲一口流利日语的美国朋友 Michael，说他现在定居在香港。"西方人在日本待的越长，发现文化越有隔膜。在中国待的时间越长，发现文化越相似。一开始，可能觉得中国人很粗俗，日本人彬彬有礼。但这都是假象。"

他说的话代表一群美国人的想法。

## 第四节　不被金钱左右的财经媒体人

我在北京长大，以前不懂经济，喜欢文学化的东西。年轻的时候爱写诗，当记者了喜欢做人物专访，对农民工问题、中国农村的发展特别感兴趣。在中国我不是为钱而活着，没有"财富"的概念。但到了美国之后，在大学里，首先要学经济学、市场营销学等，然后接触了像《富爸爸、穷爸爸》这类大众理财教育方面的书籍，我逐渐懂得理财的重要性。尤其到了香港和深圳，发现大家开口闭口都是谈财富，比北京实际很多。我养成了看《华尔街日报》、《金融时报》、《香港信报》、和讯网、《财经》等财经类报刊网站的习惯。

我一到《财富》，就开始和 Clay 一起在上海波特曼酒店面试一个办公室主任。Clay 和我对着几十个来应聘的中国年轻一代精英候选人历数《财富》家珍。《财富》（Fortune）杂志其实是有些理想主义的。它由美国人亨利·卢斯（Henry Luce）于 1929 年创办。亨利·卢斯于 1898 年在传教士家庭出生，而出生地就是中国，这是《财富》与中国最原始的渊源。《财富》以其富有前瞻性的评论文章和高超的发行策略为同行所称道，"一般被认为是美国前一百万名最有钱的人看的杂志"。杂志始终保持了作为商业社会精英读物的地位。

卢斯曾表示，他希望时代有限公司是一个有公信力的营利公司。既强调社会责任感，同时兼顾利润。但就《财富》杂志而言，新闻自由的原则更占上风。杂志绝对不会让广告、美元来左右编辑部的立场。而在国内新闻界，很多编辑记者还兼拉广告，这在《财富》绝对不允许。

因为是财经杂志，很容易给企业做广告，或者帮助企业成名。因此，《财富》杂志不随便招人、用人。雇员并不多，一共才有 100 多个记者。纽约总部共有 75 人，另有 15 人被派驻世界各地，整个亚洲只有 Clay 一个记者和我一个撰稿人。

《财富》杂志的许多编辑是学历史甚至文学出身的，具有经济学背景的采编人员约占 50%。《财富》国际版的总编罗伯特曾告诫我，懂经济并不是做好一份财经杂志的必要条件，记者的使命就是要对所报道的对象持批评态度。我的使命感很强，在很小的时候，就有觉得记者应该

"先天下之忧而忧"，"要揭露社会阴暗面"。而且他们觉得我见过世面，不会做有损新闻公正的事情。

《财富》杂志很注重形象，薪水也会比 CNN、《华盛顿邮报》等地方要高。我每次出去采访时，就会要求到最好的酒店去住，包括丽思卡尔顿的总统套房。这就表明我们很难被收买。

现在很多年轻人刻意做财经类记者，因为觉得认识的有钱人多，而我在西方专业的受训使我绝不会和采访对象套磁，然后把政客说成朋友。《财富》要求记者与被访者保持冷静的距离。一个基本的职业素养。

成为一名优秀的《财富》记者的另一个真谛：当《财富》的记者要做到心理非常平衡。为什么呢？因为每天接触的人都是世界上最有钱的人，但你不可以攀龙附凤，因为你要冷眼旁观。所以，我对财富的拥有者们一直保持着平和的心态，没有特别的崇拜或者敬仰的心理，这种心态帮助我非常自然地问问题，很好地进行采访。尤其在财富论坛这样的聚会上，身边都是 MNC 公司的老板，或国家的领导，非富即贵，我仍然安然处之。

当然作为《财富》记者不只是要做到记者该做的事情。他们经常会去主持一些论坛，还会以跟帖式的方式进行采访，了解最真实的人和事。《纽约时报》财经记者张大卫不赞赏《财富》的这种做法，他认为记者就只是应该写东西的，如果和这些被采访者成为朋友就很危险。

我觉得他的冷和酷固然比攀龙附凤强，但是情感交流是需要的。这就是我中西合璧式的采访方式。在中国你只有沟通之后他们才更愿意接受采访，写出的东西才能引起读者更强烈的共鸣。所以，我的很多采访对象都和我成了朋友。但是，我也要清楚地知道自己的工作不应该被人情方面的因素所左右，应该有自己的判断。

## 第五节 "《财富》500强"和《财富》论坛

《财富》最大的营销秘诀还应属于举办论坛和制作"《财富》500强"企业排行榜。《财富》杂志利用自身的影响力举办了一系列论坛，《财富》全球论坛最为著名。《财富》全球论坛每年选择在世界上一个城市举行年会，邀请跨国企业的董事长、首席执行官、高级管理人士及各国的政界首脑出席。旨在把全球跨国公司的首席执行官、政策制定者和学者聚集一堂，共同探讨跨国公司和世界经济面临的难题。

论坛被业界称为"世界经济奥林匹克"，其选址十分苛刻，一般都是在全球经济最具活力的地方举行，以刺激工商巨擘们"激荡脑力"、"激发新思维"。1999年和2001年《财富》分别在上海和香港举行了论坛，2005年《财富》第三次选址中国，在中国北京展开论坛。江泽民与胡锦涛都参加过开幕式。

不过在中国有人容易搞混《财富》和《福布斯》。甚至有一次，在东北盘锦市的一个酒吧，当老板介绍我们给他的朋友——那位英语说得溜溜的歌星周华健时，连他都以为《财富》和《福布斯》是一回事情。因为这一混淆，很多富豪都躲避我们的采访。为什么呢？因为很多出了问题落马了的富豪都曾上过《福布斯》中国富豪榜。就是因为上榜后树大招风，才惹出了祸端。

其实，《财富》是不做富豪排行榜的，它的《财富》500强是全球企业排名，以企业上一年销售收入为主要参数，对世界大工业公司进行排名。权威性早已为世界所认同。

其他最著名的财经刊物还有英国的《经济学家》。我以前在《华盛顿邮报》有个同事，中文名字叫李泰，曾兼职给《经济学家》写东西，经常抱怨《经济学家》不给作者登名字，根本没有办法出名。正如李泰所抱怨的，《经济学家》周刊的文章都是没有署名的，这也是该周刊的传统之一，它的大量文章均为几个人合撰，经常相互辩论，开会讨论，最后以集体的声音发出去。

2001年，我在美国出书的时候，200多家媒体都作了报道并刊登了书评，但《经济学家》和《纽约客》两家杂志上的书评，看到的人最多。美国朋友告诉我，这两家杂志是最有地位的。我当时真的没有想到，英国的杂志在美国地位也如此崇高。当然，英国的《金融时报》在美国的地位和《华尔街日报》也不相上下。在我国，胡舒立做的《财新》杂志，走的就是《经济学家》的路子，《中国企业家》这类杂志与《财富》有些类似，但又不完全像，中国的财经杂志有自己本土的风格。

这都是题外话。

## 第六节　我的美国同事看中国 CEO 们

罗伯特·弗里德曼（Robert Friedman）是美国《财富》杂志国际版总编辑。当年在哥伦比亚大学读书时，曾是校报的首席编辑。他担任过《乡村之声》的主编、在《华尔街日报》负责法律和媒体报道，还是《君子》、《滚石》、《纽约》以及《美国遗产》等多家杂志的自由撰稿人。在《财富》工作近十年后，他离开《财富》杂志，去了彭博社。

罗伯特有一个很有意义的中文名字"富民博"，他的解释是："这个姓不仅意思好，还正好代表着《财富》。"他告诉我，做撰稿人，又可以采访，又自由，又没有政治，他最喜欢。

Robert 还从西方企业的立场分析了他们到中国来关心的问题。外国企业很头疼不能吸引和留住人才，中国雇员没有忠诚感。在国外，雇员换工作，七八年换一次很正常。而在中国，一年换一次的比比皆是。还有中国社会贫富分化、城郊分离的加剧，东西方文化融合的矛盾对企业在中国发展带来很多考验，很多企业水土不服，撤离中国。另外，他也承认，不论中国在最近几年如何努力开放市场，某些市场的准入仍旧手续繁冗。

目前中国的公司都谈到"要走出去"，而对于中国企业推出的全球化战略，Robert 客观地做了评价。他认为：中国的目标无疑是成为全球经济的强者。但是尽管中国已开始在全球经济的不少领域各展所长，像日用品和家电等，而且在巴西、非洲、加拿大和东南亚投资也有赢利，但中国依然还有相当长的路要走。为什么？他坦然是品牌和文化问题。他说："中国只有很少的全球知名品牌，除了海尔、联想、青岛啤酒，或许就只剩一个华为了。"

我想"文化"主要指的是老板们的理念和行事作风。Clay 说他对中国的特别是国企的老总有两个基本印象，"大部分中国的 CEO 们特别是国企的老总对本企业的了解比他们的外国同行要少。在中国，一个人一旦做了老板，就不必凡事亲力亲为，也不必为一线销售业绩烦恼。有时，他们觉得自己那样做就意味着降低了身份，自毁了形象。他们热衷于将时间花在制定深远战略和出席宴会上。即使当初他们是被当作工程师来培养的，当了老总以后就开始谈哲学了。"

这点我非常同意。我有时参加一些论坛，有时去采访，发现有的老总讲话很长时间，喜欢引用古人的话，喜欢旁征博引，但是说了一大堆话还没有进入实质。而且有些老总对自己的级别非常在乎。不管自己企业是否盈利，但是出门一定要有高待遇，加长车接送，商务甚至总统套间。Clay 说，"在沃尔玛，这个世界上最大的零售商，CEO 坐在灯光微弱的狭小办公室里办公，他们不在乎这些物质环境，而是专注于仓储和对竞争对手的调查分析。在丰田，张富士夫最爱干的莫过于在车间找乐趣，巡查装配线路以找到降低生产成本的新方法。在苹果，史蒂夫·乔布斯不花时间在西服领带上，把所有的时间都花在与设计师和工程师的拉锯战上。"

　　Clay 还谈到中国企业的管理者们国际视野不开阔。他说："我认识的 CEO 中只有极少数的人如中国海洋石油总公司（CNOOC）总裁傅成玉以及网络 CEO 们如马云、张朝阳，会说英语。这是一个很大的问题。尽管日本和韩国的一些 CEO 也不太说英语，但佳能或者三星的管理者至少也曾游访过海外很多地方。他们拥有多年的海外管理经历，即使不会说英语，也会使用全球通用的商业语言，懂得现代管理。中国目前还没发展到这个水平。中国的 CEO 懂得在当地如何经营好一个企业，但他们有很强的依赖性，一旦面临跨国经营，便需要别人的指导。而且他们往往并不熟悉一些基本的国际商业概念，如资本收益、机会成本、净现值、品牌价值、市场营销、风险分析、保值条例等，甚至是一些基本的定义如共同管理、营销或品质控制等。这使得中国的企业难以真正步入国际的轨道。"

## 第七节　我们掀起了中国热

　　为什么要做中国专刊？当然是因为中国太重要了。另外也是为后来在北京举办的《财富》论坛作准备。在《财富》杂志 70 多年的历程里，把一个国家作为专门的介绍对象是前所未有的。当时我们就想，如果能做成这件事情就太好了，因为让美国媒体关注中国，一直是我们的一个挑战。如果搞这么大的一个活动，我们写中国的文章能在全球得到关注，这将是多么有意义的一件事。这对一个记者来说，对我这样一个中国人来说，很值得骄傲。

　　总部觉得 Clay、Robert 和我三人的主意很不错。最重要的是广告商们的支持。当中国专刊还是个想法的时候，广告就卖得非常好。在这样的情况下，总部也派出了豪华阵容，把最优秀的记者、摄影师和写手都派到中国。比如说写汽车篇的作者，叫作 Alex Taylor 三世。他是美国非常著名的擅长写汽车的记者，对底特律十分熟悉。还有水资源的专题，由非常著名的经济学家和作者执笔。我负责中国女性 CEO 报道。

　　我推荐的权力女性是《财经》杂志主编胡舒立女士、当当网联合总裁俞渝、Soho China 房地产公司的张欣、宝钢总裁谢企华，还有靳羽西、洪晃和杨澜。但是最后，很可惜，总部没有选择杨澜，其他人都顺利接受了采访。

　　采访时，我和她们一起工作、生活、出入各种场合好几天，这种追踪式的采访能让我更全面地了解我的采访对象。而说实话，也只有《财富》这样级别的杂志才会花这么多钱让记者花时间精力来作如此深层次的采访。

2004 年 9 月 20 日，《财富》在全球出版了名为《透视新中国》（*Inside the New China*）的中国特刊。封面是由著名男影星、奥斯卡影帝，演《钢琴师》的阿德里安·布洛迪的母亲，著名的摄影家 Sylvia Plachy 拍的中国孩子们。

这期杂志一出来，就在全球一售而空，成了珍藏品。著名的麦肯锡咨询公司一次就订购了 1000 本。

我们还在上海的老牌酒店花园酒店的二层，当年的法国俱乐部搞了一次庆典，把写的这些人物都邀请到场，著名的美国耶鲁大学教授 Jonathan Spence 亲自飞来做会上的特邀演讲嘉宾。他讲话的时候特地提到了我的文章给他留下的深刻印象。

《财富》中国特刊所产生的联动效应是非常大的，西方杂志也开始纷纷效仿。比如著名的《新闻周刊》杂志以章子怡为封面推出了中国特刊，《时代》周刊也作了类似的报道，以穿着路易·威登衣服的毛泽东像作为封面。专刊出来以后，他们的主编还来问我，大家反映如何。还有《经济学家》杂志和 *US News & World Report* 等主流媒体也都陆续推出了中国专刊，在西方媒体掀起了一股中国热。CNN 也跟着连续 9 天报道了 "Eye On China" 这个专题。之后，西方很多的基金开始投中国概念股或到中国来投资。CNN 在做"Eye On China"这个专题时，我帮着他们做关于中国女性的报道。带他们逛了上海新天地、法式餐厅，到北京音乐厅听爵士乐，到靳羽西家开 Party，把我的女朋友们介绍给他们。从而让他们认识到现在上海女性的生活是非常前卫、时尚的，跟纽约、法国的女性没有什么不同。这期节目同样非常受观众的欢迎。后来，CNN 又邀请我回去了几次，谈中国女性。

《财富》的这期中国特刊在中国的前面加了一个"新"字，这个"新"字在某种程度上向全世界透露了这样一个信息：全新面貌的中国，不同于以前西方人记忆中的很多旧观念，比如女性是受压迫的，或者是还裹着小脚的。这个"新"字不仅体现在人民的物质生活上，还有精神面貌。新中国每分每秒都在影响着全球。

## 第八节　更早关注"世界加工厂"的能源短缺

有人说，中国成了世界的加工厂。过度生产所带来的能源短缺，对整个世界的政治经济战略以及自然环境的变迁都有很大影响，这是《财富》杂志很早就预见到的。从历史数据来看，中国 GDP 每增长 1 个百分点所消耗的能源是发达国家的 3 倍，而带来的污染可能是几十倍。

而在这之前，大概是 2000 年的时候，我在美国代表美方接待中国官员。有一个地方官在吸引美资的时候竟是这样说的："我们欢迎投资。高耗能高污染的都不怕，我们有得是能源！"这样无知的言论，竟来自一个官员，我当时听了很心寒。能源和环境无疑是这几年涌现出来的两大问题。

《财富》每年都会在美国科罗拉多州 Aspen 小镇，一处坐落在落基山脉之上的时尚滑雪旅游胜地，举办一个小型的会议，召集全球大概 300 个最有创新理念的人一起"头脑风暴"。与会者包括比尔·克林顿、约旦努尔皇后、Google 的创始人、哈佛校长等。我推荐洪晃去过 Aspen 头脑风暴。这里鼓励大人物、投资者和有才华的人物之间平等的交流。

有一年，"头脑风暴"讨论的焦点之一是中国日益增长的能源需求对中国的工业和产业方面的影响。会议谈到"中国现在是世界第三大能源进口国，仅次于美国和日本。现在中国的能源储备已经被消耗得差不多了，而对能源的需求却越来越多。中国最近对石油还有其他能源类型的饥渴是全球经济又一重要的发展趋势，中国需要出台新的国家能源战略"。

果然，在同年 8 月份，一片"黑褐色的热浪"席卷了珠江三角洲甚至上海；美国加州电力危机以及煤炭供应短缺造成了中国大范围的缺电，这个史上最高温度的炎热夏季让中国的电力生产、消费遭遇了最严峻的考验。

关于中国石油问题，我们去采访了中石化、中石油还有中海油。其中，中海油答应得最痛快，感觉也最国际化。中石化因为当时高层人员变动，所以回复得很慢。中石油很大，最后总裁陈耕接见了我们。他告诉我们，其实他很少接受国内记者采访，因为很看重《财富》这个杂志，才在办公室接待了我们。

我们还特别飞到了冰冻三尺的大庆油田，并追随了"铁人"王进喜的足迹。深褐色的相片记录了他如何跳进泥坑用自己的身体搅拌水泥，努力堵住开裂的油井。大庆是那个时代信念的象征——通过艰苦奋斗，通过坚持社会主义原则，中国人民可以凭借自己的意志征服自然，自给自足。

但对今天的中国来说，王进喜时代过去了，自给自足的能源时代过去了。中国需要进口，也并不以此为耻，这真的是一种进步。

《财富》杂志对中石油的介绍是非常正面的，对中石油扩大在国际上的影响作用非常大。文章出来后，外国投资者投资非常踊跃，股票直线上涨。

在外国媒体工作，明显地感到很多大企业在公关方面确实有欠缺。其实越大气，越显出自己的国际化；越保守，越让人感到缺乏自信。在这方面，上海的企业做得就超前。比如上汽集团，他们是主动和《财富》联系的。有一天，《财富》杂志收到了上汽集团的热情邀请，请记者去参观。整个安排非常专业和令人愉快。后来才知道，上汽集团是想证明给《财富》的记者们看，该公司已经具备了进入"《财富》500强"的能力。

其实，"《财富》500强"并不是编辑部编辑出来的。企业评价的基本方法是在每年的七八月之间，以上一年销售额为基准对世界各大企业进行排名。除了销售额之外，还要公布利润、资产、雇员等指标。除此之外，它们的排行不能影响记者们的报道，互相都是比较独立的。

但是上汽集团还是很下功夫的。他们特地到纽约拜访了Robert，邀请他到上海共进午餐，一起观摩一部精心制作的PPT。上汽集团显然想让大众明白，对于"《财富》500强"名单中的排名，他们是考虑周全、有备而来的。果真，当年，他们以傲人的业绩进入了全球500强行列。

2005年年初，中国的石油企业开始从海外买油到向海外采油的转变，并且开始实施大规模的海外并购行动。

业内有句话是这样说的："中国需要什么，国际市场就涨什么。"国际上对于能源之争，美国和伊朗都以石油为武器，而中国已经成为世界第二大能源生产和消费国。

另一世界热点问题就是水资源问题。水资源日益紧张，每个国家都非常重视水资源的合理分配，《财富》从10年前就开始关注中国的水资源问题。一本好的杂志，需要的就是这种前瞻性。

## 第九节　早期的中国奢侈品玩家

《财富》在北京筹备论坛的时候，英国的《金融时

报》为了与之争风头，在上海外滩 18 号搞了一个宏大的
"奢侈品论坛"。而我在十多年前就探访了中国最早的奢侈
品厂家和玩家。当年法国卡地亚（Cartier）表在中国的首
席代表告诉我一个非常奇怪的现象，他们的手表在中国东
北的市场特别好，可以和北京上海比拟。在和东北人打交
道的过程中，觉得他们似乎非常喜欢表。

我们做奢侈品专访时，除了选择北京、上海，第三
个地方就决定去东北。我联系了少年时期的好朋友张谦
志。中学的时候，我们和现在凤凰卫视的董嘉耀、《商业
周刊》的叶滢等一群人去了广西夏令营，从而相识。张
谦志曾在《沈阳青年报》工作过，后来自己办了一个模
特网。

到了沈阳以后，我们住喜来登饭店，隔壁是万豪酒
店。万豪酒店里面正举行沈阳宝马汽车展，可我发现真正
的车展不是在饭店里，而是没有刻意准备地出现在酒店外
面的停车场。这是一次不经意的车展，停车场上停放着
宝马小跑车、美洲豹、保时捷等名车，还有两辆劳斯莱
斯。如此众多的名车连着停在一起，其中许多车都挂着
"8888"这样的车牌号。当年恐怕很少有人料到在沈阳也
能有此种景象，还以为是在香港半岛酒店呢。

张谦志认识意大利名鞋店 Salvatore Ferragamo 沈阳专
卖店的老板，我们约在他的专卖店见面。那时，沈阳副
市长马向东在澳门豪赌，东窗事发，因为贪污而落马，使
沈阳人爱露富的本性收敛了不少。我和摄影记者到店里

一看，一双鞋标价最少要人民币 3000 元。有人居然大包小包买了很多，正在收银台要发票。我们不被允许在那里照相。

后来我就在门口做采访。我发现，好多来购物的都是年轻女性。其中的道道，我们只有想象。外国人评价：欧洲女人闲暇时喜欢晒太阳喝咖啡，亚洲女人闲暇时则最爱逛街购物。上个世纪的日本女人曾对奢侈品有种狂热，现在，这个火种在中国年轻人的身上被"腾"地一下点燃了。

一位空姐接受了我的采访。之前我听说她是从一个小城镇来沈阳的，男朋友是沈阳的富家子弟，很年轻，在瑞士读书，经常从瑞士给她买世界名牌回来。Clay、我和摄影记者，都对这对小情人产生了浓厚的兴趣。

我们约他们在万豪酒店的雪茄吧见面。这个雪茄吧一面墙上都是上了锁的方格，格子上贴着各种人名。听服务小姐介绍，这些格子是供熟客收藏雪茄的，有的雪茄 400 多块钱一支。有人一次买了 10 万块钱的雪茄存在方格里。

Clay 听了，挑起眉毛，给我讲了一个故事。他在东莞的一家夜总会里，也看到很多人将自己的藏酒展示在一墙镀金的玻璃柜上。上面赫然标着收藏者的名字、公司和酒的价格。他说，"这样毫无遮挡地露富是一种怎样的心态呢？他们不怕税务局找他们吗？而且这样直接地炫耀财富不是显得很没品位吗？在国外，像比尔·盖茨这样的富豪，都以吃汉堡穿牛仔裤为荣呢。"

　　张谦志解释，我们东北人爱面子，怕被人小瞧。说真的，在后来海归的日子里，我发现不只是东北人爱面子。我去北京上海参加很多活动，很多国人在那里出现的唯一目的就是要显示自己的优越感，好像这是生命里最重要的东西。而对服务人员和普通人则呼来唤去，没有"谢谢"一词。

　　且说空姐和她的男朋友如约前来，女孩子很骄傲，一来就露出自己的卡地亚表，LV 的包，摄影记者对她很感兴趣，以为找到了奢侈品专访的理想目标，想了解一下她到底拥有多少奢侈品，急忙问她有没有衣柜，问她穿什么牌子的鞋，她说是达芙妮。"达芙妮？"外国记者没有接触过这个牌子，只有我知道这是中国的品牌。记者又问她："你穿的衣服是什么品牌的？"她回答："是 Only 的。"他们全愣住了。因为我们期待的是一个享受超级奢侈品牌的消费者，没想到这些品牌不够国际化。不知今天，这位女孩子穿的用的又是什么呢？

　　后来我们到了沈阳附近的盘锦市。它地儿不大，但据说当年这里至少有 500 人有奔驰车，是个牛城。Z 先生是我们"要找的人"。Z 先生很乐意让别人知道自己买了一架直升机，拥有奔驰、宝马、凌志等好几辆跑车。问他为什么开跑车？他说就是看上了跑车的安全，而且很气派，自己没什么爱好就爱买车。他希望在自己的直升机前摆上他的四辆跑车，加上他的四个保镖，和他一起照张合影。

采访中，他问我们，现在是不是有个车叫劳斯莱斯？问英国女王坐的是什么车？我们告诉他女王的"坐骑"叫宾利。又问劳斯莱斯和宾利哪个好？我们说都好，但劳斯莱斯更好。他马上表示："那我就买最好的，劳斯莱斯里最好的。中国现在进口了吗？只要有了就给我买回来。"

我们也问起他带什么手表，他抬抬手，很谦虚地说："手表很一般，只是一只八九万块的普通金劳。我朋友们都带40万左右的。"他说的"金劳"就是金色劳力士。

Z先生花40万美金从俄罗斯买了架直升机。他开车带我们去看。在稻田里，盖了一个小仓库搁飞机，还专门雇人看着。到了他的停机场，他找人又推又拉地把它弄出来了。请大家想象，稻田里几个东北壮小伙子在一间不起眼的厂房，完全用人力拖出来一个直升机，还没有螺旋桨。

但这不妨碍Z先生的兴致。他的四部名车已经停在前面了。他和保镖们都带上墨镜，各就各位，做出香港电影里黑社会老大的派头来了。我不得不被这情景感染，按下了快门。

后来和朋友们谈起这个，一个外国朋友说，应该由一些职业人士来教这一批人该怎么消费，买什么品牌的东西，把钱花在最重要的地方。Z先生说他周围朋友更不懂花钱，还不如他，可以给一个女明星女主持白送去400万、500万。后来等我真的成为时尚奢侈品杂志总编后，上海有一家法国香槟酒厂，曾请我过去专门讨论怎么抓到那些非常有钱的"土豪"。后来就不止一家，而是十家，几十家。欧洲王子、公爵都来了。我参加的那些时尚活动，主办方品牌都极尽奢侈之能事，把它做得富丽堂皇让人看着眼热，产生一种渴望、生出艳羡，从而一掷千金，并会一直追捧。

这是后话。

Z 先生属于早期不成熟的消费阶层，人家都是买了飞机之后来来回回地飞，你怎么会想到他竟然摆在稻田里，甚至连螺旋桨都没有？但是他本人在生意场上却很聪明，对怎么赚钱非常精通。只是在花钱上有点欠缺。这就是为什么奢侈品会不断进入中国，因为有这个市场；为什么各种各样的时尚杂志层出不穷，就是因为这些时尚理念需要被传播。

Clay 说这很像当年日本人排队买路易·威登包的那种狂热。而且在这一点上，东亚国家非常相像。因为奢侈品代表了一种地位和面子，他们都需要一种东西来证明自己的身份。调查人们对奢侈品的态度反映出人们对奢侈品的需要只是一种心理需求。

## 第十节　上海的第一辆加长悍马

上海的头两辆加长悍马的主人我都认识。一位是女朋友的男友。另一位 1975 年生人，拍电影，平时开一辆宝马的 SUV。有一次在北京的空军餐厅吃饭。聊天的时候，他不经意地说道，最近没干什么，只是买了一匹马。我问他买了一匹什么马呢？他说："悍马，加长的。1000多万，上面可以架上狙击炮。"

买了这部车后，他就让司机开着它围着上海新天地绕了一圈，第二天他在上海滩就出名了。这与当年李小华以 40 万美金买了中国第一辆法拉利有异曲同工之妙，一个具有广告效应的举动，从而使他的企业也出了名。

## 第十一节　二级城市的热情

在国内，从顶级化妆品、高级成衣到手表等各种各样的奢侈品，上柜的大都是些"旧货"，国内最新的，在国外已基本上撤下货架甚至停产，国内那些所谓的"最新产品"可谓是"绝版"货。我国内的助手有一次去香港的雅诗兰黛专柜，向小姐询问一款在内地新推出的美白产品的价位，小姐很惊讶地说不是新品啊，很久前推出的。助手脸红耳赤地落荒而逃。一如江诗丹顿的高层柏尚文所说，几年前他到北京王府井和上海南京路的销售点巡视，店面和产品的展示连他自己看了"都会脸红"。

商家把落后的款式拿到中国推出，可是很多中国消费者还是乐此不疲地大量购买：价钱高的就是最好的最顶级的，送礼自用都倍有面子。而且当年都是用公款。

我在上海的朋友对我说："在上海外滩 3 号的阿玛尼的时装，或者在恒隆广场看到的 Hugo Boss 西装，都比国外卖的要贵很多。像上海的恒隆广场或者北京的王府饭店、国贸地下商城，大多是东北人去买。我们呢？会去香港的半岛酒店，或者直接飞到欧洲，飞到巴黎、米兰去买这一季最新的衣服。"

还是拿沈阳来说吧，经常有团组织去香港大包小包地买名牌。我在法国路易·威登的店，也看到很多中国人在购买。

10 年前江诗丹顿一口气在中国开了 5 家专卖店。北京和上海是肯定有的，另两家在大连和宁波，这也有点意想不到，而最令人出乎意料的是第五家店，它开在中国的辽宁省鞍山市，一个二级的工业城市，这多少让人跌破眼镜。可是更让人意外的是，那里的市场供不应求！

我助手告诉我，她经常泡在国内最出名的几个时尚论坛，那里面的网友，分为 70 年代末和 80 年代的，80 年代的占到 80%，这些人当中，大都是国内二级城市的消费主力，比如长沙、西安、武汉、重庆等。助手说，你不会想象得到，这些二级城市的某部分白领，拥有的名牌护肤和化妆品数量实在惊人，照片里像小山一样堆着的瓶瓶罐罐都是耳熟能详的国际顶级品牌。

## 第十二节　与中国富豪们面对面

那年，我们在上海花园酒店举行的《财富》杂志中国专刊宴请酒会请了 200 来人。可是临到现场，大厅里挤得满满的，"差不多来了 500 人！"据说很多人打电话到国外，挤破了脑袋也要弄到张请柬。主办人见怪不怪地对我说，去美国人搞的 party 就好像是去美国，不管有没有签证（这里签证变成请柬），人们都想走上一趟。

一个例行的宴会"竞争"已是如此激烈，可想而知，当《财富》举办全球论坛的时候，其盛况是如何空前了。

《财富》杂志有三次全球论坛都在中国，上海，香港和北京。每次都是最高礼遇，中国国家元首出席，全球商业巨头云集，可谓盛世盛会。

2005 年在北京的论坛，从重要领导人都出席的人民大会堂的晚宴、天坛祈年殿前的派对，到天安门城楼上的私人鸡尾酒会都是高规格，成就了《财富》论坛的辉煌。论坛结束后，远道而来的时代华纳国际高级副总裁傅秉德兴奋地总结道："2005 年北京《财富》全球论坛不但超越了在中国的前两次，而且是《财富》全球论坛举办以来最成功的一次。"

《财富》论坛在张朝阳眼里，是一个公关派对。那次的《财富》论坛，可谓是超豪华阵容，前来参加论坛的 70 多位全球 CEO 中，有 40 多位是乘坐私人飞机抵达北京的。为此，北京首都国际机场新建了一个 5 万平方米的停机坪，给 CEO 们的私人专机停用。

前来参加论坛的中国企业家，有两种代表。一种是处事比较低调、生产传统产品的老一辈。他们的经营方式很中国化，融资时跟中国的银行贷款联系比较密切或者干脆不贷款，像远大空调首席执行官张跃、TCL 总裁李东生。另一种年纪比较轻，非常西化，英文很溜，没有什么架子。他们在资本运作方面，找投资尤其是风险投资方面非常厉害，都是些互联网的高手，跟国际接轨比较快，像 Sohu 网总裁张朝阳，当当网的俞渝，还有阿里巴巴的马云，包括以前的新浪网总裁茅道临、汪延，我曾在 2001 年和他们一起到雪山去听摇滚乐。

他们是年轻的一代人，说流利的英语，很多是海龟，不是海龟的马云也是外语系出身，马云身边的助手有很多老外。像俞渝说的，他们与投资银行和风险投资家沟通没有任何问题，资金比较好找，这是促成他们成功的一个主要原因。另外张朝阳说，他们这群人更拿得起放得下，该玩的时候就拼命去玩，与老一辈们完全不同。

老一辈的人非常实干，比如远大空调的张跃，根本没有融资，完全是靠自己的资金运行。而 TCL 当初也是靠惠州市政府贷款。

易趣网的邵一波也属于年轻一代，他给我的感觉是十分顽皮。当年在哈佛大学刚念完书，他就把所有东西在 eBay 网上都拍卖掉，后来他与 eBay "交情" 日深，还当上了易趣网的总裁。后来易趣网被 eBay 收购，他成了 Meg Whitman 的好朋友。我还曾为 Meg Whitman 与张朝阳之间的合作穿针引线呢。我知道张朝阳很喜欢滑板，一次，在论坛上与 Meg Whitman 聊天时，我提到张朝阳当年为了吸引媒体对他的关注就在天安门广场上玩滑板，Meg Whitman 听了后，马上说：他们的创始人也喜欢滑板，不过是雪上滑板。张朝阳的这个爱好拉近了他与 Meg Whitman 之间的距离。如今张朝阳功成名就，低调多了。

《财富》论坛为中国的 CEO 们提供展示自己的平台，也为他们创造了无限商机。我注意到马云和杨致远走得很近，讨论、休会的时候两人总是黏在一起，不时轻声地谈论着什么，不时又发出会心的微笑，当时感觉好像有某种君子协定在他们之间产生。马云跟 Meg Whitman 就显得不是很亲热，毕竟易趣网和淘宝网之间是竞争对手。而张朝阳跟 Meg Whitman 倒是谈笑风生，与杨致远则保持着距离，这是因为他的 Sohu 跟 eBay 没有直接竞争关系，跟杨致远的 Yahoo 有竞争。

在论坛结束后不久，就传出阿里巴巴与雅虎合作的消息，论坛为他们的联手创造了契机。当年的杨致远是马云的财神，10 年后，马云成为江湖霸主，雅虎成为瘦死的骆驼。

十年河东，十年河西。

那次论坛上，还值得提一下的是 Vivienne Tam，谭燕玉。她是一个在纽约非常成功的服装设计师，来自香港。
会上，她在每一个人的座位上放上了一个印有谭燕玉名字
的塑料袋，里面装有小礼物，多么聪明的宣传！Viacom
公司的中国区域总裁李亦非也来了。她可算是《财富》的
老朋友了。她是一个很直爽的人，上来就说你们搞的这个
中国专刊的女性采访我看到了。我说这次没有选你是因为
你上过太多次《财富》了，包括亚洲版的封面。她说她知
道，想问为什么没有选杨澜。我说其实杨澜当初也是推荐
候选之一，但是最后只能选几个人，而这几个人是由上面
决定的。

　　她是和她的好朋友、柯达全球副总裁叶莺一起来的。
叶莺一身的白衣服，非常典雅，非常有魅力。她有非常职
业的笑容，说话不紧不慢，穿着非常讲究。她也是上海
人，但与同是上海人的谢企华非常不一样。一个是非常洋
派的，一个是非常中式的。叶莺是非常张扬的，谢企华就
是非常朴素的。

　　胡锦涛在人民大会堂宴请企业家时，打扮最有意思
的就是俞渝。平常我采访她时，她像个男孩那样，梳个
短发，从来不化妆，穿着基本上是男女都可以穿的 Polo
Shirt，衬衫，还有裤子和运动鞋。可是那天她穿了一件粉
色的晚礼服，跟平时的她完全不一样，引来了很多目光。
搞得她那天觉得非常不自然，说别人怎么都没有穿成这个
样子。

## 第十三节　全球 CEO 们的人格魅力

《财富》论坛上的 CEO 都是能够呼风唤雨的人，但是他们都非常普通、低调，没有傲慢和自以为是的感觉。

有一次我们从酒店乘大巴车到会场开会，因为上车时间比较晚，我没有座位，只好站着。但在我身后有一个人一直扶着我，并自我介绍说，他是加拿大某著名公司的董事长，中国大部分的滑冰场都由他们制作。因为他在车上的悉心照顾，我们成了好朋友，结伴参加了天坛祈年殿的晚宴，还一起登上了天安门城楼。

哈佛大学的教授、美国的"基因之父"William Haseltine 和我也是好朋友。天安门城楼上的酒会，我们请旁边一位与会者帮我和他照张合影。他接过相机说，很高兴为你们照相。后来我才知道那个人是安永公司——世界最大的会计公司之一的全球董事长和总裁，但是却没有丝毫的"官"架子，和蔼可亲地帮我们拍了几张相片。后来听说，他趁来北京的机会，挑选了中国区的总裁。

我记得，每天开完会，各大公司的驻京办都会开着车来接他们的老板。他们在公司里，可都是一言九鼎的老大。不过在论坛上却都很随和。他们的这种谦和显出他们才是真正的大人物。我发现人越是越有底气，就越是平和，反倒往往是那些没有底气的人才会炫耀自己，穿名牌衣服，爱耍大牌，这样的人反而不能给人以信任感。

# 第十三章　进入时尚圈当了"女魔头"

## 第一节　"时尚教母"靳羽西

洪晃肯定不是"时尚教母"。我相信她自己也不想当。她跟美国左翼知识分子的风格还是有点像的。她的反时尚倒是给了我更深的印象。如果中国有本女权主义的 *Ms.* 杂志，倒是适合她。

蔡伟志（Melvin）肯定也不是。他是泰国人，又是男的，玩的是派对王子。

杨澜肯定也不是。正如她跟我说的，她是媒体人。主持《正大综艺》时，她的衣服还不是很时尚。

兰珍珍也不是。她是职业经理人，更是一个热爱朴素环保的母亲。

谈雪晶也不是。虽然她永远那么时尚，但是知道她的人是小众。

所有的时尚杂志女主编也都不是。都是看时尚的，不是引领时尚的。更何况是为品牌服务的工宣人员。几十万的工资，在国外最多是个中产。

如果你硬要我的意见，我说那还得是靳羽西。

在纽约一起住了那么久，我觉得她：1. 比洪晃在美国主流。2. 比杨澜更靠近时尚。3. 比小编辑们有实业，有资本，有眼光。4. 她不是职业经理人。她是自己的老板。She is her own boss, self-made, not a hired hand. 5. 她在国际上非常有声望，让人尊敬。6. 她来得早，影响了中国早期的 fashion landscape，受她影响的有几代中国女性。

羽西非常聪明，是我见过的最聪明的女人。

洪晃跟她比起来就是大大咧咧。虽然从事的都是时尚方面的工作，但洪晃前卫，不修边幅。她是玩时尚，以一种讽刺的眼光旁观。而羽西觉得有义务让大众了解什么是美。她觉得自己是美的传播者，应该让大家了解怎么才会变美。在羽西的眼里，黑头发白皮肤的传统女人是最美的，也是让男人喜欢的，其他可以很西化。

她喜欢参加各种活动，出入各个社交场合。在阿玛尼专卖店的开幕仪式上，在兰蔻的品牌派对中，在上海国际电影节里，还有上海外滩三号楼内，到处可见这位摩登的化妆品王国皇后的踪影。她的公关、宣传都是在这些场合完成的。她结交王公贵族、名人以及成功人士，孙中山的孙女 Nora Sun 生前是她的闺中密友。在巴黎的派对和时装发布会上，她细细告诉我哪些人是有爵位的 Old Money，哪些是王储。我发现她真的适合做一个记者。

羽西经常邀请朋友们到家里开 party，在纽约社交界

靳羽西与世界著名设计师 John Galiano

非常出名。我俩一起去一个酒吧，她认识那里的老板还有 New York Post 的专门写社交圈的 Page Six 的记者。第二天，她就上报了，但是羽西还是叹息自己在美国的知名度远远不及在中国的知名度。

我每次见到她，她都化着妆，戴着首饰，散发着幽幽的香水味。她从来都是自己化妆，喜欢涂红色的唇彩、指甲油，红色在她的眼里是性感的颜色。她只穿高跟鞋，鞋跟非常高，可是她却能走得很轻盈。

有一年我们一同参加法国 Dior 秋季女装发布会，车太多了，我们走了很长的路，我脱了鞋光脚走，而 60 多岁的她，穿着奇高的鞋，自己走，我真佩服她的专业。

羽西的鞋多、首饰多，衣服更多，去巴黎参加时装周回来，她买了几箱的衣服，旧衣服马上送人。每天换衣服不重样。

我们在一起的时候，她会跟我讲：说话要温柔，音量要低，要保持微笑，这样才容易办成事；怎么样穿更漂亮，应该涂一点粉，应该戴点首饰，这样比较典雅。她会用一种非常为你好的口气来提醒你，在潜移默化中感染你。对这些她都很讲究。卫生间里永远有自己的香水、口红、眉笔留给客人。

羽西对美和色彩有一种天生的感觉。这恐怕来自于她的岭南派画家父亲。她始终坚持自己对生活、对美的追求。她喜欢红色、粉色、橘红色和黑色的衣服，认为很适合亚洲人的肤色。羽西有自己独到的"美"学观，也许在某些人看来，她美得有些夸张，而她的名言就是："不怕夸张，这样才能让人记住。"

她对自己的脸型和额头不大满意，认为自己脸盘太大，所以头发遮住脸和额头。她的大眼睛是自己非常满意的。她保持良好的身材，还让我看她平坦的小腹，并且信心十足地穿露肚脐的红衣服参加莱卡风尚大奖典礼。

羽西语速缓慢，听起来很流畅；英语和普通话都不是她的母语，可她却能非常自信地用它们主持节目。她虽然是一个人，但她自称非常快乐。

在她造型别致的位于上海市静安区中心的寓所中，穿着自己设计的红丝绸宽松上衣，羽西说："我自己的钱，都是一支一支口红，一个一个电视节目赚来的，很慢的。

也许有很多女性像我一样活得精彩，但我是靠自己的，没有靠父母，或者是男人。"

她喜欢理财，投资房地产，人民币升值，她就盯得很紧。采访完了《富爸爸，穷爸爸》，她就告诉我她的理财经。在中国，比羽西有钱的人多得多，但是活得比她潇洒的人极少。她纽约的房子位于曼哈顿的高档住宅区，六层高的 townhouse。家是古典的，中西合璧的，法国味道的起居室挂上泰国的木雕与她父亲的国画，别有情趣。我印象最深的要数一面墙，挂满了羽西和名人的合影。

羽西的生活特别传奇，拍部离奇曲折的电影应该和香奈儿差不多。

虽然我在财经媒体做得得心应手，但是她却希望我从事时尚媒体。"你英文这么好，写作这么好，对西方文化这么了解，对西方主流社会这么了如指掌，你完全应该到中文媒体，去做总编辑。你应该有自己的助手。英文媒体有些亏待你。"

在她的力邀之下，我搬到上海，成为靳羽西传媒的高管兼总编，当年她给我开出的工资是一般总编辑的三倍。我很感谢她的知遇之恩，她让我和时尚结下不解之缘。

羽西曾经语重心长地告诉我，"安妮，你知道我为什么要打扮，要戴首饰？你看到大家都很尊重我。这个世界就是这样肤浅和以貌取人。我知道你是个女知识分子，但是你必须要打扮。"

## 第二节  办时尚杂志

所有的女人都会爱上时尚杂志总编这个工作。因为它满足女人一切的虚荣心：和一切美好的东西打交道——服装、美食、化妆品、珠宝、出入最 in 的派对与活动，选择封面、定专题的权力，被不断邀请去世界各地参加各种服装周、旅行体验。可是做这个工作，太虚荣就会栽跟头，因为时尚是虚幻的、稍纵即逝的，如烟花。一定要有定力。我从来没有想过去做时尚，但是后来不管是羽西还是美国时代华纳的邀请，都是看中我的稳重和定力。

在国外，时尚杂志是竞争非常激烈的工作。因为英语好，经常写关注中国女性的作品，还被誉为情感问题专家，因此女性杂志很喜欢我的背景。

做时尚杂志有两种风格，一种是把自己打扮成一个明星，一种是低调专业的。克林顿的侄女在 WWD 做过撰稿人，一个非常朴素的女孩子。我倒是更喜欢这种亲民风格。把自己包装成明星可以非常 intimidating，当然产生排他感和疏离感也是时尚刻意营造的氛围。

羽西没有做杂志，做了电视。虽然我们一起拍了很成功的电视片，《羽西看世界》，但做杂志还是我这个传统新闻工作者的梦想。

羽西有着很多智慧，当然对自己对别人都要求很高。让她看上不容易。后来，美国时代华纳集团和南华早报集团要将美国著名时尚杂志 *In Style* 推进中国，让我做中国第一任主编。离开羽西这么多年，我们仍是好友。

英语不只是个语言工具，会带来价值观的影响。比如形容女人，中文里说成熟好像并不是多大的赞美，而单纯则是特别大的赞美。但是英文里 maturity 是极大的赞赏。说明这个女性懂道理，有理性高度。而单纯，naive，simple，则是中性词汇。

她是非常成熟的女性，生活如女王一样精彩，一位真正的智者。

时代华纳集团拥有《时代》周刊、《财富》杂志，他们的 *In Style* 杂志（中文称为《型时代》）当时在全球非常成功。它的特点是时尚加好莱坞娱乐以及慈善事业和名人生活。*In Style* 当年发行量在 170 万本，排时尚类杂志的世界第三。

选择主编先是笔试。我们的考试很长，全是英文试题。对编辑、专题的理念、可动用的资源、新闻的判断，很容易，我在所有的中国 candidate 中胜出。之后还有面试，再之后还有背景调查，学历是不是真的，有没有犯罪记录，信用情况等等。我收到 FBI 寄给我的一张证明，时代华纳公司就《型时代》的工作对我进行了背景调查。可见他们有多么重视第一任主编。

这样看重这个职位，当我被推选为主编后，兴奋程度可想而知。当时我的大儿子只有 100 天，我坚持母乳喂养。当时《南华早报》雇佣了一个台湾人做我的搭档，为中方出版人。一起出差去纽约总部开会。他很实际，问我"你能又养孩子又做一个全新的杂志吗？"说真的，在国外是绝对不允许这么问问题的，对哺乳期工作的妇女不可以有这样的歧视。

我是一个比较敏感的人，当然从他的话里听出了话外音。我知道我这个搭档一定不好对付。在职场，大老板对你再怎么好，如果你没有一个价值观相像的同事在你的小环境里，那是很难做事的。

都说时尚圈要讲政治斗争。我这第一遭就遇到了一个让人有不安全感的人。我在学习英文的时候，也接受了很多英文所传递的普世价值（universality）。我明白人生是很少能鱼与熊掌兼得的。

很多人看了《穿 PRADA 的恶魔》，认为在时尚杂志做主编特别风光。很多人都想得到这个职位。为此我给孩子断奶值得吗？很多女人给我讲她们为了身材，为了工作，不愿意自然产，更不愿给孩子喂奶。在羽西那里工作的时候，我认识一个助理，她担心上海人歧视外地人，永远不愿意告诉大家她是外地人，总是说自己是上海本地人。在生完孩子以后，她把孩子扔给父母，没有喂奶，每天吃减肥药，还经常买假名牌，并告诉别人这是真的。最后在时尚圈还是受到歧视，她甚至去做了美容手术。

但她的做法与我父母教给我的不同，更不是我在伯克利加大学习得到的价值观。我父母生了三个女孩，家里到处都是书柜，却没有衣柜。当然，人应该往上走，上进，好强，在一定程度上都是优点，而我自己也有这些特质。可是我对做个野心家没有兴趣。因为，生命一定是有取舍的。

我生大儿子的时候，选择自然产，母乳。因为对孩子的健康好。同样，为了孩子的健康，我决心还要母乳一年。而这个 dedication 我不能轻易放弃。鱼和熊掌，我肯定不选熊掌，因为熊掌代表的是残忍的价值体系。

我明白放弃主编的代价是昂贵的。我可能错失了我人生中一个很大的工作机会。甚至我妈妈也担心。她说，"我们从小琴棋书画培养你，后来你又留学，不是为了让你在家带孩子。"人生不是短跑，是个长跑。拼的不是一时，而是一生。而孩子长大的这段时间，就是以后事业再风光也换不回来。

我思前想后，放弃了主编的位子，自动要求工资减半，退到顾问的位子。而这一段，我经历了以前的朋友或者社交场合的熟人得知我是个顾问虚职，对我马上态度180度转变的事。我觉得有些感伤，但是更多的是兴奋：作为作家，我这样切身体验人与人之间的世态炎凉和势利虚伪，更有写小说的冲动了。

人生中太多的机缘不可预料。*In Style* 在国外鼎鼎有名，但是在中国大陆，没有找当地人，而是找了个我说过的缺乏安全感的台湾男生。杂志迟迟出不来，后来出来没几年就关了。整个 *In Style* 就再没有卷土重来，尤其 *Vogue* 进来以后，他们失去了最好的机会。我为《南华早

报》集团投了那么多钱感到可惜。时代华纳也有些灰头
土脸。

而我自己，似乎是一切老天都自有安排，在我大儿
子一岁半的时候，另外一个时尚杂志来找我做主编。杂志
叫作 Tatler，中文叫作《尚流》，是世界顶级的社交名媛
杂志，也是世界上最古老的杂志，诞生于 1762 年的伦敦
社交圈。而我们所属的瑞士 Edipresse 集团是世界著名的
奢侈品出版公司。

而这次，英语又帮了我的忙。我的老板、瑞士
Edipresse 亚洲区总裁白瑞先生是个英国人，他一直是我
《南华早报》专栏的读者，而且他的很多朋友在香港也都
看我的专栏。所以他邀请我做中国的主编，主管北京、
上海。

我的英语在这家国际化的杂志得到充分发挥。标题
用两个英文单词，我的高标准，错字零容忍，图的精美度
对该杂志贡献很大。我每年出版介绍北京上海最佳餐厅的
书，主持城中盛事 Tatler Ball，选出亚洲十大女主人、中
国社交 500 名人，而且真正和国际的社交圈融合。奥运
会的音乐总监 Quincy Jones 来沪，大牌 Tory Burch 进入中
国，纽约著名设计师 Vivinne Tam 来访，卢森堡王子来中
国推销他的酒庄，TODs 中国总裁来沪，Sunseeker 游艇办
展，Mint 俱乐部开张，他们都会第一时间和我联系。

## 第三节　来到上海

这是我当年做杂志时的日记：

我 31 岁了。

我来到了上海。人们叫我们这种人"海龟派"。唯一不同的是，我离开中国的时候在北京，回来从香港迂回到上海。

其实我本来想直接回北京。但是老公被派驻香港总部。回到上海也不是因为香港 out 了，而是因为先生到了昆山去工作。

那是一个跟 20 年前的北京没有什么区别的地方。最大的特点是人们开车把上海大润发剩下的货全部买回家。大家有购买力。那是中国最富的小城市。

我离开《南华早报》与《财富》杂志，我在上海是一本美国时尚杂志的女总编。我的投资人告诉过我，我拿的薪水是业界最高的。我的工资是我助手的 15 倍。

我们需要正确的地址与邮编。我住在静安。

对着镜子我抿了抿嘴，化开唇膏的色彩。手指稍稍拨拉了一下百叶窗，光线一下子穿透了眼睑，我侧过头眯了一下眼睛。太阳离公寓非常贴近，城市的喧嚣都集中在了 24 层之下。我转身拎起爱玛仕的包，走进了电梯。

我结婚多年了。先生事业成功。我的父母健康快乐。对一个30岁的女人来说，我该很满意，一切都顺利。作为一个女作家，一个曾经的女文青，我没有挨冻受罪，没有绯闻，我有前卫的思想，却一直过着最保守最正常的备受呵护的生活。也许我只是缺少一个孩子，这样的想法时常在我的脑海中盘旋。但我不喜欢计划。我喜欢一切顺其自然。老天爷自有他的安排。

走出电梯，城市的喧嚣立刻涌上来，把我包裹起来。我前面是恒隆广场，旁边是中信泰富。眼睛可以看到的除了梧桐树、建筑就是无处不在的名牌广告。

在中信泰富的楼下，我吃了WAGAS的早餐，然后又星巴克买了一杯咖啡。司机已经在等候了。我在车里查邮件，我们在各个路口等候着红绿灯的转换，沿着城市的繁华街道慢慢爬行。浦西交通尤其是我住的市中心还是很堵的。我佩服林师傅，他以前为分众传媒的副总裁开车，他似乎永远在踩闸，却没有疯掉。他喜欢我的工作。他为上海有1万块一件的衬衫而骄傲。一点没有北方人的仇富心态。他还为自己配了一副白手套。每次，都主动为我开门，拿东西，非常称职。即使他有时用我加油的钱为他的车加油我也睁一只眼闭一只眼。

并行的公交车上挤满了人，那些漠然的、疲惫的、焦灼的脸，都像是被拥挤揉成了pizza里五颜六色的小肉丁，变得模糊不清起来。道旁的建筑盛气凌人地折射着太阳光，投射到匆匆而过的车流和路人的脸上、身上，阴晴不定。

我把窗户摇下来，噪音咆哮着冲进我的车里。我立马关上双层车窗，让波士音响放高斯汀的音乐。真的，一种恐惧感油然而生。我说不清楚，是一种空间的拥挤感、压迫感，还是高楼大厦的尖利感、工业感。我发现来上海，这个全新的环境，我是有种恐惧感的。奇怪的是，十几年前，一无所有的我，从北京只身奔赴大洋彼岸，站在那个陌生的国度，语言不通，任何人都比我有钱，我却如同堂吉诃德一般毫无畏惧。

我充满了梦想，因为我知道这个世界是属于我的，我可以赢得这个世界。20岁的时候，我的字典里没有"疲惫"这个单词。可是回到了自己的国度，在上海，我却没有这种豪情壮志。一切是这么光鲜，一切却也是如此物质，而我则是物质的推手。但我不想再漂泊，我的脊柱有些僵硬，莫名的慌张从后背慢慢窜进了脑子里。我狠狠地往后一靠，闭着眼睛陷在柔软的真皮后座里。

路过恒隆广场。LV在南京西路上制作了一个巨型手提包，是他们最经典的那款。前面人头攒动，大家在跟 LV 拍照，脸蛋上洋溢着一种光彩，拥抱 LV 的幸福瞬间被数码相机的咔嚓声和闪光灯见证和记录着。人们真的这么赤裸裸地拥抱物质主义与名牌？在美国我学了太多的批判精神，我一度是那样的 anti-establishment，一件 T 恤衫，一条男孩子的短裤，不化妆，也不带胸罩。

我和上海，还是有文化沟壑的。

可是我投身上海，是在一个很好的时刻，如果从物质主义来看，如果从时尚角度来看。至少，我懂美术、美、传承、文学、历史和根红苗正的血液与教育，一切这些品牌用来抬高自己身价的元素。我应该热爱这个工作才是。也许我的法语不够好，但这不耽误我从杂志里以最快速度找出英文拼写错误，用孟德立安的冷静抑或点彩派的风格来拍大片。

受过严格美术、音乐与文学、英语训练的我，被西方人、香港人都认为是十分称职的女主编。

我到上海的时候，LV，Prada，Gucci，Cartier，Lancôme，Hugo Boss，Armani，Westin 酒店，四季酒店，Formula One，美国俱乐部也都到上海了。派对一直没有断过。还有法租界的雍福会，新天地 1 号，外滩 3 号，外滩 18 号，各种各样的私人俱乐部……我一个北京的女友，是另一家著名杂志的女主编，我们在各种场合遇见，她又爱又恨地说，"这一年来，我不是在上海，就是在去上海的路上。"

　　上海，一个 Party Town。穿着晚礼服，戴着白手套，品着 Moet，揣着名片和各式卡片，挽着同性朋友或者美女，谈笑风生地欣赏着自己越来越大的店面，有钱人在这里是如此快活。我见到的每一个人都如此快乐。没有我在美国伯克利看到的那种知识分子因为批判而痛苦的眼神。

　　我从不觉得自己是富人。我是个拿薪水的职业经理人而已。我的工资，在美国，不过是中产阶级芸芸众生中再普通不过的一员罢了。可是来到了上海，我一天的薪水是秘书一个月的薪水。我一个月的工资，很多人一年也赚不到。上海，贫富反差如此巨大。

　　我像胡润一样，我们不是富人，却要跟富人混，即使我们不喜欢他们的肤浅。我请客时要点 2000 块一瓶的香槟酒。拥抱财富，并且赤裸裸，对人势利，并且为之光荣。每一个人都有被 out 的危险。这就是时尚圈。连香奈儿公司的老佛爷都说，"我每天如履薄冰。"

　　我在我公司每年的社交舞会和城中盛事的邀请人名单中，必须划去那些被丈夫离婚或者丈夫进入局子，或者丈夫破产的名媛。除非她们又攀上他人，可以大把撒钱。还有那些前 CEO 们，如果没了工作，公司也不让我邀请。除非他们家几代都是贵族 (blue blood)。

Toby Young 说我们随时准备着众叛亲离。

所有的富人都在往上海赶。我的美国同事搬来了上海，我在香港时的邻居在上海落户了。北京那边的朋友也将总部移到了上海。这些外来人总是对旧上海情有独钟。花园饭店的老法式俱乐部，法租界的老洋房，百乐门，大家每天寻寻觅觅老的好去处，搞各种派对活动。晚间一场 VALENTINO 的意大利顶级时装秀将要举行，为了这张重金难买的入场券，我的朋友们可是费足了一番工夫，"上海目前最流行参加时尚 party，有钱还不一定买得到，能和社会名流一同出席 party，人前人后都显得有面子。"百年来，社交就是上海商人交易买卖活动的一部分，要打通各种关系，了解各地行情、招揽生意，都必须依靠广泛的社会互动才做得到。而如今，上海的"上流人"不怕出名已经声名远播，已经提前和欧美上流社会的"街区杂志"接了轨，比 WTO 还要快上那么几步。为了得到一张请帖，"你带我去，你带我去嘛……"这样的撒娇经常会出现在依偎在大腕儿身边的模特儿或者秘书的身上。Party 中，有现下呼风唤雨的高干的女儿；有身娇肉贵的社会名流的子孙；有过时又不想让人承认过气的明星；有专睡老外和老老外（年纪较大）的女人，如今也算个时尚名流；还有喜欢抱着自己漂亮的混血儿和带着自己的保姆趾高气扬出现在 party 上的女人；还有身边伴着顶级时尚设计师的同性恋男人们。

这个圈子谁都是亲爱的，谁都没有真正的朋友。但是真的好玩得光怪陆离。杂志社啊，你重金聘请我，让我看到这样活生生的社会百态。我真的感谢你。

可是，我觉得有点疯狂。我是说，我不能疯啊！我的生活像是坐上了时光车，正在经历一种时光的旅行，是回到过去，而不是开往未来。

多年前，刚到美国的时候，那里人们燃烧印有品牌的衣服，让大家活出个性。记得有钱人的孩子宁肯去旧货店买二手衣服，也要表达自己的个性。那时候的美国人都喝着咖啡与可乐。我变成了每天早餐在星巴克度过。我怀念古老的中国流传下来的清冽或者馥郁的乌龙与普洱茶。

时过境迁，世纪末的美国大家反对咖啡反对可乐，提倡饮茶，年轻的雅痞们以饮用不带咖啡因的茶为荣。有个叫做 Arizona Beverages 的公司出品的绿茶红茶都卖疯了。他们说我们需要更加健康、更加天然的生活。

然后回到上海。2005 年的上海，咖啡正成为时尚。人民听着萧亚轩的《卡布奇诺》，坐在 Starbucks 或者衡山路、铜仁路、茂名路大大小小风情各异的咖啡厅里，试图品味出巴西与哥伦比亚咖啡有何不同，一边饮着蓝山、炭烧或者摩卡，一边在忽明忽暗的灯光里眯着眼睛享受爵士乐带来的情调。他们说这小资，这海派。

而那时，淡远的茶香更符合我30岁的心境。除了中美文化，也许还有南北文化的不同。我就是北京人，习惯了茶馆。而海派文化就是喜欢咖啡。

离开美国的时候，美国女人在女权和后女权时代拥抱着，女人们崇尚素面朝天。化妆只是商业与正式场合尊重他人的一种彬彬有礼的表现。她们找到了自信，她们把自己的清淡和天然看作一种力量。然后我回了上海。走在淮海路上，时尚女郎们的彩妆正在争奇斗艳，你很容易从她们的涂脂抹粉的脸上看到亲韩或者亲欧的痕迹。走在南京路上，中年妇女们会顶着一堆僵硬的发卷和早已发蓝变暗的文眉文眼线，面无表情地看着你。雅诗兰黛、兰蔻、CD……每个大商场里的第一层永远不乏时尚女郎的问津。更有意思的是，一个名牌包能给很多女人带来如此的快感。让我觉得我好难伺候啊。10个包又怎样呢？我会屁颠屁颠的吗？

我是做时尚的，我间接鼓励了人们对名牌化妆品与服装的崇拜，但是总觉得做时尚的人，该是有些时尚批判精神才能做到大俗大雅，才能玩好时尚。况且，我的生活就好像一个圆圈。回到上海的时候，就好像我十多年前刚到美国的时候。这是时间和空间送给我的一个生活的玩笑吗？

30 岁的我，变成了一个喜欢打扮还买名牌的女人。

这叫接地气。

## 第四节　女性的美与从众心理

我发现中国有个很有趣的现象：常常男人们没有自己想象的那么慷慨；女人，也没有自己想象的那么漂亮。就如同我们的房子，也没有想象的那么贵。按照自己心目中的价格卖，一定卖不出去。EGO 跟着整个社会的通胀一起涨价了。问题是误差导致了很多想象判断和现实对接不上。

中国的时尚存在的最大问题，就是大家理解的美就是"流行什么我就得有什么"。问题是别人有的，你有，那你就是芸芸众生中的一个，有什么个性呢？有什么得意的呢？比如整形正以工厂流水线之势成批制造"美女"，再加上在朋友圈上都是同样卖萌地嘟着嘴，还分得清谁是谁吗？受了那么多疼，花了那么多钱，给自己打上时代的烙印，整成批发价，我真的无语了。

我经常在各种活动中，看到无数次整形后，如女鬼一样的脸上没有几块肌肉可以动弹的 50 岁的女人，穿着 20 岁女人的粉色衣服，撒着 5 岁女孩才有的娇，跟所有人说话，把我们都当成她爸爸、干爸爸，或者男朋友。她们一脸无辜地问我为什么自己现在还是单身？好男人都死哪去了？哇！让我这婚姻中人为她们这些阅男人无数的女人提建议。我只能说误差，她们看到的自己和现实中的自己误差太大。

50 岁的女人，实可以活出 50 岁的优雅。真实、个性恰恰是时尚最重要的元素。为什么这么多年过去，基本的审美还是从众？

当很多女人愤愤不平有些男人或者有些外国男人找到的老婆怎么这么丑时，觉得自己委屈得就如西施。问题是，您是西施吗？

看到太多把自己的脸抹成艺妓般惨白、嘴唇涂成吸血鬼般红色的女人精神抖擞地表现着，招摇着，甚至争奇斗艳着。她们总是对别人的缺陷如此一针见血，对自己的无知视而不见。

我想说，美是个愿望，每个人都有追求美的权利。就如我们的愿望是北京都有蓝天，事实是它蓝天少，雾霾天多。人们一定要弄清美好的愿望与现实的差距，不然永远纠结。

## 第五节　我的派对行程

在 *Tatler* 当主编的工作职责是什么？要看稿子，要拍大片，要定选题，开选题会，要经常拜见广告客户，要出席活动，要和 VIP 们交朋友，要应付很多社交，要做派对皇后。我是怎么度过的？看看我随便翻出的 2008、2009 两年 4 至 5 月的派对行程记事：

2008 年

4 月 2 日 19：00  sephora 三周年庆酒会  地点：Bund 6

4 月 8 日 19：00  杨惠珊的牡丹 66  地点：恒隆广场

4 月 14 日 12：00  外滩三号午餐  地点：外滩三号

4 月 12 日 all day and evening  游艇展和晚宴  地点：南京路

4 月 15 日 11：45  智利美食节  地点：香格里拉

4 月 21 日 19：30  挪威海鲜试吃  地点：新天地

4 月 22 日 11：00  Lunch with SMG  地点：苏浙汇

4 月 26 日 18：00  佘山 golf 晚宴  地点：佘山

5 月 5 日 19：30  汉堡 Salut Salon 魅力女子四重奏音乐会  地点：大上海时代广场

5 月 7 日 19：30  Spanish Wine Tasting  地点：巨鹿路

5 月 7 日 12：30  兰珍珍午餐  地点：彩蝶轩

5 月 8 日 18：30  德国 kpm 钻石杯全球首发仪式  地点：波特曼酒店

5 月 9 日 12：30  Westin 试吃  地点：河南中路

Westin

5 月 11 日 12：00　兰珍珍 Home

5 月 16 日 19，30　Joyce 周年派对　地点：外滩 3 号

5 月 19 日 16：00　Busines 晚宴　地点：金茂凯悦

5 月 20 日 19：00　悦榕 spa 周年庆典酒会　地点：
Westin

5 月 20 日 12：00　Z. Bigatti 的 business
lunch　地点：雁荡路 103 号

5 月 21 日 12：00　Johnny Walker lunch

5 月 22 日 12：00　YSL lunch　地点：延安中路

5 月 23 日 19：00　Andy Warhol's Exhibition
Party　地点：复兴中路

5 月 22 日 9：30　Spa Seminar　地点：东方路
889 号

5 月 21 日 19：30　Napa Restaurant Wine dinner　地点：
江阴路 57 号

5 月 27 日 19：30　Bamboo Food tasting　地点：
东平路

5 月 29 日 10：30　meet 金星　地点：安澜路

5 月 28 日 19：00　Smart House 私人晚宴　地点：
永嘉路

5 月 29 日 18：30　墨西哥领事活动　地点：
Bund Hotel

5 月 30 日 15：00　东湖宾馆　地点：东湖路

GUCCI 发布会

与名模和名媛在巴黎私人聚会上

在"富世会"俱乐部

2009 年

4 月 3 日 19：00　"品味春之礼赞"活动　地点：中山东一路

4 月 7 日 13：00　江诗丹顿　地点：KEE CLUB

4 月 9 日 16：30　"Gary Fernandez"　地点：沙径路 1933

4 月 10 日 19：30　薛安伦个人油画展开幕酒会　地点：江西中路

4 月 21 日 19：00　十乐人文雅宴"绝对国色——牡丹"活动　地点：浦东

4 月 23 日 16：30　CELINE 限量版母婴包慈善之夜及陈曼摄影展　地点：恒隆广场

4 月 25 日 19：30　Poesia 品牌上海时装周　地点：

花园路

5 月 20 日 20：00　Tod's 晚宴　地点：新天地

5 月 26 日 18：00　New Guestroom Relaunch Party　地点：衡山路 516 号

5 月 26 日 14：00　交通大学管理学院活动　地点：南京西路

很多人问我，在这样浮华的生活中，你还有时间思考吗？这也是我经常问自己的问题。

当时在这样繁重而忙碌的工作同时，我已经有了一对儿女，还在母乳，我在工作家庭中试图寻找平衡。事实是我压缩了大量的深度思考时间。除了卷首语，我不再写作。我主编的都是《上海社交圈》、《上海最佳餐厅》、《北京最佳餐厅》这样实用性极强的书。

世界上有两种国家，一种像美国，车为人让路，一种像中国，人为车让路。世界上有两种女人，一种有孩子的，一种没孩子的。文学女青年的偶像们很多是没有孩子的：萧红、三毛、张爱玲。中国的教育，让人们不断看到女作家的孤独和寂寞。那些我采访的最有权力最成功的女性代表中有很多也没有孩子。她们在追求极致的东西，而我，渴望像西方的女性那样：事业和家庭互不耽误，互不冲突。

这个时代，有这种可能性。但是我还是要舍弃很多。首先，我要放弃作为一个独立知识分子的批判精神，非常有耐心并且有宽容心地和社交圈的人交往。我可能还是比一般时尚界的吹鼓手们批判性强一些，我可能会感叹这个社会怎么让财富成了检验真理的唯一标准。但是我也学会把它看作是中国社会发展的一定阶段。一开始的时候，我真的受不了那些显示自己英文的人把英文说错，David 念成戴维，Amy 念成艾米，Elle 念成艾拉这样的低级错误，那些炫耀自己收藏却把立体派的毕加索当作是抽象派的代表，还有无穷无尽自我感觉良好编造自己出身来历的富豪和假富豪，我甚至写了本书就叫《俗不可耐》。但后来我整理了思维，作为一个职业母亲，我发现我更能宽容了，我不是年轻时那个愤世嫉俗的"女鲁迅"，而这些啼笑皆非的万象，是中国社会转型时的必经阶段，亦如美国《了不起的盖茨比》那个时代。我们跑得太快了，经济发展是世界奇迹，但是灵魂却被落下了。

是的，知识分子的价值被严重贬值，而这也就是为什么我们这些在市场经济大潮中，得以生存下来的知识分子更需要坚持，不能都在浮华中迷失。

有一次，和四个女友相聚，来自美国、上海、广州和日本。话题是女人的优雅。那是个优雅的周末，有女子为我们拉大提琴，弹竖琴，画廊开幕，国子监的全素下午茶和意大利的晚宴。优雅应该是有信仰、善意、理性、尊敬服务自己的人、社会的弱者。远离谩骂、非理性的挑事与计较。不势利眼，有正义感。

能够整理自己的思维，不仅是自己不能放弃阅读，更是我得益于和高人的对话。

我有两个深刻感悟：第一，人生是分阶段的。每一个阶段有每一个阶段的活法，有时就如隔世，但是一切都有连接，会有蓄势待发的一天。第二，人要不断找生活平衡点，找一个能量守恒定律。我命中注定要在中西文化，家庭与事业、自我与亲人、平淡与激情，现实与文学、牺牲与张扬、理性与疯狂中寻找生命的神秘规律。

# 第十四章　最难忘的心灵对话

　　因为英语是世界性的语言，我有幸遇到了三位对我人生很有帮助的智者，忘年交。一位是羽西。另两位完全不一样。一个禅师，伯克利宗教学博士美国恒实法师，另一个是"欧元之父"、诺贝尔经济学奖获得者蒙代尔先生。

　　他们和我都是天蝎座，中国的属相也很合，也许我们在前世就相识。

## 第一节　伯克利的恒实法师

　　恒实法师（Dhama Master Heng Sure）是一个地道的洋和尚。曾经是嬉皮士的他和佛法有缘，70年代他就祈求世界和平，三步一拜与师弟沿着美国一号公路走了两年半。后来他又止语六年。他的道场非常有意思，是一个基督教的教堂改造的。上面还有彩色玻璃，都让他改成了佛祖的故事。他用唱诗的手法唱诵佛经的三藐三菩提，还用吉他伴奏。催眠，心理学集体无意识、星相他都熟知。

　　我问他如何看待欲望？他说欲望是菩提（bodhi）。菩提是什么？他用英文说，"awkening to the Way."

　　恒实法师是严格的素食主义者，他过午不食，而且牛奶、鸡蛋都不吃。但是他喜欢茶和苦的巧克力。我有时下午就跟他喝茶、谈天。

　　我们谈末法时代（Dharma-Ending Age），阿修罗（asura），执着（attachment），三宝（Three Jewels），还有修行（cultivation）。

　　都是天蝎座，他说，我们有蛇、蝎和凤凰三个层面。他的知识深度、广度世界佛教界少有。多年前，他就跟我预测了世界能源争夺，伊拉克之后伊朗的问题，中国崛起。硅谷精英都喜欢去他的道场打坐。

　　在东南亚我看到大家见到德高望重的恒实法师远远就开始匍匐叩顶。而他对我，就像好朋友一样。我在怀第一个孩子的时候，我说生孩子我会回中国。他说你的选择很对。中国有五千年的轮回，那里需要正能量。他送给我一坐 1996 年开光的观音菩萨像，还有一部《地藏菩萨本愿经》（Sutra of the Past Vows of Earth Store Bodhisattva）。"你读完这本经，会发现经里的 image 很 powerful，读完这本经。你一定会母子平安，孩子听话。"

　　等我怀第二个孩子、我的女儿的时候，已居住在上海。那一年恒实法师受中国邀请，在无锡梵宫参加世界佛教大会，我们又得以见面。他为我肚子里的孩子弹吉他。说这个孩子跟他一个属相，一个星座。

恒实法师为我儿子弹吉他

又过了几年，我去美国度假，从游轮回来，发现我怀孕了。中国的朋友都劝我不要这个孩子，一男一女不是正好。可是恒实法师跟我通电话的时候，支持我要这个孩子。

后来有一天我发现，我的三个孩子的名字尚和洋翻过来就是洋和尚，是不是无意中在纪念我的法师恒实，那个美国和尚呢？

恒实法师说他前世就是中国人，我前世也许就是西方人。他生于美国俄亥俄州，在一个基督教家庭长大；1976 年获美国加州大学伯克利分校东方语言系硕士学位；2003 年获美国联合神学研究院博士学位；他精通英文、中文、法文、日文，最擅长讲《华严经》，是教宗备受尊敬的大师。

在伯克利大学读硕士期间，他曾困惑于自己未来到底要做什么？就在这时，他认识了虚云老和尚的弟子宣化上人。那个时代的美国，由于越战，东方文化开始进入美国人的视野。闻到供佛的醇香、听到木鱼的轻响，那个喜欢演戏、有些嬉皮的美国小伙子心中的烦恼顿失。后来他跟我说，"也许我祖宗里有屠夫，我当和尚为他们还债。"

1976 年，他剃度出家，步入佛门。

出家后，恒实法师研究最多的就是《华严经》，每念经文一字，则一拜。有一天，他决定从洛杉矶金轮寺门前开始三步一拜，一直拜到旧金山的万佛圣城。

我跟着恒实法师去过宣化上人修建的万佛圣城。那里天蓝极了，有很多孔雀，如一个大学一般。没有国内寺院的豪华，却守住了佛教的节俭。

1977 年 5 月，恒实法师效法虚云老和尚从普陀山起三步一拜朝礼五台山的苦行，为求世界和平，净除自心的贪嗔痴，与另一位同参道友恒朝法师，开始三步一拜的朝圣之旅。听恒实法师讲，这位恒朝法师前世是梁武帝。他在少林学过功夫，做护法再合适不过。他后来还俗了。但是他们从美国南加州开始，每走三步即五体投地一拜。途经长达 800 多英里（约 1300 公里）的海岸公路，于 1979 年 10 月抵达美国北加州万佛圣城，历时 29 个月真正意义的苦行。

两位朝礼者定下三步一拜的规矩：1. 脚不踏入在家人

两位美国朝礼者

的住宅；2. 夜不倒单；3. 不蓄金钱和贵重物品，随身只带少量零钱；4. 不在同一地点留宿超过三夜；5. 日中一食；6. 任何境界来临都不发脾气；7. 恒实法师发愿全程止语、日中一食、不吃糖类食物、不喝牛奶……

　　在朝礼过程中，他们经历了数不清的磨难：坑坑洼洼的道路，路上各种车辆的喇叭及轰鸣声，流氓、醉鬼的骚扰和阻挠，崎岖的山坡，布满荆棘的杂草丛……当拜到洛杉矶以北的云多那县的山丘上，加州已大旱三年，炎天烈日，草木枯槁，他们从早到晚在滚沙热石上跪拜不停，额头、面颊、手掌被晒得皮肤脱落。当拜到海洋镇，暴雨持续了很多天，他们全身湿透，但从未发过一声怨言，只是屏除万缘，专心致志地进行三步一拜。有时，路上没人供养，他们就吃路边的野草。这一切都记录在他《修行者的日记》一书里。

他是地道的洋和尚，和乔布斯一个时代的人。多年前，我看到美国心理学博士写的关于前世创伤的书 *Many Lives，Many Masters*，和他一起探讨，包括后来国内流行的印度古鲁奥修。他对事物的理解非常透彻。我海归的时候，很多人都想往美国奔。他却非常支持我的想法："中国需要你。"

## 第二节 "欧元之父"、诺贝尔奖 获得者蒙代尔先生

"欧元之父"蒙代尔先生是我的读者。他非常喜欢我的作品。在紫云轩他宴请很多朋友吃饭，有银行行长、基金经理等，然后他举杯说让大家都要认识一下安妮，我认为她是有实力竞争诺贝尔文学奖的。我作为诺贝尔奖获得者可以推荐。可是她似乎更愿意做个妈妈，大部分时间都在照顾孩子。我希望大家回去好好读一下她的书。

蒙代尔说，"你知道吗？你的《欲望俱乐部》是3部电影的含量。你应该把你的故事都拍成电影。你的小说画面感很强。"

每一次蒙代尔来中国都请我吃饭，跟我谈经济、政治、股票、货币等。我知道，很多中国投资人想跟巴菲特吃饭都交很多钱，听蒙代尔讲演也交很多钱，而我们每次

全家和蒙代尔在上海

在蒙代尔的意大利托斯卡纳庄园

见面都是他请我吃饭，真的很荣幸。

蒙代尔先生是中国经济的智囊。而过去30年中国崛起与他的建议人民币盯住美金，固定汇率的政策有很大关系。因为这个政策，中国大量出口，有了贸易顺差，解决了很多就业，东南沿海迅速发展，外汇存底世界第一。

教授穿着非常讲究，都是爱马仕的领带。他最喜欢喝红酒，听交响乐。一年夏天我和几个女友去他的意大利托斯卡纳庄园，他为我们开启了1995年珍藏的好酒。

他最喜欢谈的是哲学，我们花了很多时间谈尼采、人种、人的起源。

蒙代尔23岁获得博士学位，还是大学轻量级摔跤的冠军。他有4个孩子，而且各个都很出色。他生第四个孩子时已经65岁了。他说那又怎样？孔子的父亲70岁生的他，他才那么聪明。

他是我所见到的最具天才的人。但是，他从来都很为别人着想。一次我去香格里拉酒店看他，那时我怀孕了，回去的时候司机不在。他为我叫了酒店的奔驰车送我回家。他说，"出租车会开得比较猛，对孕妇来说不舒服。你要多注意安全。"我生了女儿，他专门来我家看她。女儿和他的生日差一天。

还有一次，我们在国贸三期吃牛排。教授讲经济、意大利债务、中国房价、中国农村现状、教育问题、欧元的前景、中国外汇储备太高、民间借钱难、中国税收制度改革、中国经济成长速度放缓、农业问题、水资源、移民海外等。蒙代尔认为中国应该给企业和老百姓减税。这一听，不免9点多了，6岁的儿子哪有这个耐心，着急回家，说，"妈妈，晚睡我就长不高了。"蒙代尔逗儿子，你忘记了世界上最重要的事：desert 冰淇淋。还相约跟儿子下次见面，儿子要学会国际象棋，他要学会中国象棋。儿子立刻不闹了。15分钟后儿子再次催促我，蒙爷爷说你在80层高的地方，世界上大多数人都比你低，再多看一下，一会就看不到这么棒的景色了。儿子又乖了5分钟。教育要一耐心二策略。

我想如果不是会英文，我也许很难有恒实和蒙代尔这样的忘年交和那么多精彩的关于生命的对话。

# 第十五章　在国内如何学好英语

回国后，英文怎么保持？我常常遇到中学生、大学生、外企工作人员问我如何才能学好英语。我把这些问题归纳总结了一下，把自己的一些诀窍跟大家分享。

## 第一节　利用零敲碎打时间

我有个朋友的孩子正在北京四中念高二。她认为我用了 10 年来写一部英文小说，也就是说这 10 年时间我几乎都与英语为伴，自然进步很大。而她自己平时却忙于应付数理化的夹击，根本没有时间去学习课外的英语知识。她说她特别希望能有一整个下午来看一些英语课外读物，一下子就能知道好多书本上没有的东西。我告诉她，我在跟她差不多大的时候也同样是个大忙人，课程很多，还要做小记者东奔西跑采访，从来没有大量时间可以用来学习英语。后来上了人大，学的也并不是英语专业，大部分精力都放在了古汉语、现代文学和新闻写作上。因为没有那种脱产学习英语的条件，我学英语都靠抓紧零碎时间，随时随地接受新信息、新知识。我边骑车边听英语磁带。走在大街上的时候，路旁音像店一放英文歌，我就竖起耳朵听歌词，能听懂几句算几句。晚上回家以后，父母和姐姐看中央台的《新闻联播》，我就在一旁练习同声翻译。有时候也看英语节目，快速翻译成中文说出来，再和下面的字幕对一对。那时候看 *China Daily* 是我每天的"娱乐节目"，虽然报纸上的内容干巴巴的，却能记住很多类似"四项基本原则"、"干部"这样既常用又有"中国特色"的词语。后来在美国当翻译时就都用上了。

历史课上，老师大概怕我们弄不明白那些年代久远的故事，总喜欢把一件事情翻来覆去讲很多遍。我听得不耐烦，就在课桌底下翻英汉字典，把历史课本里那些奇奇怪怪的词翻译出来，比如阿斯特克、印加帝国、维多利亚时代。我把这样的"英文注解"标在书页的边上，比课堂笔记还记得认真。我最不爱上的是生物课，对什么"细胞"、"繁殖"毫无兴趣。不过这反而成全了我对英语的热诚。为了不打瞌睡，让老师批评，我就把"大脑皮层"、"花粉"、"花蕊"这些英文词标在书上。

当然我自己也学过理科课程，挺理解那个女孩子的想法。数理化知识有时候的确需要用一整块的时间来消化，然后对某种概念的掌握才能得到一个飞跃，而且是经久不忘的。不过英语学习不同，它是一个细水长流的过程，点滴的积累和记忆非常重要。就像我们小时候学说话一样，爸爸妈妈叔叔阿姨苹果鸭梨饼干糖果，谁也不是一口气学会叫上名儿来的。如果非得等到有一整个下午的时间，才来读一部英文小说，一鼓作气学了二十多个习惯用法，到了下次再有机会腾出一整块时间，恐怕早就忘光了。倒不如像我那样，今天学个印加帝国，明天学个维多利亚时代，日积月累，上下五千年不就都知道了吗？

## 第二节　自创语言环境

我在回国签名售书的时候也遇见过很多人，他们对学英语的热情真是出乎我的意料。他们从报纸上看到我在美国的工作背景和生活经历后，会像连珠炮一样问我一堆关于如何学英语的问题。有一个清华大学大三的男生，很苦恼地告诉我，他既没有我小时候那么好的运气，能捡到一位外教，也暂时没有出国留学的打算，那么是不是只能学"哑巴英语"了？

我刚开始还挺诧异，难道清华的学生还会为英语发愁？后来在跟他的交谈之中才知道，很多想出国的学生都在忙于考托福和 GRE，而不想出国的学生也要备战国家四六级、清华英语水平考试等一大堆英语考试，笔头儿上都差不了，难就难在了口语上。而且这个男生还告诉我，他的英语发音一直不标准，在课堂上读课文或者回答问题总是有人偷偷地笑，所以他越发愿意在英语课上当个"哑巴"。

我很理解这个男生的"遭遇"。很多人都像他一样认为没有语言环境就学不好英语，我倒觉得语言环境并不是一个决定性因素。很多人移民到了美国三四十年，英语还是一塌糊涂。

我姐姐认识一个日本老太太，和一个美国人结婚了40年，孙子都一大堆了，按理说她的语言环境够好了，可她的英语说得没有人能听懂。所以，不能太依赖语言环境。在中国，没有语言环境，可以自己创造。如果你觉得找外国人搭讪，既劳神又没面子，到"英语角"跟中国人脸对脸说 Hello 和 okay，又显得做作，那么你试试我的办法：对着镜子自己跟自己说英语。

"你今天怎么这么笨？""我能怎样？我就这点水平。"别看我说的话都是有一搭无一搭的，至少语气活灵活现地出来了，而且就算刚开始的时候发音不标准也不怕谁笑话，还能在特别烦躁郁闷的时候起到心理调节作用。

## 第三节 《走出非洲》与《洛丽塔》：电影的魅力

另外，就是看 DVD 的时候，模仿电影里的演员说话。我最喜欢的就是模仿《走出非洲》的女主人公的"我曾经在非洲有一个牧场"的开场白：

I had a farm in Africa at the foot of the Ngong Hill. The Equator runs across these highlands, a hundred miles to the North, and the farm lay at an altitude of over six thousands feet.

还有简·爱说她要与罗彻斯特平等地走向上帝的那段。我还特别喜欢看 Jeremy Irons 的电影，模仿他在《烈火焚情》和《洛丽塔》里面的独白，觉得这是特别愉快的事情。

Lolita, light of my life, fire of my loins. My sin, my soul. She was Lo, plain Lo in the morning, standing four feet in one sock. She was Lola in slacks. She was Dolly at school. She was Dolores on the dotted line. But in my arms she was always Lolita.

我还记得朗诵这段时 Jeremy 的声音像催眠一样不真实。

## 第四节　听力的意会与魅力

曾经有一个年轻的母亲想送自己的孩子去双语幼儿园，又拿不定主意，在报纸上看见我在风入松书店签名售书的消息，大老远儿跑过来征求我的意见。说完孩子的事儿她又想起了她自己的烦恼："我的英语底子差，现在也在拼命补课，可是根本没用。所以孩子的英语必须从小抓起。"她说自己在一家事业单位工作，平时说英语的机会不多，但是每天一有空就听英语广播，有时候上班看文件也插着耳机听 CRI 的节目，却总也听不懂。

我当时一听她这么说就笑了，想起自己学粤语的经历——只要在家，就开着电视或者收音机，同时还干着别的事情，写文章或者做点家务什么的。一段时间以后还真听出点儿门道来。

有的人认为听英语就像听一种中国的方言一样，只要天天听常常听，不要怎么用心慢慢也会明白，其实不然。我有一个朋友相信做事的时候听着英语，能潜意识地培养语感。所以他天天睡觉前都看着中文报纸听一段托福。结果呢？以后一听托福就想睡觉。托福磁带成了催眠曲了。

英语从语法到句式都和中文不同，其发音也不像方言和普通话之间有一定的相似之处，所以"听"的过程必须是一种用心记忆的过程。

大家普遍认为扩大词汇量是应付阅读理解的必经之路，殊不知这也正是提高听力水平的秘诀。所谓扩大词汇量，仅仅会认不行，关键还得会念，至于会不会完整无误地拼出来倒是次要的。很多考 GRE 的人为达到"速记"效果，潜心苦练"见词知意"的本领，而且仅限于此。如果说，这是为了应试，就不说什么了。但是只知其意、不知其声的方法对学英语并不好。自己都不知道怎么读，当别人说出来的时候，又怎么能知道是平时翻得烂熟的"红宝书"中哪一页哪一行的哪一个呢？

再有一个好办法，也是提高听力必须掌握的一门技巧，就是我在第一章中谈及语感问题时提到的"猜"。其实对于考试经验极为丰富的中国人来说，或许"猜句子"是一个无师自通的本领。关键是猜完了还得记住。比如我第一次听说 bombard 这个词的时候，不知道它是什么意思，但根据上下文猜出它指的是"轰炸"。第二次再听到这个词，是这样一句话，The spokesman was bombarded by the questions from foreign journalists. 这时候，如果没有上次的经验，我顶多认为 bombard 是个 ask 的同义词。但是我记住了那个"轰炸"的意思，于是推断出在这里意指"连珠炮似的"。后来一查字典，果然如此。

所以，我告诉那个年轻的妈妈，成天放着英语广播，给自己创造一个小小的语言环境当然是好的，但是你自己也必须融入这个环境之中呀。如果不去从最根本的扩大词汇量做起，肯定不会有大长进。而且，如果仅仅把英语当作背景，心思还在一堆文件当中，还不如听音乐来得痛快呢。

## 第五节　死记硬背别学伤了

我姐姐以前跟我讲过一个故事。她的一个同事的女儿，名牌大学理工科毕业，觉得搞技术太累，一心要找个偏文的工作。后来终于如愿以偿，进了一家不错的翻译公司，这个工作要求熟练掌握英汉互译，而且涉及范围非常广。可是她刚干了一个月就哭着喊着要辞职。为什么呢？这个一心要跟那些英语专业毕业的同事一比高低的女孩子为了迅速"脱胎换骨"，大量恶补，买来一大堆英语辅导书。结果她越看越绝望，感觉一切都成了负担，而不再是兴趣。她对英语也从向往变成了排斥。

听了这个故事后，我挺感慨。阅读的确是学习英语的重要途径，但阅读的兴趣和习惯都需要慢慢培养。正像我在第一章里提到的，一个初中生要读英文版的《麦田里的守望者》，除非他英语底子极强且词汇量极高，否则就是费力不讨好的事情。其实选择英文读物除了注重内容的由浅入深以外，还应该从自己的兴趣出发，千万别逼着自己硬学，跟自己的脑瓜儿较劲。我在中学时，班里的英语课代表酷爱这门学科，成绩好得不得了。后来上了北京外交学院，又去美国一所顶尖大学留学。可是就因为他太用功了，文凭还没拿下来，一看大写字母就头晕眼花，成条件反射了，只好休学一年。这就是学习学过了头。

说到我自己对英语的感觉，从最早被迫无奈用英语写日记，到后来快乐自由地跟哈佛老爷爷交谈，完全要归功于我对文学和文化的热爱。如果没有三毛的撒哈拉大沙漠，没有哈佛老爷爷愿意听我大侃中国的宗教历史，我就不会那么快地在英语王国里拥有一片属于自己的广阔天地。

但是谈及这个对工作产生了"恐惧感"的女孩儿，我又联想起我在美国当翻译的经历。我说过，每完成一个工作项目，就像写了一篇博士论文。当然我也不是哪门学科的博士都愿意当，权当工作是一种责任吧。如果我们能80%是为兴趣与热爱而学，20%是为责任而学，那老天也算对我们不错嘛。

不妨这样想，我们中学的时候学的很多课程，可能和我们以后的工作没有什么关系。比如，我学的微积分，现在工作上根本用不上，但是不学，我就上不了大学。英语有这样一句话叫作"You have to pay your dues"，就是这个意思，有时候，我们是需要熬一熬的。

还有，我们回忆一下，为什么那些得了高考状元头衔的人在后来的人生多走向平庸？一个人的能量和精力是有限的。过了头，就会伤着。比如说，人们应该有足够的睡眠保持身体健康。应该锻炼身体，不然熬夜身体会盯不住。就是年轻时熬夜了，年纪大了，身体的问题就会找你。这是一个往复循环的世界。一切都要有个度。过了这个度，可能会适得其反。

再一个，西方心理学也谈到，如果人们强制性地压抑某个情感，会让这个情感更加强烈。我丈夫的姑姑是个极佳的例子。她从台湾最好的女中北一女毕业，上了台湾大学。后来去美国麻省理工学院念了博士。那会儿应该是50 年代。她是最早的 MIT 女博士之一。

她就住在加州迪士尼乐园旁边。有一年，我带着孩子们去迪士尼乐园，顺便看她。她 86 了，还是很漂亮，很显年轻。她跟我说，"我上半辈子光知道学习。下半辈子把学的什么都交给学校了。我的任务就是玩。"


## 第六节　写出精美的英语，你需要一本同义词字典

从以上那些故事中我看出来，中国人对英语的兴趣普遍还集中在听、说、读上面，而对于英语写作似乎没有这么高涨的热情。或许是因为写作的难度更大，而且应用范围暂时还比较小吧。

某年春天我回国的时候，邻居家的女孩儿刚刚通过了大学英语六级考试，82 分，是全系第一名。她说她对自己的写作不大满意。考试的作文题目叫作：写给校长的一封信，内容则要求谈关于学校食堂的问题。她当时罗列了一大堆，某某食堂的饭菜好吃，某某食堂的饭菜不够卫生，某某食堂的饭菜品种过于单一。且不说文采如何，最头痛的是"饭菜"这个词她通篇提了不下 10 遍，而每一

次用的都是 dish，自己都嫌乏味。她问我，怎样才能在英语写作中将一个意思用不同的词汇表达自如呢？

我想了想，把自己从前用过的一本英语同义词字典送给了她，叫作 Thesaurus。我告诉她，了解并领会同义词之间的相同之处和细微的差别，是提高英语写作水平的一个好办法。"饭菜"这个词，你会发现，除了 meal，dish，food，cook，还有 course，cuisine，cater 等很多相关词汇。

## 第七节　文采与砍字

邻家女孩又说，在大学里，一般英语考试中的写作似乎对文采没有太高要求，只要条理清楚没有语法错误就行，所以她每次写英语作文的时候为了"保险"起见，每一句话都主谓宾定状俱全，前后位置也放得一丝不苟。尽管分数都挺高，但她觉得这样的作文放在美国也就是小学生水平，和真正好的英语作品相差甚远。怎么才能把英语写出文采来呢？既不用循规蹈矩、拼凑冗词赘句，又不至于一"省略"就把句子省得缺胳膊少腿？

我说，如果是为了应试，你就记住没有文采不是问题，语法是问题。在念托福时，中国人在听力、语法和阅读方面都很强。a little 和 a few 的区别，单三的动词要加 s 都一清二楚。可是等自己写作的时候，就很容易犯这样看似简单的语法错误。所以给自己文章改错不失为提高写作水平的一个有效办法。

要想在英语世界出书和发表文章，文采是必需的。中国教学的那一套主谓宾俱全的应试文章就没有用了。正如很多才华横溢的中文作品，也经常打破常规的语法，要的是一种气势，一种风格。

我在写《莉莉》过程中和美国责编、万神殿总编辑合作，他的修改让我明白了很多东西。我有这么一句话"My parents wanted me to be a flight attendant because they had never flown in their lives."——"因为我父母没坐过飞机，所以想让我成为一个空姐。"按中国教的，这是一个长句子，由 because 连接，解释一个前因后果。但编辑却删去了我的 because，改成"My parents wanted me to be a flight attendant. They had never flown in their lives."修改后，变成了两个单句子。"我父母想让我做一个空姐。他们从来没有坐过飞机。"语义的确发生了微妙的变化。后面的"他们从来没有坐过飞机"得到了强调。

在《莉莉》中，我写了一句 Erniu's words don't bother me. No wonder Mama always says that my skin is thicker than the city wall. (二姐的话对我跟没说一样，我妈一向爱骂我脸皮比城墙还厚。) 后来他把 No wonder 二字删去了，嫌它们多余。

还有一句"Erniu wants us to write reports about each others behavior." (二妞让我们写报告互相检举揭发。) 我

最初写的是：Erniu wants us to watch each other and write reports about others behavior to her。要写报告检举揭发，可不是要互相看着对方吗？所以"互相看着"，他就删掉了。

再比如"Chunni lowers her head"修改之前是"Chunni lowers her head to avoid erniu's piercing gaze"。其实后半句的意义完全是不言自明。她低头，就是为了回避目光。

从那次经历中，我领会到 delete 的重要性，并在此后的英文写作中，把大半功夫都用在其上。因为英语的文采在于言简意赅，而且我后来写的专栏对字数也有限制。在删删改改中，我发现自己不知不觉就更深刻地理解了英语的内涵。


## 第八节　有多少种红色可以表达

有一个细心的读者，看过《莉莉》之后，说我在《莉莉》中用的很多词语，平时并不多见。

比如"红色"，一般就知道是 red，可是我还用了 maroon, scarlet, crimson 等等。包括描述人的情绪，我很少用 sad、happy 这样简单且意义泛泛的词，而是用 elated, triumphant, ecstatic, overjoyed, hilarious 等。她问我是如何掌握这些词语的，尤其是表示情绪的词语，她很奇怪我在最初掌握的时候如何能揣摩出它们的意义。

其实掌握这些词汇，我们需要的不仅仅是一本同义词字典，还需要一本英英字典，最好是 Oxford 或者兰登书屋出的，越新越好。你主要要看这些词汇的英文注解。同义词经常是程度上的不同。比如说，ecstatic 到达了有点高兴得如痴如醉的境界，自然比 overjoyed 夸张。另外同义词还有概念的细微偏差。比如 triumphant，有高兴的意思，但是"扬扬得意"的那种高兴。overjoyed 就没有这层意思。除了字典，就是看英语小说（fiction），通过看上下文，来揣摩词汇的用法。

# 第十六章　美国十几年前的预言

多会一种语言，就多了很多信息源，而且更有预见性。尤其是英语，因为世界最顶级的新闻通讯社和媒体都属于英语体系。它们拥有最专业的职业人群。举个例子，我认识的《华盛顿邮报》的记者同时也是哈佛毕业的经济学家，专业性胜过国内很多所谓专家学者。

还有就是西方世界走过的很多路是后来中国在发展中也在走的，会有很多重合。这些年回国，看到国内在高速发展中产生的各种问题，让我回想起自己十多年前在美国工作时，跟政府、非政府组织、经济学家、教授等的各种对话。有些预言相当准确。

1. 1998 年，美国普度大学 MBA 班。一位 MBA 教授说，中国为什么这么欢迎沃尔玛或者家乐福这种公司到中国去呢？这些公司可以整垮一个产业链。他们的特点是大量采购，用最低的折扣。他们对供应商极其苛刻。但因为他们的量大，人们就忍受他们。但最后一旦大单子没了，这些供应商就都垮了。然后，这些公司就会用很便宜的价格买下这些产业链。他们是可怕的鳄鱼。在中国，这些公司采购中国的产品，再卖给中国人。这样的买卖太容易赚钱了。难怪他们是世界上最大的公司之一呢。2008 年的家乐福事件是不是有点这个意思？

2. 1998 年，西雅图，某环境组织。一位中国西南地区的官员希望引进高耗能产业到他们那里。"先发展再环境"是他的主张。"我们落后，所以我们不怕污染。"这是他的原话。某环境组织的人说，环境和发展一样重要，否则多年后，中国要为清理环境污染付出更高昂的费用。"这个预言在这个都讲低碳的时代是显而易见的。

3. 1999 年，华盛顿首府，某政府部门。某官员说，"政府的职能是帮助中小企业。我们给他们贷款，为他们服务。因为他们代表着最先进、最有活力的文化。事实证明他们是最先进的生产力。大公司往往是保守的。我们不帮助大公司，反而，我们要检查他们是否有垄断的嫌疑。"在美国大公司不需要政府的帮助。他们比政府还有钱。他们完全按照市场生存。他们已经拥有太多优势。而在中国，以前，很多超级贷款都是给了大国企，由于缺乏有效的管理，很多成了烂账。现在各地政府开始意识到给中小企业贷款和扶植中小企业的重要性。我认为，给他们退税也是很重要的一个环节。

4. 2001 年，纽约，美国破产法院。法官说，宣告破产在美国是个比较普遍的事情。因为鼓励大家去试。失败了，走投无路的时候，被给予重新来过的机会。美国人可以因为宣告破产把自己的债务清除，重新来过。这个人说得一点没错。我在美国有个房客，就是宣告破产。然后法院对他们的生活提出了很细节的要求。诸如不能开 1 万美金以上的车，不能租 5000 美金以上的房子等。但是他们拥有一艘船。仍然享受。很多美国人利用破产法，给美国造成很多案例。我说这个的意思是，中国在投资美国债务特别是房地美、房利美这样的金融产品时，除了对美国复杂的金融体系和保险有足够的了解，也要对美国的破产和提前消费文化有了解。迈克尔·杰克逊死后债务达 4 亿美金。怎么说呢？老百姓这么多年苦干，搭上中国环境的破坏，好不容易赚了点外汇，别都打了水漂。我在《哈佛情人》小说里提到中国是先苦后甜的自虐者。"欧元之父"蒙代尔先生认为中国解决外汇存底过高应该给老百姓发放消费券，然后给企业减税。我是他的理念的拥护者。

5. 2000 年，长岛，某美国著名设计师家里。他激动而得意地告诉一群中国人，我这房子是 1925 年的，那寓意是古董。而当来访的中国人得知他费了很多钱翻新这个旧房子，就问他说，"那干吗不拆了重新盖个新的？"设计师开始讲翻新的重要性。看看现在，上海的老洋房和北京的四合院都是天价了。中国不再是新就是好。不再是什么东西都拆了盖新的。"维修"、"翻新"成了 in 的概念。这是一种进步。

6. 2000 年，美国伊利诺伊州，牧场。生产奶牛占用的草场和可耕地面积非常大。美国人就问，在中国，如果很多人要喝奶，中国有那么大面积的地提供优质奶源吗？

然后大家就倡议中国奶业应该和新西兰或者美国中部这样的牧场结合。三鹿奶粉问题看来是企业为了利润做了不该做的事情，但政府是不是也应该像对农民一样补贴牧民？

7. 1999 年，新奥尔良，某老年公寓。我和毕淑敏。美国学者预言中国随着独生子、老龄化、缺乏社会保障等问题，老年人的生存问题将会是个大问题。而跟老年有关的产业链也将是潜在的阳光产业。

8. 对于中国未来的水资源，尤其是农村饮用水的质量，大城市与乡村的差别，房价问题，汽车造成的拥堵、中国的心理疾病患病率上升、信仰多元等很多问题，十多年前，很多美国人都给予了关注和正确的判断。

9. 随便说点其他的。从 2011 年起，我不是在北京，就是在去北京的路上。对北京现在这种驱赶外地车的治堵办法我持保留态度。不管什么管制，我认为培养一个好的车文化对治堵非常有帮助。不要斗气，不要因为争一点快慢就把整个路全堵住。如果大家都有了车德，至少减少20% 的堵塞。

# 第十七章　留学美国实用问答

关于留学，太多家长问我太多实用性的问题，我在这里统一回答。

## 第一节　多大去美国读书比较好

现在很多家长抱着孩子出国留学越早出去越好的态度。他们认为孩子到了那边，对语言有很大的帮助，恨不得中学没读完就把孩子送出去，但是家长们只看到了表面，更深一层的倒没有考虑到。在我看来，孩子到国外留学未必越早越好，有的孩子早出去会把中文给忘了，不屑于做中国人，甚至瞧不起中国文化；还有的，在学校被西方小孩子孤立，最后非常没有自信，这些并不是好事情。更糟糕的是，孩子们的父母都留在中国赚钱了。父母不在身边，小小的心灵受了创伤，从此有了不安全感。

那么到底是在美国念高中、大学还是研究生好呢？

从实际的角度出发，在美国念研究生比读大学要合算。有几个客观的原因：第一，读大学很难申请到奖学金。第二，大学的学费非常贵。近年来，全美国的高等学校学费和食宿费突破了5万美元，就连美国人也感到不堪重负。第三，美国的大学学士学位比较难拿。美国高等学校实行学分制，老师在每学期开始时给学生布置大量的阅读书目和材料，培养学生自学和学术研究能力，在此基础上完成课程论文，得到学分。学生平均每学期要修满16—18个学分，四年制的本科生要想获得学士学位，必须按规定修满120—128个学分，通过考试。而且撰写论文也是必不可少的。而研究生课程没有基础课，这对在中国修完本科的学生非常有利。一般只要修30学分，九个月或者一年的时间就能念完研究生。在美国读大学相当于读四个研究生的学分，而且研究生的学历还要比大学高。

虽然在美国读大学能学到各方面的知识，对语言的帮助会更好，但是在美国念大学从经济的角度来讲是不划算的。如果家里的经济条件不是特别好的话，可以考虑念研究生的时候再出国。在名牌大学念书的话，毕业后申请研究生，大家要看你在大学里的成绩。因为在名牌大学里，尖子生特别多，对你的平均成绩非常不利，这样会影响你申请优等生，而如果你的语言不好的话，在美国念大学就会感到非常吃力。

如果你在国内的成绩特别好，去美国申请研究生，这样就会更好一点。

在美国的大学申请奖学金是非常难的。易趣网的总

裁邵一波当年在美国哈佛大学时，就有奖学金，这是少数
的例子。但是读研究生能申请到奖学金的机会相对于大学
要多。

当然，能够到美国读大学是好的，这会让学生对美
国社会文化有个全方位了解。

我在美国上大学时，发现很多中国出来的研究生，
只对自己的专业熟悉，对美国社会了解非常少，原因就是
他们不需要上专业以外的课程。而大学部，在校前两年为
基础学习阶段，学生学习英语、自然科学和社会科学、政
治、心理学等通用课程，待进入高年级后才开始专攻某一
方向或学科。相对于在美国读研究生、单纯研究一门专业
来说，在美国读大学，涉猎的知识面就要广得多。因此从
非功利角度，在美国读大学对一个人的成长非常有益。


## 第二节　选什么专业适合自己

去美国留学，学什么专业好呢？计算机、MBA、法
律、医学等热门专业呢，学费比较高，需要贷款上学，但
是毕业出来后很快就可以赚回来。冷门的如天文地理数
学政治等，这些比较容易进去读，但是毕业出来后不大
好找工作。热门专业如 MBA，是很难拿到奖学金的。读
MBA 的一般就是学金融会计、行政管理等。在美国，大
部分人都想当医师和律师。法律是比较难学、竞争非常激

烈的一个专业，思辨能力、逻辑思维和流利的英语都必须
要具备。至于医生，更是成为摆脱中产的一个职业跳板。
在美国，医生一年拿个几十万美金是普通的。但是，读医
学是一个非常艰难的过程。

热门的不一定是适合自己的，所谓树挪死人挪活，
有一些小窍门可以让你在留学的时候，通过另外的捷径走
上成功之路。我认识一个朋友，他本来是想要去读 MBA
的，但是因为 MBA 很难拿到奖学金，于是他就去读了理
论性的商业管理的博士，在商学院上课，拿到了奖学金，
还有做研究的经费。很多人读 MBA 就是想在以后多赚点
钱。这个朋友毕业以后，有十几家大学邀请他去当教授，
后来他就去了我所读的伯克利加州大学当教授，年薪是
12 万美元起，而那时一般教授是 5 万美金起。

读法学博士非常难，要考 LSAT 什么的，又没有奖学
金，竞争很激烈。很多国内学法律的学生到了美国都上
LLM，一年就可取得法学硕士。以前法学硕士是没有资
格当律师的，只是做法律助手。现在可以到纽约州申请律
师资格，所以法学硕士也是很多人认为的一个捷径。

另外，我还有个国内的同班同学来到美国以后，上
了个辛辛那提大学，她非常不开心，说她的梦想就是上名
牌大学，管它自费与否。当时我正在伯克利加州大学学新
闻，她就说要去我的大学上新闻系，我说我们学校的新闻
系是专业的，不好申请奖学金，一年只给一两个中国学生
奖学金，还要读两年的时间，你干脆去申请斯坦福大学大

众传播系，因为这个专业是理论性的，美国人不爱上，所以好申请，而且 9 个月就能读完。国内人不管你的专业是否热门，人家一听到斯坦福，就知道你上了名牌大学，这样你的梦想不就实现了？她就听了我的劝告，考了斯坦福大学的大众传播系，9 个月下来拿到了斯坦福大学的硕士，毕业后去了北美《星岛日报》工作。

有的人不知道选择什么样的专业，怕一旦专业选不好会影响到以后工作能否赚到钱。在美国选专业，相对于国内来说选择很多，你可以改专业换学校，这些都是可以的。所以不用担心选专业的事。比如你是念数学的，可以选应用数学或者统计学什么的，毕业出来可以到华尔街做金融分析，年薪也有个二三十万美元吧。所以说，在选专业选学校的时候，不要一心想读名校热门专业，要知道，你想读，全世界的人也想挤进去呢，成功之路不是独木桥，而应是条条大路通罗马。

## 第三节　怎样联系美国学校

如果你决定要去美国读大学或研究生，接下来要做的事就是向某所学校提出申请。写申请材料的时候，所写的自我介绍很重要。自传是影响录取的重要文件。自传要真实全面、简明扼要。你的课外活动和领导能力也是美国学校非常看重的。个人陈述对能否获得奖学金尤其重要。你可以通过文字向你申请的学校全面反映你的能力。此外，你需要提供 TOEFL、GRE、GMAT 或 LSAT 成绩。此成绩最好早一些获得，以免影响你的申请。

申请不同的专业有不同的侧重，像工科，侧重于实用；商科，则侧重于经验；理科，侧重于论文发表和实验结果。申请人所做的材料，要表现自己的学术能力、工作能力、目前成就，如果出过书，或者发表过论文，参加过项目都是很好的背景材料。另外还要让对方教授看出你对自己研究方向的热爱，使对方教授能与你在以后的研究上产生共鸣；其次要掌握论文的写作方式和风格，符合论文写作的规范并很到位；再次是行文逻辑性强，层次分明，能充分显示申请人的才华并抓住对方的注意力。

在个人材料中，推荐信的分量也很重。推荐信和中国的"批条子"有点像：这是一个需要用关系来表现自己的时刻。申请人可选择现在或以前的老师、教授或雇主，比较理想的人选是系主任、专业课教授和自己的导师。通常，其名气与信的含金量相当。如果推荐人在国内外学术界享有声誉，或者直接由国外知名教授举荐，推荐信会有很强的效力。在申请过程中，导师的推荐信独特、真诚，往往比一般模式化的推荐信更有实际的意义，更让校方信服。

就我个人经历来讲，我当初申请美国大学的条件是这样的：人民大学新闻系奖学金获得者，中学时出版了两本书，在中国报刊发表文章 1000 多篇，推荐信有好几封，推荐人有美国《纽约时报》驻中国首席记者和普利策奖得主，《人民日报》前副总编辑王若水先生，还有人大的外教美国陶森大学教授金顺正先生等。金顺正先生在推荐信中说，他在美国教书几十年，同时还在南美、西班牙、中国、日本等地教书15年，我是他教书生涯中最优秀的学生。这封热情洋溢的推荐信让伯克利加州大学的老师看了非常感动，后来他们告诉我，这是他们看到的所有推荐信中最好的一封。美国《纽约时报》记者和《人民日报》王若水先生讲的是我在中学时所取得的新闻成绩有目共睹，比如我的采访文章进入了中学课本，我在学通社当社长等。他们对我的人品也有很高的评价。另外，我还把国内外报纸对于我的介绍和我出版的书寄了过去。密苏里新闻学院在我没有交申请费的情况下就录取了我。副院长还和我成了朋友。他去中国的时候，和我们全家都见了面。当然，我最后没有上密苏里，因为向往伯克利的摇滚精神。

　　在新闻专业方面，我的朋友、中国《财新》杂志主编胡舒立女士与海外新闻界关系非常好，也非常具有号召力，是个非常受尊敬的业界人士。如果能够得到她的推荐信，一定对申请美国大学新闻专业或者财经专业非常有利。另外，有段时间美国《华盛顿邮报》驻京办事处被伯克利加州大学新闻学院等列为北京面试点。面试主要是对申请人英语和能力的评估。

## 第四节　要认识自己的老板

现在美国的各大学校都有自己的网站，可以从网上找到你想要申请的学校的各项资料，美国各大院校的招生办公室都有申请留学的电子表格可以下载，向你选择的学校下载入学申请表格和奖学金、助学金申请表，填表后直接在线申请，不再像过去那般写信越洋申请。你可以发电子邮件，但不必写得太长，因为信只是一般的工作人员处理，离录取尚远。

你可以利用互联网，在网上找到你想要申请的大学某专业的教授。一般网站上都有他们的名字、背景，研究的课题是什么，他是哪个大学哪一年毕业的，他的 E-mail 地址、电话等等一切资料，可直接联系。

如果你申请研究生的话，你的导师非常重要。你的导师也就是你的老板，你在他的实验室为他做事，他给你薪水。比如当年李政道、杨振宁等教授级人物，他们就把国内很多顶尖的学生邀请到他们的实验室去做实验。此外，跟导师之间要很好地沟通，申请人可以向导师自我介绍你为什么要当他的学生。导师的影响力很重要。我曾经去拜访过哥伦比亚大学的一位教授，他不仅为一个学生申请奖学金的事操心，当时我正在他家里，那位教授正亲自给美国大使馆的签证官打电话要求给他的学生办好签证。所以说，要申请到美国读研究生，跟导师之间的关系是非常重要的。

现在中美之间的交流很多，通过这些交流，学生们有机会直接认识美国教授、导师。还可以直接去美国参观，这种面对面的交流是最好的，学生们应该抓住这些机会。

## 第五节 在美国找工作

终于，你在美国的留学生活即将结束，那么在面临毕业的时候，你可以早点开始实习，这对找工作非常有利。我在大学四年级的最后一个学期，就到了硅谷爱德曼公关公司当了一名实习生。周一周三周五到公司去实习，周二周四在学校上课，周薪 500 美元。实习结束后准备回国，当时公司总部的老板就给了我一份推荐信，推荐我到北京爱德曼国际公关公司做总管，一个很好的职位。不过后来因为父母希望我在美国拿一点工作经验，我放弃了这个职位。

我还有一个朋友，是凤凰卫视的财经主播曾子墨。念经济的，达特茅斯大学毕业。我们俩是同一时期出国的，而且还是人民大学的同学。她毕业以后就去摩根斯坦利当了一名实习生，实习结束后就去纽约的摩根斯坦利，后来从纽约被派到香港，当时在香港摩根斯坦利帮凤凰卫视上市后，就被凤凰卫视邀请加盟。这也算是一个因为在大公司实习而成功的例子吧。

说句题外话，曾子墨在有了两个孩子后，辞去了凤凰卫视的工作。我发现周围好几个女学霸都是孩子改变了她们。一个在美国的好友，状元，北大生物毕业到美国念了博士、MBA 一堆学历，最后为了孩子在家做直销。还有我的二中同学，北京市女生高考状元，和我一样，也生了 3 个孩子。为什么孩子可以改变很多学霸，让大家回归家庭，很值得探讨。

且说实习的重要性，它往往决定你以后的工作，除了可以认识你工作领域中的人，还可以学到书本上没有的知识，所谓实践出真知嘛。在美国读书挺难的，毕业出来后练就在社会上的生存能力就更难了。我有一个美国朋友，他读的是文学博士，读了 8 年，不知道去哪找工作，老是打电话来问我是怎么找工作的，说你在哪工作过我就去哪找，当时我 23 岁，他 37 岁，这让我非常不好意思。这个朋友是土生土长的美国人，家里在斯坦福大学旁边的小城帕拉阿图，拥有 500 多万美金的豪宅，怎么连找工作都无从下手呢？他说，他念书念成了个书呆子。他申请了我工作过的所有地方，包括最初的出版社，最后去了国务院做事。

## 第六节　出国还是回国：人生的选择

有人经常问我，是出国好还是不出国好，出了国以后究竟是海归好还是留在美国好。对一个有经验的人来说，走到哪里，都不怕找工作。毕业出来后，比较理想的是能留在美国的大公司实习或者工作一段时间，积累经验。工作经验与学历两者之间，美国人比较看重的是经验，其次才是学历。刚毕业出来是很难找到工作的，如果你是有经验的，不管在哪里，公司都会抢你。刚毕业出来工作时，不要把自己定位得很高，要摆正心态，门槛高低、薪水多少都不要紧，最重要的是你能进入你所在的圈子，也就是专业领域，学到东西积累经验，建立一个社会关系网，同时不要把国内的社会关系网丢掉，因为所有的朋友都是一笔财富，不论留在美国还是海归，机会一旦来临，成功将不远矣。

# 第十八章　与海外女作家的对话

严歌苓、虹影、闵安琪、谭恩美、Lisa See、查建英、山飒，这些都是活跃的海外女作家，有的用中文写作，有的中英文写作，还有的用法语写作（如山飒），我们都有过很多交流。这里重点说说好友严歌苓。

我们在美国，住得很近，可以算是邻居。我在一次采访中与她结缘。她和我恰恰都爱那勃科夫、康德拉等作家。从那次后，我们开始了不甚密的交往。

那些自称美女作家的作家，在歌苓面前该不好意思了。因为舞蹈演员出身的她才是无可挑剔的美女。她是好莱坞编剧，也是纯粹靠稿费生活的作家。

她告诉我有一年光是交个人所得税，就交了7万美金。她写作特别用功，但是她不用电脑，坚持传统手写。而严歌苓的字和人一样帅呆了。我正巧相反，玩电脑，却写一笔丑字。

在美国，像严歌苓这样用华语写作的华人作家不多，坚持下来非常不容易。但是，后来她也开始用英文创作，现在是双语齐下了。她写作的一大优势我认为是体力好。

严歌苓早年是学跳舞的。她练功很刻苦，身体好，当过兵，也能吃苦。这样她一天写好几个小时都不累。换了别人，早就颈椎病、眩晕症一大堆了。

我们经常会在某个地方碰到，旧金山，北京，香港。有一次我去美国一偏僻山区出差，当地人得知我是中国人，就跟我说，一个叫严歌苓的中国作家才刚刚走。

她给我的感觉是远离尘嚣的人。她说她天生不合群，孤独能给她能量，和人在一起能吸走她的能量。虽然是这样，但在创作上她会花时间去研究，甚至是花时间去听别人扯闲话。有时候是在宁静的咖啡厅听别人讲故事，或者在公共汽车上听乘客们聊天，从中得到写作灵感。当灵感犹如泉涌时，她会大门紧闭躲起来创作。而我却一直在路上，在行走中寻找灵感。

在写作上，中西文化的差异使她更加注重内心的感觉，边缘文化使她疼痛、敏感。歌苓说，以前在主流社会和母语社会中对一些问题浑然不觉，想当然。而在美国对自己的一举一动都很在意，自我意识变得很强。班上她是唯一的外国人，歌苓的高度敏感使得她头脑变得特别活跃。看树，看天空，都有种荒诞感和另类感。经常会有意识流，人变得非常复杂。表面上平静，内心像个疯子，总有种疼痛的自我感觉。因为如此，更走向自己的内心，对内心的关注更加丰富。

我们在美国听音乐会、看话剧都碰到过。本来，约了一起在北京逛街，后来她突然去了德国、非洲。这些年

她喜欢在国外，因为国内太热闹了，让她没有大量时间
创作。

严歌苓不论在哪里生活，都活在她的故事中。

我们虽然属于两代人，但有很多相似之处：都出生于
知识分子家庭，严歌苓父亲是上海老一辈作家，我的父亲
是北京的编辑与教授；都在美国受教育，严歌苓毕业于芝
加哥哥伦比亚学院文学系，我毕业于伯克利加州大学新闻
系；出国之前都已在国内出版专集；先后定居旧金山湾区，
我们两家开车大概 20 分钟，先后又都在北京朝阳区买了
房子。2001 年 5、6 月间，我们两人在美国又前后出版
小说。严歌苓在哈勃林公司推出的是她的《扶桑》英译
本，我在兰登集团推出我的第一部用英文写的小说 Lili。
然后我们都被邀请在美国一年一度的旧金山图书节上讲
演。严歌苓为我在中国出版的《俗不可耐》一书写序。就
这样，十多年前，我们在她的加州寓所进行了一场关于美
国、文学、母语、主流文化与边缘文化、代沟的对话。

## 第一节　与严歌苓的对话

**语言的选择：在海外创作"流亡中文"与往返中美，
中英并驾**

**严**：我来美国的时候已经 30 岁了，在中国时已经出

版了作品集，中文运用已经非常自如，作品也已经有了一定风格，比如刻薄、幽默。到了美国后，我的语言受到西方文学的冲击，我读的是英文专业，读了很多英文原著。我的中文脱离了母语语境，成了一种新的中文，一种流亡中文。这种中文打破了大陆中文不能流通的特点，也许这就是为什么在海外非常容易得到接受的原因，当然我父亲说有时有些洋泾浜中文的感觉。我是上海人，长在四川，在北京也生活过。四川话的幽默和生动对我都很有影响。我一直没有选择英文是因为中文更自如一些。我们这一代人被"文革"耽误了，后来才学的英文，所以中文还是比英文自如。

王：我是21岁出国的，那时我已经出版了两本书，发表了1000多篇文章，从小父母让我背唐诗宋词，我中文底子挺好。我喜欢的中文是街头语言，有些粗俗但又活灵活现的，比如王朔的语言。来了美国后，语境成了英文语境，那种街头式的中文和与北京出租司机侃大山的中文没有了，我就一头扎进了英文里。我们这一代很早就学英文，我离开中国时，托福就考得特别高，在美国，我很快梦里也都是英语对话了。所以我后来用英文写作好像就很自然了。我在美国当翻译，所以我对两边的语言都很关注。我还希望接着写中文，因为毕竟是母语。而且中文特别丰富。

严：你可以半年写中文，半年写英文。

王：我搬回亚洲就是希望能多接受国内鲜活的语言。

我热爱中文。不过在掌握了英语之后，我是以一种距离感来对待中文母语的。这也使我的中文变化了。以前我的中文像日本音乐，有装饰音，有残酷美，现在的中文更加本质。

**海外写作：边缘文化使严歌苓疼痛敏感，西方哲学与心理学使我思想立体**

**王：**我到了美国以后，什么书都读，什么课都上，美国政治、法律、西方社会学、心理学、哲学、人类学都上了。我特别喜欢希腊罗马神话和容格的集体无意识。总体感觉是美国教育让我的思维变得立体了，就像音乐从一种单音变成了和弦。我在融入西方文化时比较顺利。周围人都说我很美国化，从待人接物到思维方式等。在海外看中国会有一种很冷静的感觉，对中国的浮躁、变化以及光荣与梦想都感觉很敏锐。有种旁观者清的感觉。这个对写作，我觉得特别有好处。比如说，在我的很多同龄人花很多页津津乐道她们有机会去酒吧喝酒的经历，觉得自己很洋气的时候，我看到了她们急不可耐后面显示出的土气。

**严：**在海外创作使我本人更加注重内心的感觉，人变得非常敏感。以前在主流社会和母语社会中对一些问题浑然不觉，想当然。而在美国对自己的一举一动都很在意，变得自我意识很强。我上学的时候，是班上唯一的外国人。我的高度敏感使得自己的头脑变得特别活跃。看树，看天空，都有种荒诞感和另类感。经常会有意识流，人变得非常复杂。表面上平静，内心像个疯子，总有种疼痛的自我感觉。因为如此，更走向自己的内心，对内心的关注更加丰富。再一个，我的父亲是作家也是画家，我的思维是非常形象的。脑子里总有很多影像在不断闪现。

**写作方式：严歌苓听来故事闭门创作，我在行走中寻找灵感**

**严：**我们写作方式不同可能和年龄有关。你还年轻，荷尔蒙比较旺盛，不一定适合将自己关起来。我天生不合群，孤独使我得到能量。和人在一起能吸走我的能量。我创作这么多年，写作是一种职业，和一种常规。但我也有交流。下午四五点钟的时候，和朋友们侃大山。有时，坐在公共汽车或者咖啡店里，听人们聊天。听到美国人和中国人一样有婆媳问题，有这样那样的问题。我花了很多时间听周围的人扯闲话。他们为我的故事提供了很多细节。有时，一个故事带来的灵感可以用在 4 部小说里。另外，我也花时间做研究。《扶桑》一书我从 92 年做研究，95年开始动笔。国内有些作家像二月河、苏童都很擅长做研究。

**王：**我是学新闻的。我是个有好奇心的人。因为这种好奇，我放弃了中国的前程，到美国重新来过。这么多年，我的工作让我大多时间都在路上。我去了很多国家，很多地方，有时在美国乡下和养猪的农民睡在一起，有时在精神病院里跟精神病人聊天，有时在密西西比河上漂流。《在路上》是我非常喜欢的一本书。我自己这几年也一直在路上。在行走中，我的视野不断开阔，思维不断变幻，这种生活带给了我很多灵感。我可以在家创作一个月，但多了不行。我想，我可能成不了职业作家。我把自己关久了，会烦的。我也做研究。这是在美国大学里锻炼出来的。不过，我更喜欢的职业是记者，聆听别人。

**两代人对看：严歌苓说，你们这一代人更个人化和国际化。我说，你们这一代人更深厚和有气势**

**严**：你们这一代人更个人化，自我化，世界化。我们是被集体制造出来的一代人。我们常常有当社会代言人的负担。在各种政治运动中，我们的自我被消灭，被否定。你们在思维方式和生活方式上跟国际上很接近，因此说你们更容易走向世界。但你们这代人中尤其是国内的一些人，比较浮躁。争名争利，物质的诱惑对他们特别大。对物质的追逐在文学里表现出的是一种贫贱，因为真正的贵族不需要显示。文学是个拼实力的活，不能掺假。三分钟的名气是靠不住的。不能光靠炒作和运气。才华是真正屹立在文学历史里的。我们这一代人的优势是忠贞，有忧患意识，有气势，有胸襟。我们总是更理想化。国家第一，民族第一。幼稚地想着人类的一些事情。我是一个物质上没有野心，过一种体面、不求人的清苦生活就可以满足我。我们这一代人中有很多这样的知识分子。

**王**：我们这一代人爱追逐时髦、时尚。很不幸，我也有这方面的特点。不过我觉得，我们这一代人不能一概而论。比如说，很多人是出国了的，很多是留在国内的。有很多是踏踏实实的，也有很多穷凶极恶地追逐名利。我们这一代人其实是很多元化的。我非常尊重上一代人的作家，像严歌苓、毕淑敏、池莉、马利华、余华、苏童、王朔等。我喜欢上代人那种深厚和气势。这在我看来是真正的时髦。长篇累牍地写一个名牌皮包，在我看来是土气。我承认，我们这代人是更加国际化了，有机会去很多国家，很多地方，眼界比较宽，这个对写作肯定是会有好处的。更主要的，我想是一种创作时的心灵自由度。忠贞真的是很伟大的品德。哪一代人都应膜拜。

### 读者对象：严歌苓宁愿少而精，我不想定义读者群

**严**：我不希望太多的读者群。能读懂我的作品的有质量的知识分子是我最在乎的。一个这样的读者比 100 个看了看不明白的读者更珍贵。我为了艺术的追求，放弃了太多。我的父亲曾经说过我，歌苓，你的东西好是好，可就是对形而上的追求太多了，越来越抽象，大众会越来越难接受，我担心你有一天会理性得干掉。我最近写了一个比较写实主义的作品，马上反响很好。我的感觉是，不管是中国还是美国大众口味都差不多。但在追求艺术的时候，就要牺牲掉一些东西。当然这在收入上会成为一种损失。但我不想做琼瑶或者 Daniel Steel。我的作品是艺术不是娱乐。

**王**：我不想定义读者群。我的作品风格经常变化。比如我喜欢知识分子的探讨，但是也喜欢街头语言和生活。我不希望活在别人的期望值里。我自认为是一个偶像打碎者。我希望自由地创作。我用英文创作就是想给自己一个全新来过的机会。我想写出的东西是给全人类的，不同的民族之间共通的东西其实很多。

### 喜欢的作家：纳布科夫与赛林格同为我俩最爱

**严**：中国作家我喜欢曹雪芹、池莉、林白、王安忆。国外作家喜欢纳布科夫，幽默，高雅。中国作家幽默的比较少，尤其是女作家。美国南方的作家我也很喜欢。赛林格非常自然。

**王**：中国作家我喜欢古代的屈原、嵇康、李白。当代的喜欢王朔、莫言、余华、孙甘露、毕淑敏，还有海外的闵安琪、严歌苓。国外作家我不同时期喜欢的不同。不过纳布科夫和赛林格一直是最爱。刚到伯克利加大的时候，喜欢亨利·米勒、爱伦·金斯堡，约瑟夫·康拉德、卡夫卡都喜欢过。


# 第二节　严歌苓笔下的王蕤


认识王蕤，在 4 年前。那时电影《天浴》在美国上映，我正在应付各种媒体采访。这天，一个虎生生的女学生出现在我家门口，自报家门：Annie Wang（王蕤英文名）。她的英文自然、流畅，带有西方记者单刀直入的做派。几乎没有什么寒暄，我们就言归正传了。在十几分钟的接触中，我得到的印象是，王蕤很成熟，加上她不动声色的机智。甚至可以这样说，你在她身上体会到西方记者所特有的轻微冷血。谈下去，我发现她的知识面广，美国的或中国的，政治、经济、文化，各方面都颇灵通。当时我想：著名的伯克利大学新闻系，是有理由著名的。

采访结束，我了解到她不仅是个媒体人，也是个文学人。她和我恰恰都爱纳布科夫、康德拉等作家。我们便转入闲谈。谈一阵文学、电影，又谈到各自的写作。她告诉我她的英文写作已比中文来得顺手。英文已成为她的第二自然。她奇怪我为什么久久不用英文创作，我说就因为它对于我，尚不够自然。我发现她没有一般年轻人那种自我炫耀的感觉，同她打交道，既省力又舒畅。她的单纯和成熟结合得相当好。所以初次相识王蕤既老练又坦诚，是极易相处的一类人。

此后我们开始了不甚密的交往。常常只是电话上的交谈。王蕤是个消息飞快的人，向我传达国内文坛新人、新动向的，多半是她。每回她讲到某人或某作品，口气总很客观，俨然是伯克利新闻系的那股"酷"劲。我从她稀少的E-mail中，了解到她大部分时间"在路上"(《在路上》亦是她深爱的一部小说。在此我和她有小小分歧)。她一时给美国国务院当翻译,一时又给美国传媒公司做记者,后来,她去了香港。这是一个她去哪里你都不会为她担心的人。

今年6月,我收到王蕤寄来的书《莉莉》。这是她第一部直接用英文创作的小说。紧接着,她送来了中文书稿《俗不可耐》,并请我替它写序。我这人,除了小说之外,根本不写任何文字。让我作为我本人说话,我很笨拙。有时不得已写些散、杂文,自己一读总有些恼羞成怒的感觉。似乎我在这方面有人格障碍。所以我从来不为自己的书写"序"、"跋"。一次,台湾的"三民书局"要我给我的一部小说集写序,或后记,我回传真说:"就让这本书无序而始,无跋而终吧。"编辑先生建议就将这句话印在卷首,好歹给书一个头脸。我认为太不成体统,拒绝了。为王蕤写序,我并没有把握写出的这个能否算序。当我正经八百铺开纸,提起笔,在北京的凌晨三点开始生平头一次写叫"序"的这种文章时,心里和笔尖一个方向也没有。读她书时我的嗟叹,思索,乍然发笑,或是激烈争论,这时都是一片哑然。一天无字,余下的夜晚便更心事重重。自然很看重这份差事,生性又不愿辜负人,才会这样满心吵闹地沉默。大洋远渡的时差,在早上3点就像心事一样把我惊醒，再次提笔铺纸，心想，不如就蹚着走吧。

《俗不可耐》中的主人公和她的朋友们都是新生代人物。有个词的，叫"新人类"。如王蕤本人，对我来说，很难拿出个恰当态度来对待，因为她的新和异。我常说美国青少年之于我，是另一种哺乳类。看到王蕤笔下这群二十多岁的人物，我也是高悬起好、恶准绳。我的总体感觉是，他们真敢生活！真敢把感官的快乐正义化！他们涉身的所谓上流社会（主要由归国人员、外企人员、高级白领组成），出入酒吧，健身房，PARTY，习钻古怪的餐厅，面部保健，美容，性活动……让我看到了国际化了的北京，以及近乎"租界文化"的人文层次。说实话，我对这样群落的生活是非常无知的。王蕤给了我一次扫盲。不仅如此，她的人物们从观念到生活方式，都颠覆了我认定的美德／弱点的准则，甚至美／丑、善／恶的准则。他们在大都市有着与我不同的行动路线，在中国经济、文化生活中，划出令我兴奋却又令我陌生的版图。他们正形成的人情风貌会有新的苦楚，新的享受，对于我，他们既填补了我的信息空白，亦对我的价值观提出了挑战。

在我和王蕤交谈时，我谈到Ego。我说她和她的同龄人是有强壮Ego的人。在中国文化传统中，从孔教到共产主义教育，我们都习惯以Superego压制

Ego，使人在学会精神和肉体的自给自足之前，先学会为一个远大的、壮丽的事业去奋斗、献身。献身变得比建设自身更重要。换言之，曾有这样一群人，他们先学雷锋，再学"不随地吐痰"。对 Ego 的无视，似乎使我们整个民族的心理，成了人类心理发展的一个例外。尤其是"文革"十年，被压制到最低点的 Ego 以可怖的、疯狂的形态进行反弹。Ego 和 Superego 之间的严重失衡，暗中却使 Ego 病态地活跃，这就是中国人产生激烈的人格冲突之所在。这也是我们痛苦、虚伪的部分缘由。《俗不可耐》中，我看到我们这代人耻于拥有、耻于承认的 Ego 终于大大伸张了它的存在权。王葳坦然地认识并展示它，整个故事中，那点理想主义的阴影，似乎也只为照顾我这类人的审美情绪而十分勉强地保留在那里。

Ego 的伸张，本是人格成熟进程中的必然一步，而在我们从理想至虚伪，由虚伪而玩世不恭的一代人对比下，它显得生猛甚至有些危险了。

书中主人公们令我最能认同的是 Displacement。妞妞是个对自己的民族属性、文化属性感到困惑的女孩。她生在美国，5 岁回到北京，17 岁去美国密苏里大学新闻系读书，大学毕业后又来中国任英国"T"报驻京记者。看上去如天之骄子的她，时时感到似归属非归属的苦闷。我想，这是作者自己的体验。任何一个寄居别国的人（如我），或归化别国的人（如王葳），都会有类似的苦闷。你不知与谁为众，情感没有真正的大后方，并永远有旁观他人生活的疑虑和孤立。在这点上，妞妞的苦闷是王葳的，而王葳的，亦是我的。我们在适应和调整度上弹性不同，但苦闷的性质，是相同的。《俗不可耐》中，作者把这种"归属危机"作为她主人公的心理特征，是很自然的。

由"归属危机"引起的苦闷，在我看，给了很多优秀作家哲学和美学的立足点。如普宁，毛姆，康拉德，纳布科夫，昆德拉等。主给了作家一种类似自我放逐的美丽精神，使他们更敏感，并永远有着局外人的年轻、新鲜的观察目光，以及对生活独特的体验能力。

平蹚大洋此岸彼岸的王葳，该是得天独厚的，因为她一再 Displace，永远不可能被彻底融入任何文化。

（严歌苓写于 2001 年）

# 第十九章 我为什么海归

有人问我，有钱的中国人都往外走，你在美国进入了主流，为什么还要回国？国内脏乱差，空气雾霾，食品有毒，交通拥堵，学校医疗都资源紧缺。

我觉得这是个心态问题。大家有不满，但是我觉得对自己生活的地方做一些批评管理没什么不好。

我选择海归近十年。今天的中国，无疑已经是一个经济大国，用英文讲是 big power。

那么中国人是否有大国人的心态呢？

没有，现在还没有。以后会有。因为唐朝有过。

我常常想起唐朝。

那个时代中国如此诗意。

女人相对自由。

中国有自己的审美：以胖为美。

长安国际化。

古代中国人比今天的我们似乎更自信。

作为一个大国，我觉得美国人是非常大度的，有宽广的胸怀，自己的价值体系。

我觉得我们作为大国，应该是这样的：

至少我们不怕批评。我们对批评应该有更多的自嘲或者幽默。

对，我们中国人应该多一点幽默。

我们应该对自己的老百姓好一点。

西方说我们这个那个，我们不轻易跳起来。不觉得受伤。

不是老想着民族主义。

我们不仅关心自己身边那点事情，我们也关心地球的未来，环境。

我们爱自己的子孙，也爱别人的。

我们应该尊敬自己的精英和那些不为利益而为了理念的知识分子。

我们应该对我们的货币升值有自主权。

我们应该更聪明地在海外投资，而不是让亿万民工的血汗钱挣出来的外汇存底缩水。

我们对外国很大方，借钱给他们，我们应该对自己的子孙更大方，幼儿园学校医院图书馆都应该有更好的设施。我们没必要对自己抠唆，对别人大方。

我们的文明应该有自己的价值体系。而不是仿造别人。

我们应该保留和尊敬少数民族的所谓"落后"文化。

我们应该有女强人、大女人、强大的女性文化。还要发展我们的儿童教育和文化。大国都是尊敬妇孺的。

我们应该见人微笑，打个招呼，显得更加礼貌。

我们要学会说谢谢。甚至对那些踩了我们脚的人。

我们不艳羡名利，我们发现隐私和个性的生活方式也值得尊敬。

我们不抄袭。我们欣赏创造者，创业者，创意者，而不是有钱人。

我们有自己的好电影，小说和艺术。

我们有一天能拍出好莱坞那么精美和充满想象力的不做作的给孩子看的动画。

我们不把别人想得很坏，我们都先把人往好里想。

我们可以慢生活了。一个晚餐吃个几个小时。我们吃饭打包了。

我们更会审美了。不会动不动就说这个东西"很洋气"。我们发现土气也是一种美。

我们的文明里有了更多的对灵魂的思考，对生命的冥想。

我们放松……我们自由落体……

我们不激进，不仇恨，不官迷，不艳羡。

我们笑，微笑，而不是眉头紧锁，气哄哄。

我们的老百姓没有那么多疑虑和恐惧。

我们善待孩子，让他们天真玩耍，不给他们太多功利的寄托。

我们的老师不辱骂孩子。

我们有大国的平和的心态。

我们诗意地安居。

# 第二十章　你的至爱，我的哀愁

——与《人民日报》记者王尧的对话

　　说出来王蕤要生气的，虽然她十几年前就是京城小记者中的佼佼者，大名在圈中如雷贯耳，但中国实在是太大了，也算同时代的我彼时偏居西南一隅，竟未有耳闻。第一次对"王蕤"这两个字有模糊印象，记得是从一则书讯中，现在想来应该是《王氏三姐妹的天空和梦》。

　　印象中三姐妹的名字都特有文化，一般人不敢张嘴就念的那种，字形又很相似，因此有些分不清谁是谁，只记得她们不约而同的优秀，又各有千秋。后来听同事说，三姐妹的父亲就和咱一个单位！又嘀咕了两句：看不出咱们这院水还挺深的呀。

　　已是"海归派"一员的王蕤因一本《俗不可耐》在内地文坛又闹出了不小的动静，各路媒体趋之若鹜。《俗不可耐》在香港以《欲望俱乐部》之名出版，销量不俗，引起香港传媒关注。正在香港"驻站"的我，受一本香港杂志之托，在一家咖啡店里采访

著名摄影家王小宁为《女友》杂志给姐妹仨拍照

了她。当时王蕤恪守"海归派见了乡亲绝不说英语"的原则，全程是地道的北京话，一个英文单字都没蹦。倒是我"假公济私"，问了许多你怎么学英语之类的题外话。我实在是想知道，此刻坐在我面前的这个小姑娘，也没有三头六臂，凭什么就能用英文写小说、在华尔街用英文演讲、在《南华早报》上开英文专栏！

看我这么"勤学好问"，王蕤当时的表情是：这很难吗？"会者不难，你哪知道我们这些人的苦啊！"我现身说法：就说我吧，屈指算来，从初一开始学英语到现在也快 20 年啦。（说到这里，自己都吓了一跳）上大学的时候英语还不错，四、六级考试不用说，最辉煌的战绩是考北大研究生时，拿了个 78 分——全校最高分之一。系里另外两个 78 分，一个后来 GRE 拿满分去了哈佛，另一个托福满分去了康奈尔。那时大家都穷，准备出国除了悬梁刺股外还要节衣缩食。我怕自己熬不到苦尽甘来那天，就没有赶这个时髦。

后来的工作与英语无关，但英语方面自我感觉还是蛮良好的。职称英语考试，见副高那一级的题太简单，就直接考了高级，成绩不俗。要说明的是，我擅长的一直是"哑巴英语"，看原版小说、做选择题没问题，嘴是从来不张的。也没处可张——总觉得自己一把年纪了，到"英语角"之类的地方去练口语有点滑稽，与"国际友人"也素无深交。知道自己口语差，差过秀水街看摊的、三里屯端盘的，也不着急。急什么，有朝一日到了国外，自然会好起来。

后来听说有个对国家干部情有独钟的英国"志奋领"奖学金（British Chevening Scholarship），只要参加雅思考试成绩合格就可以到英国公费学习一年。

不花自己的钱就可以圆"出国梦",也不用砸铁饭碗,何乐而不为?别的不会,考试咱还在行,就兴头十足地报了名。

没多久便梦碎雅思。听、说、读、写,考完就知道"说"的分不会高,但也没想到会低到拖后腿的地步——只得了5分,而"志奋领"的最低要求是每个单项不能低于6分。阅读7.5分也无济于事。

从此得了"恐惧症",此后几年不敢再上考场。眼见一茬茬的"志奋领"们学成归国,在大小媒体畅谈游学英伦的感受,着急、眼晕,一气之下来了香港。寻思这回可以练练口语了吧——谁知香港也不是过去的香港了,上至政府官员,下至寻常百姓都忙着学普通话呢,粤语不通也照样活得好好的,遑论英语。一晃快两年了,还是老样子,说中文滔滔不绝,说英语"顿失滔滔",一想到要再上考场就愁肠百结⋯⋯

听了我一匹布那么长的故事,王蕤若有所思,突然灵机一动,说正好有一出版社约她写一本关于英语学习的书,自己当局者迷,还真说不出有什么秘诀。干脆咱们另外约个时间,你有什么问题尽管问,没准能挖掘出什么绝招。我当然说如此甚好。到了约定的那一日,两人早早吃过了饭,准备好录音机,郑重其事地对起话来⋯⋯

**王尧**(以下简称尧):你是从什么时候开始系统

学习英语的？成绩怎么样？

**王蕤**（以下简称蕤）：和多数人一样，我从中学开始正规的英语学习。其实我中学时英语成绩并不拔尖，至少高中时是这样。我所在的北京二中是一所重点中学，许多同学的父母都是外交部的，不是大使就是参赞，都跟"外"沾边。这些子弟们都是准备子承父业的，你可想而知他们多重视英语，平时挂在嘴边的"目标"也都是外交学院、对外经济贸易大学、北京外国语大学一类的"涉外"大学。他们属于"洋"的，而我是另一派的，玩文学，"土"的。我压根儿就没想过上大学要学外语，我的目标是文史类的新闻系，因此对学英语没有特别大的热情。

**尧**：既然对英语不感兴趣，为什么高中时就去参加托福考试？是不是那时流行中学生考托福？

**蕤**：不流行。我们班同学英语那么好，他们也没想着去考。我只是好奇，想去见识一下，成绩怎么样都无所谓，没有那么多的顾虑，反正我英语不好。那时有名的托福培训班都在海淀区，我上学在东城，家住朝阳，就在家门口随便找了一个"破班"上着，不是什么专门的托福班，也没什么教材，连真题都没有做过一套就上了考场。那次考试很特别——所有考生的成绩都被取消了。

**尧**：是够特别的，很多人至今难以忘怀。据说你在中学时代就作为小记者用英语采访过许多来华的老外，你是怎么练口语的？

**蕤**：（想了一会儿）我从来没刻意地练过口语，也没上过什么培训班。要说有，也就是早自习时大声朗读，演过英语话剧。对了，还在校园红领巾广播站当过英语播音员，因为他们说我的发音像外国人。

不过，我那时英语成绩虽然不算特别好，但有一个特点，就是敢说。我记得，上初中的时候，有一次在建国门，看到几个老外乱搁自行车、乱扔东西，还拿着摄像机专门拍乞丐什么的，我就敢走过去，对他们说：It is not very nice .（这样做不太好吧?!）虽然是很简单的一句英语，但是很有用。

我很早就知道语言是要用来说的，用来交流的。我中学时认识一个女孩，就是我这本书中提到的外教的侄女，她想了解中国，就到北京来了，到我们学校来跟我们同学对话。我这时感触特别深的是，我们班上那些平时考试特别好的人，没有一个敢出来跟她对话。我成绩不怎么样，但我敢说。

**尧**：敢说也得会说才行呀。你是不假思索脱口而出还是临时造句？

**蕤**：我不是造句，也不是背诵。我说的时候，已经忘掉了语言是个载体，我只想把我的想法告诉对方，让对方明白。

**尧**：那你脑子里至少要有些句式。

**蕤**：当然，所以尽管有些人觉得语法无所谓，我却觉得特别重要，因为你的意思、你要强调的东西是要通过语法来表现的，我觉得北京二中对我最大的帮助就在于此——为我在语法方面打下了坚实的基础。

**尧**：你是怎么背单词的？你的记忆力是不是特好？

**蕤**：我从来就没有专门去"背"过单词。我只是想知道我喜欢的东西在英语里怎么说。上地理课的时候老师讲美索不达米亚平原，讲地中海，我觉得这几个词特美，就会去"find out"它们用英语怎么说。再就是通过看小说、看报纸、杂志学新词。

**尧**：刚才你说到通过阅读记单词，我有一个问题。有时候，我们遇到一些生词，不认识，但也不影响意思理解；老师也要求大家不要见生词就查，要做到不认识这个词也能把题做对。

于是就会出现这种情况，文章读完了，意思也理解了，但不认识的词还是不认识。

**蕤**：我遇到每一个不认识的词都要查出来，记住。记忆力好坏不是问题，我认为不需要强迫记忆，什么东西你感兴趣，它就自然地留在你脑海中了；反过来说，如果你是因为它对你有用而强迫记忆，那可能重复多次还是记不住——这就是功利性与非功利性的区别。我主张非功利性地学习。

说到记单词，我还有一点体会，那就是中文的底子要好。有人说，在学英文的时候，最好完全忘记你的母语，我不同意这种说法。中文好，学外语的语感才会好。有的单词，如果只看英文解释，理解起来会很困难，记住了也不会用，这时你需要中文来帮助理解。比如，"形而上"这个词——metaphysics，meta 是前缀，physics 是一个物理的存在，英文解释起来很费劲；而如果你知道中文的"形而上"是什么意思，就简单多了。

**尧**：可是我们在大学学外语的时候，老师都鼓励大家使用英英字典。

**蕤**：那是因为手头没有一本好的英汉字典。有的字典给出的解释太简单，比如："Are you mad?"美国人的意思是，你生气了？可在中国的许多字典里，"mad"除了"疯"就没有别的意思。还有我小说里写到"folks"，有人看了就说，"哦，乡亲们"。我说不对，我说的是她的父母、家人。人家说，可是我们的字典里就写着"乡亲们"。

**尧**：（笑）那不叫字典，那是词汇书。偏偏我们都是在记忆力最旺盛、最容易定型的时候看的这些书，记得最牢的就是那几个最浅的意思。这还不是最糟的，更可怕的是有的解释甚至是错的。说到这里，我想起一个笑话，说的是现在盗版碟泛滥，因为时间关系，翻译比较粗糙。剧中一个人说了句："Are you serious?"字幕打出："你是西亚雷斯吗?"对方说："No. I'm kidding."字幕再打出："不，我是凯丁。"

蕤：(大笑) Oh，so stupid!

尧：你中学时常练听力吗?

蕤：没怎么练，也就是听英文歌来着。纯粹赶时髦，听卡伦·卡朋特，*Yesterday Once More* 什么的，流行嘛。对了，还听过一个英语教学节目——*Everyday English*，加拿大一个广播公司制作的，那也不是为了练听力，纯粹是对外面的世界感兴趣。你知道，英文始终不是我的 passion (热情)。

尧：中学时用英文写过东西吗?

蕤：我很早的时候就开始用英文写作了——写日记。原因嘛，我在书里说了——防偷看。不过，那不能叫写作，应该叫填空——把某些关键词用英文写出来。除此之外，我还曾经把我写给凡·高的一首诗译成英文，我记得其中一句是"我爱他的疯狂"，我译成"I love his craziness"。结果我那外教说，"It doesn't make any sense (不知所云). Crazy，it is a bad word (这不是个好词)."我说那就 insanity——非理性的，他说那也不是好词，有贬义。

尧：你那时候就知道 insanity?

蕤：那时候不是拿着字典乱翻嘛! 对疯狂这个词

感兴趣，所有这个意思的词我都学了；对理性不感兴趣，理性的词全都不知道。后来外教说，其实你要说的是喜欢他的 compassion（同情心）。我就使劲和他争，说我还是喜欢他的疯狂。他说那我不能明白是什么意思。这时候我就知道，语言是个很复杂的东西，有许多意思是翻译所不能表达的，譬如，不能直接把"疯狂"这个概念译成 crazy。

**尧**：你上大学的时候还上英语课吗？

**蕤**：上大学的时候有英语课，但我觉得太简单了。有时也去上一下，坐那儿让人给复习一下也没什么坏处。大学第一年就过了四、六级。我们二中的同学基础好，出了不少高考状元，我在二中不怎么样，到了人大英语就算"大拿"。那时大家都争分夺秒地学英语，我却花大把的时间在学古汉语、现代文学史什么的。

英语课太简单，吃不饱，只好到别的系去听课。到国际金融系，听那些从普林斯顿、哈佛来的外教讲课。那些系的同学都不太愿意利用这些资源，跟老师没什么交流，我就特愿意跟他们聊天，聊聊哲学什么的。他们对我印象很深，很早就对我说，人大容不下你，你需要一个很大的世界。

**尧**：你最早萌生出国念书的想法是什么时候？诱因是什么？

**蕤**：1989 年。诱因是对外面世界的好奇心，那时齐秦不是有一首歌嘛——《外面的世界很精彩》。我对另一种文化有兴趣，但不是对英语这种语言有兴趣，也从没想过以后要以写小说为生——不管中文的还是英文的。我那时就想当记者，崇拜的都是卡拉奇什么的。

尧：出国的第一步是考试，你托福考了 660 分，用了多长时间准备？

蕤：一年的时间。其实我也没想拿那么高的分，我对自己的要求是 620 分，够申请好学校就行。不过我这人还是挺有毅力的，既然做了，就要做到最好。那段时间，现在回忆起来挺美好的，当时的感觉相当灰暗。生活几乎不存在别的意义，托福像一座无形的山这么压着你，没有一天可以痛痛快快地玩，骑自行车都戴着耳机，晚上听着外语就睡着了。最 enjoy 的是背单词，所有的单词我都背了好多遍。

尧：我记得在学校的时候，考 G 一族背单词都靠小纸片，一面写英文，一面写中文，背的时候，随手摸出一片，看着中文想英文，看着英文想中文。你是怎么背的呢？

蕤：前面说了，我过去是不"背"单词的，不过托福的单词我还真买了书来背过，具体方法已经忘记了，反正也跟大家差不多，就是书上介绍的那些方法。但和大家不同的是，我热爱这些单词，那种热爱就像阳光地带的向日葵，非常繁盛地生长着。

所以我建议，虽然英语是一个非常实用的东西，学习的时候还是要以一种热爱的态度去学。

**尧**：要是没有你这种热爱，我就是想考好托福、GRE，出国，找一个挣钱多的工作，你这一套不就没用了吗？

**蕤**：那你就只能去忍受那种疼痛。如果不想忍受，你就要学习去热爱它。就像一个孩子，你如果不爱他，却还要天天照顾他，给他喂饭、洗澡，那是多么痛苦的一件事哟。那就跟自己难受吧。

**尧**：托福的高分对你到美国以后的生活有好处吗？

**蕤**：没用。刚到美国的时候，照样什么都听不懂。去买东西，人家把东西给我，说"here you go"，我不明白，往哪go？其实人家的意思是——"给你"。还有"that's it"——就这些了吗？我不明白，托福没教过我。6个月以后就好了。

**尧**：听课有问题吗？

**蕤**：听课问题就更大了。有一次老师讲到sitcom，我查字典都查不到。后来才知道是situation comedy——情景喜剧的缩写，咱中国那会儿哪有这个。美国是一个非常自我的国家，美国人认为他们的历史、地理、笑话、典故你都应该知道，包括他们的玩具——Snoopy，现在的小孩也许知道，我那会儿哪知道啊。

除了这些文化上的盲点外，还有语速的问题。外国人到中国来，会有意识地把语速放慢。到了国外才发现完全不是这么回事，尤其是上法律课的时候，老师一个个都特 aggressive（气盛），说得又急又快；教新闻的老师，好多原来都是播音员。头半年，每次上课都得把老师讲的录音，回去再抱着录音机慢慢听。

尧：上讨论课的时候有障碍吗？

蕤：当然。主要是紧张，全班就你一个外国人，人家的英语都是 perfect，一紧张，想说也说不出来。

尧：除了紧张，有没有心里明白但英语水平不够、不能表达的时候呢？

蕤：有，尤其是头半学期。但我觉得主要还是情绪的问题，如果不紧张，我一定能表达我的意思。

尧：上学时 Paper 都是 A 吗？

蕤：在 Summer school 的时候，我的 Paper 是跟一美国同学合作的，这叫 Team Work。我出点子，他写，就这么弄了个 A。后来，我正式开始自己写。写完以后，到 Student Union 排队让人家给我改，那里有许多 Tutor 免费给新生辅导功课。他每改一个字我就反复问，为什么要这么改，人家都有点烦我了，但也有点佩服我，因为没人花那么多时间在一个Paper 上。我每一次都这样，到后来改得越来越少、越来越少，后来他说，我写得比他都好了，因为我有思想、有结构。当然我比别人花的时间多，一天看6本书，经常写到夜里三四点。

尧：我前几天看到一篇文章，说当哈佛学生也不易。有一个哈佛女孩，一天她父母来看她，"不慎"看到了她放在桌上的时间表，结果她爸妈哭了。因为在时间表上，她前一天安排的睡眠时间只有15分钟，这也有点太夸张了吧？

蕤：那我不至于。我为Paper忙到夜里三四点是平常事，但很少一夜不睡。开始比别人干得多，后来就干得少。后期就游刃有余、如鱼得水了。考试前同学们都忙着复习，忙着看老师指定的书，我不看不复习也能考好，我有这个底子。

尧：美国大学考试怎么考？

蕤：课堂练习25%，平时小测验25%，Paper30%，期末考20%。期末考试的形式是essay question，测试你的分析能力、批判能力、表达能力，你的深度、你的尖锐，这些都是我的强项。

尧：我听说在美国上学，本科比研究生还难，是这样吗？

蕤：当然。我上学的时候，我们的评分标准是curve的，什么意思呢，就是必须要有百分之三十几的人拿C，或者百分之十的人拿D。就算你这帮人都是精英，也得有人殿后。谁愿拿C、D呀，都想拿高分到法学院去，像耶鲁法学院，几乎得要全A成绩才进得去。竞争特残酷。

**尧**：大学毕业后，你做过多份不同的工作。国内传媒最津津乐道的是你作为美国国务院特聘翻译的经历，认为这一头衔最能体现你在说英文方面的水准。你当时为什么想做口译？你觉得难吗？

**蕤**：因为这份工作能让我到处公费旅游，我不喜欢太固定的工作。口译比较难，这跟语言好是两码事。口译是语言的即时切换，词汇量要大，特别讲究原汁原味，人家的语气、人家的意思你不能再创造。两边的意思你都必须比较地道、准确地表达出来。说出来并不难，但同一个意思有太多说法，关键是选择哪一种说法更忠实于人家的原意。

**尧**：好像还要参加考试？考什么？

**蕤**：要考试，这种考试没有固定的时间，偶尔有一次。当然是考翻译、口译啦。考官说一段英文，你马上给他译成中文。然后是问答，一小时左右。看你的知识面，看你对美国历史、政治、文化的了解有多少，听你的英文水平。要求挺高的，因为我们属于美国国务院雇用的专家，政府级别的专家，水平当然不能低了。

**尧**：薪水很高吧？

**蕤**：还凑合吧。反正只要在那干两个月，我这一年就不用干别的活了。

**尧**：除了做翻译，你还是"公众演说家"。你在什么地方讲，讲什么？

　　**蕤**：一些《财富》500强的公司、华尔街的银行、保险公司还有学校什么的，都请我去讲过。讲讲你自个儿呗，讲讲中国。不过他们主要还是对我这个人感兴趣。

　　**尧**：为什么对你感兴趣？

　　**蕤**：嗨，文化差异呗。

　　**尧**：对他们的业务有帮助吗？

　　**蕤**：不管有没有帮助，人家就是喜欢搞这样的活动，非功利性的。

　　**尧**：这"公众演说家"是不是也算一种职业，价码由谁定？

　　**蕤**：算吧。价码是我自己定的，起价5000美金一小时，我觉着差不多了。跟克林顿是没法比，人家一小时20万美金。我倒愿意给自己定50万美金，谁请你呀。

　　**尧**：不少在国内成名的作家现在定居国外，有的还在写，但是用英语写的很少；而你出去还不到10年，已经写出了被美国出版界认可的英文作品。你怎么想到用英文写小说？

　　**蕤**：并不是有一天突然想到自己英文够好了，可以写小说了，然后开始。我只是不喜欢写东西时有压力。如果我用中文写作，因为从小的经历，别人和自己都会有期望值。我想抛开"过去"带来的压力，给自己一个心灵的自由空间，更自由、更随意地写作。

**尧**：为什么用英文更自由、更随意？

**蕤**：因为没有期望值，没有禁忌，有思想上的自由度和创作上自由的境界。这可能是我当初想写的原因，结果呢，没想到就写成了。

**尧**：有没有力不从心的感觉？比如说某种情绪无法用英文来表达，或者比中文逊色很多。

**蕤**：开始的时候有，像那些北京土话，用中文说非常过瘾，翻译成英文大家就不知道我在说什么。

用英文写作，必须有相当的自信才敢把自己的东西放在桌子上。人家可以任意地批评你，说你这不行那不行。用中文写就没这个问题，写得好坏是一回事，至少文字不会有问题。所以就没人愿意写，反正有那么多的翻译，像我的好友严歌苓，人家不需要用英文写啊，人家老公会八国语言，中文说得倍溜，现成的翻译。虹影，也是有老公翻译。我算前所未有，我没有这么多的顾虑，就写了。

**尧**：你的外国读者从语言的角度怎么评价你的作品。

**蕤**：他们都不相信英文是我的第二语言——很多人都这样说。其实我用的词跟他们不太一样，我知道他们喜欢用什么词，我就是不用。他们在口语中很少用 passionate 这个词，可我喜欢激情，所以我老爱用这样的词。

**尧**：从你的作品来看，你的用词并不算生僻，句式也比较简洁、易读。

**蕤**：我是走过一圈后又回来的。上大学写 Paper 的时候，特爱用 difficult 的词，显示自己英文已经很好了。但是后来我和美国的出版商打交道，他们告诉我书是要拿来卖的，你要是用词太生僻，会把人吓跑的。他们倾向于我用简单的词汇写作，说你又不是在写学术论文，尽量通俗一点。

**尧**：如果你的《欲望俱乐部》要译成英文，你会自己动手还是让别人翻译？

**蕤**：让别人翻吧，我不想再重复了。

**尧**：你觉得自己的英文写得好还是中文写得好？

**蕤**：挺难说的。英文的我比较深刻，中文的我比较有文采。用中文写作就是玩文采，这东西我小时候就有，是与生俱来的东西。英文是后来学出来的。用中文时没有那么尖刻，批判性没那么强，对自己的文化还是有一点偏袒。

**尧**：如果你不出国，专业不是英语，工作也跟英语没关系，大学毕业后就在一家报社当记者，你的英语能达到今天的水平吗？

**蕤**：那不就是你吗？！如果我不出国，我说不了那么地道的英语。在美国所受的教育，影响了我的思维方式，使我说的写的都更加美国化。而国内老师无论怎么教也达不到这一点的。

尧：再问一遍，你在国内的时候怎么练口语，逮着人就说吗？

蕤：不逮着人就说，我不爱跟人搭话，但有机会也不放过，比如说跑步时遇上的外教。都是人家找我，他们觉得我这个人有意思，想了解有关我的一切，语言倒是次要的。我从来都是占主导地位的，气场很足。

尧：跟中国人呢？

蕤：不说，我觉得特做作。

尧：那你跟我也没什么区别呀。中国人——太做作；老外——人家不主动搭话咱也不主动，他想学汉语，咱就陪他练口语，毫不利己，专门利人。可最后怎么就"同途殊归"了呢？

蕤：我觉得可以从以下几个方面找原因：自信心、心理压力、功利心。在我学英语的过程中，我发现紧张不紧张对我大不一样，喜欢它和抵制它的时候也不大一样。

在上海推销《俗不可耐》的时候，人家净问我学英语的问题，都快成英语讲座了。有一个复旦大学的小女孩对我说，王蕤，我特苦恼。现在都是男生请女生吃饭，可是我为练口语，老是主动到男生宿舍去请人家吃饭，花了钱不说吧，有的人还吃完了就拍拍屁股走人了，有的人还占我便宜。我都不敢让我父母知道。王蕤，你说我这样做值吗？我说当然不值。学习的过程应该是一个很甜美的过程，如果跟那么多负面的、屈辱的记忆联系在一起，你是学不好的。

**尧**：这个女生说的情况挺普遍。如果人家正确理解了她的意图还好，要是人家认为她这么做是套近乎想嫁老外，那就惨了。我在北大上学的时候，常见有女生在勺园门口的长椅上跟留学生练口语，留学生的乡亲从旁边走过，就会语速很快用家乡话跟他打招呼："hi，不错呀，又钓上了一个!"——用今天的话说就是又泡了个妞。上海人是挺喜欢练口语的，你没听人家说吗？当年在上海街头，主动跟老外搭话的，不是想练口语就是想换汇。

**蕤**：其实不一定非要有 partner，我就是自己说出来的。我刚到美国的时候非常孤独，整个人处在真空状态下，没人跟你说话。人家都各管各的，谁有义务陪你练口语。所以，我经常自己跟自己说话，对着镜子教训自己，"you know what?"有时白天跟人吵架，人一句话把我噎那了，晚上我想起该怎么说了，就对着镜子还击。挺惨的。

**尧**：也许有了语言环境自然就好了。我常常想，如果我生活在国外，我至于连说话都学不会吗？就算不出国，如果我嫁个老外，他天天在我耳边叨叨；如果我在外企干活，做个秘书、receptionist，每天用英语接接电话，哪怕职高毕业呢，我的口语能错得了吗？

**蕤**：那也不一定。有的人在美国待了几十年，英文还是说得结结巴巴的。比我去美国早的人大把，英文比我说得好的——我见过的不多。你过分强调语言环境，等于给自己找了个偷懒的借口。

**尧**：我给自己找的借口多了。其中之一——我太聪明了。根据金庸的理论，人太聪明就不适合学需要死记硬背的东西。黄蓉聪明吧，《九阴真经》她就背不下来；郭靖蠢笨如牛，一咬牙背下来了，而且再也忘不掉。今天听了你的"记忆"理论，又找到一个——讨厌我的英语老师。我中学时候有一个毛病——到现在也没改——不喜欢模仿外国人的语音语调，怕弄巧成拙被人笑话。英语老师叫我起来读课文，我给他来个"一马平川"，读完了，老师说，你怎么像在念悼词。我后来再也没张过嘴，为了表示跟他决裂，考大学也坚决不考外语类。

**蕤**：（深表同情地）That hurts. 所以我说，任何东西要是跟痛苦的记忆联系在一起，是不可能学好的。

**尧**：说了那么多，该总结点带规律性的东西了。给大家讲一下你的成功心得吧。

**蕤**：要我说，第一要自信。我上高中的时候，也害怕过，也觉得自己不行，比不过人家。但最后你会明白，没有人可以打击你的自信。现在我的那些外交学院出来的一流同学在外交部做翻译，我在美国国务院做翻译，大家打个平手。我刚到美国的时候，人家也对我说，赶快换个专业吧，你又不是美国土生土长的，顶多到华文报纸工作，想到电台电视台至少得是 ABC。如果不自信，你很容易就被人压过去，但我想我不能再被打击了。事实证明他们是错的。

第二，不要太功利，要从热爱出发。我从来都是学自己想学的东西，完全是非功利性的，没想过职业啊、挣钱多少的问题，至少事前没想过。大学快毕业的时候，到硅谷爱德曼公关公司实习，好多人去面试，最后选上斯坦福一个、伯克利一个，伯克利的就是我。那时我的英文也不行，可是人家就看上我了。那时大多数实习都是不给钱的，他们给我，就一三五上班，给我 2000 块钱，相当于月薪 4000。那时我口袋里就揣 2000 美金了。

**尧**：他们看中你什么？

**蕤**：你的 Passion 是人家真正看中的。做任何事都要靠那种原始的激情，一旦你想到回报，那种激情就没了，做的过程也就变成了痛苦的过程。我做任何事都只求付出，不想回报。别想着回报，反而回报得多。

**尧**：你这种说法让我想起外国教练倡导的"快乐足球"，足球运动员首先要热爱这项运动才能踢好球，要在足球中寻找到快乐而不是压力。可我不认为中国队不行是因为没有压力，恰恰相反，压力不够大，因为他们有退路。他们在国际赛场上表现得再差，国内联赛照样身价不菲、财源滚滚。我想也一样，要是我靠这个吃饭，早不是现在这个样子了。

**蕤**：你学习的目的太功利了，这种心态不好。我相信的还是"热爱"这种东西。我说过，上大学的时候，所有的人都一边倒，学外语，我就坚定地要学文史类，跟着我的 passion 走；到美国别人都劝我学计算机之类能挣大钱的专业，我还坚持跟着感觉走。我的激情在哪儿，我就在哪儿。

**尧**：有那么神奇吗——Passion？也对，我认识一个老同志，平时喜欢在网上看看成人图片什么的，那类网站当然都是外国的，他英语大字不识一个，凭着一股热情愣是把"语言关"攻克了，从此畅通无阻。

玩笑归玩笑，说真的，我觉得你的成功与天赋有关。即便有同样的热爱和自信，相信大多数人还是达不到你那个水平。GRE、托福考满分没什么了不起，出国后能说一口流利的外语也没什么了不起，但能用外语写作并且写成一定气候，这里面一定有天赋的因素。

**蕤**：我历来不同意把我今天的成就归结为聪明和天赋，那还说个什么劲，对读者也太不负责任了。

就说语言天赋吧，我可是三岁才会说话，还说得特慢。至于聪明，每次我做成一件事别人就说我聪明。其实，不是因为聪明，只是用了一定正确的方法，有一个正确的心态。

**尧**：我说的天赋严格说来不仅仅是语言天赋，还有写作天赋。如果你也会八国语言，我同意你有语言天赋；但仅有语言天赋的人未必能当作家，尤其是好作家；仅有写作天赋的人未必能用外语写作，还写得像模像样。你二者兼有，究竟有多少还得拭目以待。没准有一天，你也能学会八国语言，或者成个高行健第二什么的。先申明，我可不喜欢高行健的小说，一看就"着"，续借了三次也没看完。

**蕤**：说了半天，原来就是天赋啊。

**尧**：你不满意"天赋说"？那就再加上勤奋。其实你也挺勤奋的，只是你老把过程说得太简单，让人注意不到你刻苦的一面。聪明加勤奋，这可是放之四海而皆准的真理。

**蕤**：（很失望）我还是认为我成功的要素是热情和自信。除此之外，肯定还有什么别的东西，但我现在意识不到，原来以为你今天能挖掘出来，看来也没戏了，但它肯定是存在的。

**后记**：那天晚上，我虔诚地希望能挖掘出一点秘诀，以普度正在苦苦学英语的众生及自己，但是直说到唇焦舌敝、头晕眼花，也没个结论。送走了王蕤，头重脚轻地走在回家的路上，我有一个重大发现——原来说话也可以这么累人。

第二天，不甘心的我决定上网搜索一下王蕤的"材料"，不看则已，越看越觉得我的"天赋＋勤奋说"有理。王蕤，和我，和大多数人，还是有许多不同之处，她成功得有理。

少年王蕤已经是知名人物，采访、写作、出书，她的才情在十几岁的时候就表现得淋漓尽致。这个崇拜鲁迅的女孩，其作品有着与年龄不相称的成熟与尖锐，今天回头再看仍不觉得落伍。

与王蕤的才情同样引人注目的，是她鲜明的个性。思想的早熟并未使她世故，"与众不同"令她孤独，少年王蕤之烦恼被写进了报告文学，作者收到了几千封读者来信。要指出的是，"做到最好"那时已是王蕤性格中最鲜明的特征，虽然她也希望与群众打成一片，但最后还是像锥子一样把尖露了出来。

与韩寒等新晋的少年作家不同，王蕤并不是"偏才少年"。虽然16岁就在《人民文学》上发表小说，但并没想以此为敲门砖进入大学。她一直正常地学习，直到被保送到理想的大学。

多才的她也多艺，善古筝、会画画，画作11岁时在日本展出，13岁在加拿大展出。

所以我说王蕤是有一点天赋的，但并非天才。世界上也没有天才，一位名人早就说过："天才不

过是 1% 的灵感 +99% 的汗水。"尽管王蕤一直强调
Passion 在她生命中的重要意义，我仍然可以清楚地
看出勤奋在她成功中扮演的重要角色。当她将托福
单词倒背如流时、当她对着镜子一遍遍练口语时、
当她逐字逐句改 Paper 时、当她在如花似玉的年纪埋
身文山书海，你能说这不是勤奋吗？如果一定要强
调热爱，我只能说她热爱勤奋、她不讨厌勤奋、她
以勤奋为乐，就像她以背英文单词为乐一样。

王蕤跟我说话总是一口京片子，我很想逮住她
练练口语，但总是开不了口——怕说得不好被人笑
话、怕耽误人家的时间，虽然她一再强调——"敢
说"是学好英语的法宝。

这就是差别。想到这里，我愈发心安理得
了——人本来就不一样，又何必强求一样的结果？

如果我有她一半的勤奋……至少能把英语学好，
但不一定能当作家，因为我缺少……文学天赋。天
赋、勤奋、热爱、自信——一个也不能少。

（王尧写于 2002 年）

责任编辑:卓　然
封面设计:石笑梦
责任校对:吕　飞

**图书在版编目(CIP)数据**

从加州到北京:我的留学美国与海归经历/王蕤 著.
-北京:人民出版社,2015.2
ISBN 978-7-01-014323-1

Ⅰ.①从… Ⅱ.①王… Ⅲ.①传记文学-中国-当代
Ⅳ.①I25

中国版本图书馆 CIP 数据核字(2014)第 304273 号

**从加州到北京**
CONG JIAZHOU DAO BEIJING
——我的留学美国与海归经历

王　蕤　著

**人民出版社** 出版发行
(100706　北京市东城区隆福寺街 99 号)

北京新华印刷有限公司印刷　新华书店经销

2015 年 2 月第 1 版　2015 年 2 月北京第 1 次印刷
开本:880 毫米×1230 毫米 1/32　印张:11　插页:4
字数:231 千字

ISBN 978-7-01-014323-1　定价:39.00 元

邮购地址 100706　北京市东城区隆福寺街 99 号
人民东方图书销售中心　电话 (010)65250042　65289539